COLECCIÓN POPULAR

490

LA NUEVA NOVELA HISTÓRICA
DE LA AMÉRICA LATINA
1979-1992

SEYMOUR MENTON

La Nueva Novela Histórica de la América Latina 1979-1992

COLECCIÓN

POPULAR

FONDO DE CULTURA ECONÓMICA

MÉXICO

Primera edición, 1993

D. R. © 1993, FONDO DE CULTURA ECONÓMICA, S. A. DE C. V.
Carretera Picacho-Ajusco, 227; 14200 México, D. F.

ISBN 968-16-4068-3

Impreso en México

A los miopes del mundo:
literal, figurada… y dialógicamente

AGRADECIMIENTOS

ESTOY sumamente agradecido a muchos amigos por haberme proporcionado los títulos de varias novelas históricas de su propio país o de un país en cuya literatura se especializan. Sin su cooperación, las siguientes listas no serían tan extensas.

Argentina: Malva Filer, Myron Lichtblau, Naomi Lindstrom y Leonardo Senkman.
Bolivia: Adolfo Cáceres Romero, Evelio Echevarría y José Ortega.
Brasil: Regina Igel, Malcolm Silverman y Marijose Tartt.
Chile: Juan Gabriel Araya, Evelio Echevarría, Lucía Guerra Cunningham, José Promis y Juan Villegas.
Colombia: Otto Morales Benítez, Álvaro Pineda Botero y Jonathan Tittler.
Ecuador: Jimmy Chica y Lola Proaño.
Guadalupe, Haití y Martinica: Aliko Songolo.
Guatemala: Francisco Albizúrez Palma y Juan Fernando Cifuentes.
México: Francisco Álvarez, John S. Brushwood, Federico Patán y Raymond D. Souza.
Nicaragua: Jorge Eduardo Arellano.
Panamá: Enrique Jaramillo Leví y Donald Lindenau.
Perú: Carlos Thorne.
Uruguay: Fernando Aínsa y Jorge Ruffinelli.
Venezuela: José Balza y Alexis Márquez Rodríguez.

Quisiera agradecer sobre todo a mi viejo amigo y ex compañero de clases en CCNY Myron Lichtblau por haber leído con ojo crítico el primer borrador del primer capítulo, además de haberme entregado tantas fichas argentinas... y también a mi joven amigo Ricardo Barrutia (la amistad apenas se remonta a la inauguración de la Universidad de California, Irvine, en 1965) por su respaldo constante.

S. M.

PREPÉNDICE

LAS siguientes listas de 367 novelas históricas publicadas entre 1949 y 1992 aparecerían normalmente en un apéndice. Al ubicarlas en el "prepéndice" quiero llamar la atención a mi preferencia por la investigación que se basa en los datos empíricos más que en las divagaciones teóricas. En el caso específico de la Nueva Novela Histórica (NNH) de la América Latina entre 1979 y 1992, este subgénero no brotó como el resultado de un manifiesto literario ni yo me interesé en él al leer algún texto teórico sobre la marginación de la cultura popular por las fuerzas hegemónicas. Más bien por mi obligación de mantenerme al día en cuanto a la novela contemporánea latinoamericana descubrí con gran alegría obras de tan alta calidad como *El arpa y la sombra* (1979) de Alejo Carpentier, *El mar de las lentejas* (1979) de Antonio Benítez Rojo, *La guerra del fin del mundo* (1981) de Mario Vargas Llosa, *Los perros del Paraíso* (1983) de Abel Posse y *Noticias del imperio* (1987) de Fernando del Paso. A la vez empecé a percibir semejanzas que distinguían estas cinco novelas y otras varias publicadas a partir de 1979 de las novelas históricas anteriores. Entonces me puse a leer cuanta novela histórica pudiera, las nuevas lo mismo que las tradicionales, al mismo tiempo que postulaba teorías sobre el carácter del fenómeno consultando también los relativamente pocos estudios críticos que se encontraban en las revistas profesionales. De ahí que preparé varias ponencias en 1989 y las lancé tricontinentalmente en 1990[1] con la espe-

---

[1] Algunas de las siguientes ponencias son versiones más breves de los capítulos de este libro: "La guerra contra el fanatismo de Mario Vargas

ranza de ampliarlas e incorporarlas en toda una armada que estaría lista para navegar para el 12 de octubre de 1992... o tal vez de 1993.

(En las siguientes listas, los países se abrevian de esta manera: ARG-Argentina, BOL-Bolivia, BR-Brasil, CH-Chile, COL-Colombia, CR-Costa Rica, CU-Cuba, RD-República Dominicana, EC-Ecuador, GDP-Guadalupe, GUA-Guatemala, GYN-Guayana Francesa, HTI-Haití, HON-Honduras, MTQ-Martinica, MX-México, NIC-Nicaragua, PAN-Panamá, PAR-Paraguay, PER-Perú, PR-Puerto Rico, SAL-El Salvador, UR-Uruguay, VZ-Venezuela.)

LA NUEVA NOVELA HISTÓRICA DE LA AMÉRICA LATINA, 1949-1992

1949	Alejo Carpentier, *El reino de este mundo*, CU
1962	Alejo Carpentier, *El siglo de las luces*, CU
1969	Reinaldo Arenas, *El mundo alucinante*, CU
1972	Angelina Muñiz, *Morada interior*, MX
1974	Alejo Carpentier, *Concierto barroco*, CU
	Augusto Roa Bastos, *Yo el Supremo*, PAR
	Edgardo Rodríguez Juliá, *La renuncia del héroe Baltasar*, PR

Llosa", Asociación Internacional de Hispanistas, Barcelona, 22 de agosto de 1989, publicada en *Cuadernos Americanos*, 4, 28 (julio-agosto de 1991), 50-62; "La nueva novela histórica y *Las historias prohibidas del Pulgarcito de Roque Dalton*", Simposio de Críticos Centroamericanistas, Guatemala, 8 de agosto de 1989 (no está incluida en el libro); "Dos novelas seductoras: la culta y la popular o Genoveva e Inés", Asociación Norteamericana de Colombianistas, University of Kansas, 10 de noviembre de 1989 (no está incluida en el libro); "*Noticias del imperio: boom* or post-*boom*?" Translating Latin America: An Interdisciplinary Conference on Culture as Text, SUNY Binghamton, 20 de abril de 1990, publicada bajo el título de "*Noticias del imperio* y la nueva novela histórica" en mi libro *Narrativa mexicana desde "Los de abajo" hasta "Noticias del imperio"*, Tlaxcala, México: Universidad

12

1975	César Aira, *Moreira*, ARG
	Carlos Fuentes, *Terra Nostra*, MX
1976	Márcio Souza, *Gálvez imperador do Acre*, BR
1977	Pedro Orgambide, *Aventuras de Edmund Ziller en tierras del Nuevo Mundo*, ARG
1978	Abel Posse, *Daimón*, ARG
1979	Antonio Benítez Rojo, *El mar de las lentejas*, CU
	Alejo Carpentier, *El arpa y la sombra*, CU
1980	Antonio Larreta, *Volavérunt*, UR
	Martha Mercader, *Juanamanuela, mucha mujer*, ARG
	Alejandro Paternain, *Crónica del descubrimiento*, UR
	Ricardo Piglia, *Respiración artificial*, ARG
	Márcio Souza, *Mad Maria*, BR
1981	Silviano Santiago, *Em liberdade*, BR
	Mario Vargas Llosa, *La guerra del fin del mundo*, PER
1982	Germán Espinosa, *La tejedora de coronas*, COL
1983	Pedro Orgambide, *El arrabal del mundo*, ARG
	Abel Posse, *Los perros del Paraíso*, ARG
	Denzil Romero, *La tragedia del generalísimo*, VZ
	Juan José Saer, *El entenado*, ARG
1984	Martín Caparrós, *Ansay o los infortunios de la gloria*, ARG

Autónoma de Tlaxcala, 1991; "*Los perros del Paraíso* y la nueva novela colombina", Congreso Internacional del Centro de Estudios de Literaturas y Civilizaciones del Río de la Plata: discurso historiográfico y discurso ficcional, Universidad de Regensburg, Alemania, el 3 de julio de 1990 y "*Los perros del Paraíso*, the Denunciation of Power", Modern Language Association, San Francisco, 28 de diciembre de 1991, que se publicó en *Hispania* en octubre de 1992; "*La campaña:* crónica de una guerra denunciada", Tercer Encuentro de Mexicanistas, UNAM, México, 3 de abril de 1991; Stanford University, 30 de abril de 1991; UCI, 29 de mayo de 1991; Universidad Central de Venezuela, Caracas, 12 de julio de 1991, publicada en *Universidad de México*, 46, 485 (junio de 1991), 5-11.

Edgardo Rodríguez Juliá, *La noche oscura del Niño Avilés*, PR

João Ubaldo Ribeiro, *Viva o povo brasileiro*, BR

1985   Carlos Fuentes, *Gringo viejo*, MX

Francisco Simón, *Martes tristes*, CH

1986   Márcio Souza, *O brasileiro voador*, BR

1987   Reinaldo Arenas, *La loma del ángel*, CU

Fernando del Paso, *Noticias del imperio*, MX

Denzil Romero, *Grand tour*, VZ

Carlos Thorne, *Papá Lucas*, PER

1988   Tomás de Mattos, *Bernabé, Bernabé*, UR

Juan Carlos Legido, *Los papeles de los Ayarza*, UR

Sergio Ramírez, *Castigo divino*, NIC

Denzil Romero, *La esposa del doctor Thorne*, VZ

1989   Arturo Arias, *Jaguar en llamas*, GUA

Napoleón Baccino Ponce de León, *Maluco*, UR

Saúl Ibargoyen, *Noche de espadas*, UR

Ignacio Solares, *Madero, el otro*, MX

José J. Veiga, *A casca da serpente*, BR

1990   Carlos Fuentes, *La campaña*, MX

Herminio Martínez, *Diario maldito de Nuño de Guzmán*, MX

1991   Antonio Elio Brailovsky, *Esta maldita lujuria*, ARG

Haroldo Maranhão, *Memorial do fim (A morte de Machado de Assis)*, BR

Julián Meza, *La huella del conejo*, MX

1992   Herminio Martínez, *Las puertas del mundo. Una autobiografía hipócrita del Almirante*, MX

Álvaro Miranda, *La risa del cuervo*, COL

Abel Posse, *El largo atardecer del caminante*, ARG

Augusto Roa Bastos, *Vigilia del Almirante*, PAR

Gustavo Sainz, *Retablo de inmoderaciones y heresiarcas*, MX

Paco Ignacio Taibo II, *La lejanía del tesoro*, MX

El predominio continuo de la NNH durante 1992 y más allá parece asegurado con las noticias, algunas públicas y otras privadas, de que los siguientes autores están preparando nuevas novelas históricas: Antonio Benítez Rojo (CU), Joaquín Armando Chacón (MX), Gerardo Cornejo (MX), Fernando del Paso (MX), José Donoso (CH), Carlos Fuentes (MX), Gabriel García Márquez (COL), Juan Carlos Legido (UR), Sergio Ramírez (NIC), Denzil Romero (VZ), Benhur Sánchez (COL), Carlos Thorne (PER) y Mario Vargas Llosa (PER).

NOVELAS HISTÓRICAS LATINOAMERICANAS MÁS TRADICIONALES, 1949-1992

Las diferencias entre la NNH y la novela histórica tradicional se analizan en el capítulo I. Aunque la cantidad de éstas es mucho mayor que la de aquéllas, en cuanto a su calidad, la mayoría de ellas, pero no todas, son mucho menos importantes. La justificación de incluirlas aquí es para demostrar la proliferación de todo tipo de novela histórica a partir de fines de los setentas. La gran mayoría de las novelas históricas tradicionales se distinguen fácilmente de las NNH, pero en unos cuantos casos la categorización es debatible.

1949	Enrique Laguerre, *La resaca*, PR
	Manuel Mujica Láinez, *Aquí vivieron: historia de una quinta de San Isidro, 1583-1924*, ARG
	Erico Verissimo, *O continente*,[2] BR
1950	Josefina Cruz, *El viento sobre el río*, ARG
	Argentina Díaz Lozano, *Mayapán*, HON
	Emmeline Carriès Lemaire, *Coeur de héros, coeur d'amant*, HTI

---

[2] *O continente* es el primer tomo de la trilogía *O tempo e o vento*. Los otros tomos, *O retrato* (1955) y *O arquipélago* (1961-1962) no se incluyen en la lista porque los sucesos narrados transcurren durante la vida del autor.

Tristán Marof (seudónimo de Gustavo A. Navarro), *La ilustre ciudad*, BOL

Benjamín Subercaseaux, *Jemmy Button*, CH

1951   Ermilo Abreu Gómez, *Naufragio de indios*, MX

Joaquín Aguirre Lavayen, *Más allá del horizonte*, BOL

Manuel Gálvez, *Han tocado a degüello*, ARG

—, *Tiempo de odio y de angustia*, ARG

Alfredo Sanjinés G., *El Quijote mestizo*, BOL

1952   J. Fernando Juárez Muñoz, *El hijo del bucanero*, GUA

Ramón Jurado, *Desertores*, PAN

J. M. García Rodríguez, *Princesa de Francia en Castilla*, RD

1953   Luisita Aguilera Patiño, *El secreto de Antatura*, PAN

Manuel Gálvez, *Bajo la garra anglo-francesa*, ARG

Francisco Méndez, *Hijo de Virrey*, CH

1954   Jorge Carneiro, *A visão dos quatro séculos*, BR

Manuel Gálvez, *Y así cayó don Juan Manuel*, ARG

Renée Pereira Olazábal, *El perjuro*, ARG

Dinah Silveira de Queiroz, *A muralha*, BR

1955   David Viñas, *Cayó sobre su rostro*, ARG

1956   Rolmes Barbosa, *Réquiem para os vivos*, BR

Antonio Di Benedetto, *Zama*, ARG

1957   Hernâni Donato, *Chão bruto: romance mural, a conquista do extremo sudoeste paulista*, BR

Agripa de Vasconcelos, *A vida em flor de Dona Bêja*, BR

1958   Ramón Amaya Amador, *Los brujos de Ilamatepeque*, HON

Rodolfo Falcioni, *El hombre olvidado*, ARG

Nazario Pardo Valle, *Cien años atrás*, BOL

1959   Fernando Benítez, *El rey viejo*, MX

Paulo Dantas, *O Capitão Jagunço*, BR

16

Luis Hernández Aquino, *La muerte anduvo por el Guasio*, PR

Francisco Vegas Seminario, *Cuando los mariscales combatían*, PER

1960   José A. Alcaide, *Víctor Rojas, salvador de doscientas vidas*, PR

Leónidas Barletta, *Primer cielo de Buenos Aires*, ARG

Josefina Cruz, *Doña Mencía la adelantada*, ARG

Jorge Inostrosa, *El corregidor de Calicanto*, CH

Alberto Reyna Almandos, *Episodios de la colonia; relato novela de las invasiones inglesas*, ARG

Hernando Sanabria Fernández, *Cañoto*, BOL

João Felício dos Santos, *Major Calabar*, BR

Francisco Vegas Seminario, *Bajo el signo de la mariscala*, PER

Marcio Veloz Maggiolo, *El buen ladrón*, RD

1961   Almiro Caldeira, *Rocamaranha*, BR

Luis Enrique Délano, *El viento del rencor*, CH

Carlos Droguett, *Cien gotas de sangre y doscientas de sudor*, CH

Antonio Estrada, *Rescoldo*, MX

Ramón Emilio Reyes, *El testimonio*, RD

Francisco I. Schauman, *A lanza y cuchillo*, ARG

Francisco Vegas Seminario, *La gesta del caudillo*, PER

1962   Jorge García Granados, *El deán turbulento*, GUA

Pedro Motta Lima, *Fábrica da pedra*, BR

Manuel Mujica Láinez, *Bomarzo*, ARG

Manuel Muñoz, *Guarionex, la historia de un indio rebelde*, PR

Acracia Sarasqueta de Smyth, *El guerrero*, PAN

Gil Blas Tejeira, *Pueblos perdidos*, PAN

Marcio Veloz Maggiolo, *Judas*, RD

Armando Venegas Harbín, *La caja de Sándalo*, CH

1963   Valerio Ferreyra, *Rebelión en Babilonia*, ARG
Elena Garro, *Recuerdos del porvenir*, MX
Fernando Ortiz Sanz, *La barricada*, BOL
Eliseo Salvador Porta, *Intemperie*, UR

1964   Demetrio Aguilera Malta, *La caballeresa del sol*, EC
—, *El Quijote de El Dorado: Orellana y el río de las Amazonas*, EC
Juan Francisco Ballón, *Tahuantinsuyo: historia de un inca desconocido*, PER
Arturo Berenguer Carisomo, *El doctor Diego de Torres Villarroel: el pícaro universitario*, ARG
Carlos Esteban Deive, *Magdalena*, RD
Porfirio Díaz Machicao, *Tupac Catari, la Sierpe*, BOL
Alberto Letellier, *El amuleto del general*, BOL
Wilson Lins, *Os cabras do coronel*, BR
Reinaldo Lomboy, *Puerto del hambre*, CH
Ibiapaba Martins, *Bocainas do vento sul*, BR
Luis Marcondes Rocha, *Café e polenta*, BR
João Felício dos Santos, *Cristo de lama*, BR
Guido Wilmar Sassi, *Geração do deserto*, BR
Luis Spota, *La pequeña edad*, MX
Virgínia G. Tamanini, *Karina*, BR

1965   Demetrio Aguilera Malta, *Un nuevo mar para el rey: Balboa, Anayansi y el Océano Pacífico*, EC
Irma Cairoli, *Eulalia Ares*, ARG
Jorge Inostrosa, *Los húsares trágicos*, CH
Pedro Leopoldo, *O drama de uma época*, BR
Wilson Lins, *O reduto*, BR
José López Portillo y Pacheco, *Quetzalcóatl*, MX
Manuel Mujica Láinez, *El unicornio*, ARG
Nazario Pardo Valle, *Peores que Judas*, BOL
Dinah Silveira de Queiroz, *Os invasores*, BR
José Fausto Rieffolo Bessone, *Manco Capac, el profeta del sol*, ARG

Francisco I. Schauman, *Entre caudillos y montoneros*, ARG

1966   João Alves Borges, *O inconfidente*, BR

Almiro Caldeira, *Ao encontro da manhã*, BR

Argentina Díaz Lozano, *Fuego en la ciudad*, HON

Dyonélio Machado, *Deuses econômicos*, BR

Mario Monteforte Toledo, *Llegaron del mar*, GUA

José Román Orozco, *Los conquistadores*, NIC

Mauricio Rosenthal, *Las cenizas de Dios*, ARG

Agripa Vasconcelos, *Gongo-Sôco*, BR

Carlos Vega López, *Así nacieron dos pueblos. Novela de la independencia*, CH

David Viñas, *En la semana trágica*, ARG

1967   Octavio Mello Alvarenga, *Judeu Nuquim*, BR

Maria Alice Barroso, *Um nome para matar*, BR

Wilson Lins, *Remanso da valentia*, BR

Acracia Sarasqueta de Smyth, *Valentín Corrales, el panameño*, PAN

Edmundo Vega Miguel, *42 prisioneros*, CH

1968   Josefina Cruz, *Los caballos de don Pedro de Mendoza*, ARG

—, *La Condoresa*, ARG; 2ª edición, *Inés Suárez la Condoresa* (1974)

Ibiapaba Martins, *Noites do relâmpago*, BR

João Felício dos Santos, *Carlota Joaquina, a rainha devassa*, BR

Francisco I. Schauman, *Las montoneras de López Jordán; historia novelada de las rebeliones jordanistas en Entre Ríos y las de los "blancos" en el Uruguay desde el asesinato del general Urquiza al de López Jordán, 1870-1889*, ARG

1969   Miguel Ángel Asturias, *Maladrón*, GUA

Jorge Inostrosa, *Bajo las banderas del Libertador*, CH

Fernando Ortiz Sanz, *La Cruz del Sur*, BOL

1970   Germán Espinosa, *Los cortejos del diablo*, COL

Sergio Ramírez, *Tiempo de fulgor*, NIC

Rafael Reygadas y Cecilia Soler, *Dos virreyes para la leyenda*, ARG

1971   Abelardo Arias, *Polvo y espanto*, ARG

Roberto Pérez Paniagua, *Los trece cielos*, GUA

Ricardo A. R. Ríos Ortiz, *Indios de Leoncito atacan Resistencia*, ARG

Maslowa Gomes Venturi, *Trilha perdida*, BR

1972   José Enrique Ardón Fernández, *Monseñor y Josefina*, GUA

Hernâni Donato, *O rio do tempo; o romance do Aleijadinho*, BR

Francisco Herrera Luque, *Boves el urogallo*, VZ

Alix Mathon, *La Fin des baionettes*, HTI

Serge Patient, *Le Nègre du gouverneur; chronique coloniale*, GYN

1973   Josefina Cruz, *El conquistador conquistado: Juan de Garay*, ARG

Enrique Molina, *Una sombra donde sueña Camila O'Gorman*, ARG

Mario Luis Pereyra (M. L. Beney, seudónimo), *La brújula rota*, ARG

Valentin Romelle, *Djanga: sous le ciel des Antilles*, HTI

Héctor Suárez, *Chuquiapu Marca*, BOL

1974   Jorge Inostrosa, *Combate de la Concepción*, CH

—, *El ministro Portales*, CH

Alix Mathon, *Le Drapeau en berne*, HTI

Manuel Mujica Láinez, *El laberinto*, ARG

1975   Félix Courtois, *Scènes de la vie port-au-princienne*, HTI

Josué Montello, *Os tambores de São Luis*, BR

1976   Joaquín Aguirre Lavayén, *Guano maldito*, BOL

Alfonso Balderrama Maldonado, *Oro dormido: Choquecamata*, BOL

Jorge Dávila Andrade, *María Joaquina en la vida y en la muerte*, EC

Iván Egüez, *La Linares*, EC

Pedro Gómez Valderrama, *La otra raya del tigre*, COL

César Leante, *Los guerrilleros negros* = *Capitán de cimarrones* (1982), CU

1977   Mario Bahamondes, *El caudillo del Copiapó*, CH

Mario Cortés Flores, *Conrado Menzel. Novela de la historia del nitrato de sodio de Chile, la guerra del Pacífico y la Revolución de 1891*, CH

Félix Courtois, *Durin Belmour, Roman ou conte fantastique*, HTI

José Daza Valverde, *El demonio de los Andes*, BOL

Luis Gasulla, *El solitario de Santa Ana*, ARG

Jorge Medina, *Un tal Murillo*, BOL

Angelina Muñiz, *Tierra adentro*, MX

Moacyr Scliar, *O ciclo das águas*, BR

Néstor Taboada Terán, *El Manchaypuito*, BOL

1978   Francisco Herrera Luque, *En la casa del pez que escupe el agua*, VZ

1979   Eliécer Cárdenas, *Polvo y ceniza*, EC

Carlos Esteban Deive, *Las devastaciones*, RD

Alfredo Antonio Fernández, *El candidato*, CU

Francisco Herrera Luque, *Los amos del valle*, VZ

Cyro Martins, *Sombras na correnteza*, BR

Miguel Otero Silva, *Lope de Aguirre, príncipe de la libertad*, VZ

Ernesto Schóó, *El baile de los Guerreros*, ARG

1980   Eugenio Aguirre, *Gonzalo Guerrero*, MX

Josefina Cruz, *Saavedra, el hombre de Mayo*, ARG

Hernâni Donato, *O caçador de esmeraldas*, BR

Carlos de Oliveira Gomes, *A solidâo segundo Solano López*, BR

José Luis González, *La llegada*, PR

Dyonélio Machado, *Prodigios,* BR

1981 Marcos Aguinis, *El combate perpetuo,* ARG
César Aira, *Ema, la cautiva,* ARG
Libertad Demitrópulos, *Río de las congojas,* ARG
Dyonélio Machado, *O sol subterrâneo,* BR
Daniel Maximin, *L'Isolé soleil,* GDP
Silvia Molina, *Ascensión Tun,* MX
Domingo Alberto Rangel, *Junto al lecho del caudillo,* VZ
Arturo Uslar Pietri, *La isla de Robinson,* VZ
Mauricio Wácquez, *Frente a un hombre armado (Cacerías de 1848),* CH

1982 Jorge Eduardo Arellano, *Timbucos y calandracas,* NIC
Renato Castelo Branco, *Rio da liberdade,* BR
Gonzalo Cuéllar, *La tierra que vio amanecer.* BOL
Júlio José Chiavenato, *Coronéis e carcamanos,* BR
Otto-Raúl González, *Diario de Leona Vicario,* GUA
Ramón González Paredes, *Simón Bolívar, la angustia del sueño,* VZ
Jorge Ibargüengoitia, *Los pasos de López,* MX
Marila Lander de Pantín, *Añil,* VZ
Haroldo Maranhâo, *O tetraneto del-Rei (o Torto, suas idas e venidas),* BR
Josué Montello, *Aleluia,* BR
Estela Sáenz de Méndez, *María de las islas,* ARG
Michel Tauriac, *La catastrophe,* MTQ
Rafael Zárraga, *Las rondas del obispo,* VZ

1983 Enrique Campos Menéndez, *Los pioneros,* CH
Renato Castelo Branco, *A conquista dos sertões de dentro,* BR
—, *Senhores e escravos; a balada,* BR
María I. Clucellas, *La última brasa,* ARG
Francisco Herrera Luque, *La luna de Fausto,* VZ
Daniel E. Larrigueta, *Gracias a Pavón,* ARG
Angelina Muñiz, *La guerra del unicornio,* MX

22

Lisandro Otero, *Temporada de ángeles*, CU

Agustín Pérez Pardella, *Camila*, ARG

—, *El ocaso del guerrero*, ARG

Rodolfo Pinto, *Arreando desde Moxos*, BOL

Julio Travieso, *Cuando la noche muera*, CU

Manuel Trujillo, *El gran dispensador*, VZ

1984   Juan Ahuerma Salazar, *Alias Cara de Caballo*, ARG

César Aira, *Canto castrato*, ARG

Jorge Amado, *Tocáia Grande: a face obscura*, BR

Almiro Caldeira, *Arca açoriana*, BR

Augusto Céspedes, *Las dos queridas del tirano*, BOL

Maryse Condé, *Segou. Les murailles de terre*, GDP

Cyro Martins, *Gaúchos no obelisco*, BR

Alix Mathon, *La relève de Charlemagne: les cacos de la plume: chronique romancée*, HTI

Martha Mercader, *Belisario en son de guerra*, ARG

María Esther de Miguel, *Jaque a Paysandú*, ARG

Rui Nedel, *Esta terra teve dono*, BR

Pedro Orgambide, *Hacer la América*, ARG

Miguel Otero Silva, *La piedra que era Cristo*, VZ

Nélida Piñón, *A república dos sonhos*, BR

Andrés Rivera, *En esta dulce tierra*, ARG

1985   Homero Aridjis, *1492: vida y tiempos de Juan Cabezón de Castilla*, MX

Chermont de Britto, *Villegaignon, Rei do Brasil*, BR

Renato Castelo Branco, *O planalto: o romance de São Paulo*, BR

Alcy José de Vargas Cheuiche, *A guerra dos farrapos*, BR

Alfredo Antonio Fernández, *La última frontera*, CU

Gabriel García Márquez, *El amor en los tiempos del cólera*, COL

Hugo Giovanetti, *Morir con Aparicio*, UR

Gastão de Holanda, *A breve jornada de D. Cristobal*, BR

Tabajara Ruas, *Os varões assinalados: o romance da Guerra dos Farrapos*, BR

Adão Voloch, *O colono judeu-açu: o romance da colônia Quatro Irmãos-Rio Grande do Sul*, BR

1986   Enrique Campos Menéndez, *Águilas y cóndores*, CH

Maryse Condé, *Moi, Tituba sorcière*, GDP

Rosario Ferré, *Maldito amor*, PR

Carlos de Oliveira Gomes, *Caminho Santiago*, BR

Próspero Morales Pradilla, *Los pecados de Inés de Hinojosa*, COL

Gonzalo Otero, *Las máscaras del rey sobre la tierra*, BOL

Caupolicán Ovalles, *Yo Bolívar Rey*, VZ

Agustín Pérez Pardella, *La caída de Buenos Aires*, ARG

José León Sánchez, *Tenochtitlán*, CR

Manuel Zapata Olivella, *El fusilamiento del diablo*, COL

1987   Gilfredo Carrasco Ribera, *El desierto de ceniza*, BOL

Fernando Cruz Kronfly, *La ceniza del Libertador*, COL

Ricardo Elizondo Elizondo, *Setenta veces siete*, MX

Germán Espinosa, *El signo del pez*, COL

Francisco Herrera Luque, *Manuel Piar, caudillo de dos colores*, VZ

Eloy Lacava, *Vinho amargo*, BR

Gerardo Laveaga, *Valeria*, MX

Carlos A. Montaner, *Trama*, CU

Mauricio del Pinal, *3-Cabán*, GUA

Maria José de Queiroz, *Joaquina, filha de Tiradentes*, BR

Luis Rivas Alcocer, *Kuntur Khawa. El gobernador de Inkallajta*, BOL

Andrés Rivera, *La revolución es un sueño eterno*, ARG

Horacio Saldona, *El último virrey*, ARG

Alberto Ruy Sánchez, *Los nombres del aire*, MX

1988   Homero Aridjis, *Memorias del Nuevo Mundo*, MX

Rodolfo Pinto, *Pueblo de leyenda*, BOL

Rolando Rodríguez, *República angelical*, CU

Pedro Rubio, *Las lámparas de fuego. Novela pensando en Sor Teresa de los Andes*, CH

Juan José Saer, *La ocasión*, ARG

Milton Schinca, *Hombre a la orilla del mundo*, UR

Augusto Tamayo Vargas, *Amarilis de dos mundos*, PER

1989   Guillermo Blanco, *Camisa limpia*, CH

José Antonio Bravo, *Cuando la gloria agoniza*, PER

Carlos María Domínguez, *Pozo de Vargas*, ARG

Gabriel García Márquez, *El general en su laberinto*, COL

Andrés Hoyos, *Por el sendero de los ángeles caídos*, COL

Ana Miranda, *Boca do inferno*, BR

Félix A. Posada, *La guerra de la compañía Landínez*, COL

Marco Vinicio Prieto Reyes, *La Bogotá señorial*, COL

Gilberto Ramírez Santacruz, *Esa hierba que nunca muere*, PAR

Gonzalo Ramírez Cubilán, *Pequeña Venecia*, VZ

José León Sánchez, *Campanas para llamar al viento*, CR

Marcos Yauri Montero, *No preguntes quién ha muerto*, PER

Nicomedes Zuloaga Pocaterra, *Epitafio para un filibustero*, VZ

1990   Paulo Amador, *Rei Branco Rainha Negra*, BR

Laura Antillano, *Solitaria solidaria*, VZ

Juan Gabriel Araya, *1891: entre el fulgor y la agonía*, CH

Armando Ayala Anguiano, *Cómo conquisté a los aztecas*, MX

Assis Brasil, *Nassau. Sangue e amor nos trópicos*, BR

Brianda Domecq, *La insólita historia de la Santa de Cabora*, MX

Autran Dourado, *Monte da Alegria*, BR

Germán Espinosa, *Sinfonía desde el Nuevo Mundo*, COL

Jean-Claude Fignolé, *Aube tranquille*, HTI

David Martín del Campo, *Alas de ángel*, MX

Próspero Morales Pradilla, *La mujer doble*, COL

José Luis Ontivero, *Cíbola*, MX

Denzil Romero, *La carujada*, VZ

Ricardo Rosillo Melo, *El virrey*, COL

Francisco Sandoval, *Bartolomé sin compañía*, GUA

Arturo Uslar Pietri, *La visita en el tiempo*, VZ

Juan Valdano, *Mientras llega el día*, EC

1991 Raúl Agudo Freites, *Miguel de Buría*, VZ

Marcos Aguinis, *La gesta del marrano*, ARG

Joaquín Aguirre Lavayén, *En las niebes rosadas del Ande*, BOL

Azriel Bibliowicz, *El rumor del astracán*, COL

Carmen Boullosa, *Son vacas, somos puercos*, MX

Luis Antonio de Assis Brasil, *Videiras de cristal*, BR

Horacio Bustamante, *La corona hecha pedazos*, PAN

Eduardo Casanova, *La noche de Abel*, VZ

Francisco Cuevas Cancino, *La pradera sangrienta*, MX

Leopoldo Garza González, *La fundación de Nuevo Laredo*, MX

Francisco Herrera Luque, *Los cuatro reyes de la baraja*, VZ

Gregorio Martínez, *Crónica de músicos y diablos*, PER

Mario Moya Palencia, *El México de Egerton, 1831-1842*, MX

Agustín Pérez Pardella, *Cristo, los judíos y el César*, ARG

—, *Ojos paganos, corazón cristiano*, ARG

Andrés Rivera, *El amigo de Baudelaire*, ARG

Mario Romano y Guillermo A. Koffman, *¿Quién conoció a Martín Bresler?*, ARG

Javier Sicilia, *El Bautista*, MX

Ignacio Solares, *La noche de Ángeles*, MX

Bernardo Valderrama Andrade, *El gran jaguar*, COL

Mercedes Valdivieso, *Maldita yo entre las mujeres*, CH

1992 Nevado Andeslis, *Potosí entre dos siglos*, BOL

Mario Anteo, *El reino en celo*, MX

Yolanda Arenales, *Desde el Arauco*, CH

Rosa Boldori, *La morada de los cuatro vientos*, ARG

Francisco Cuevas Cancino, *La pradera sangrienta*, MX

Julio Escoto, *El general Morazán marcha a batallar desde la muerte*, HON

Germán Espinosa, *Los ojos del basilisco*, COL

Andrés Hoyos, *Conviene a los felices permanecer en casa*, COL

Jorge Mejía Prieto, *Yo, Pancho Villa*, MX

Elena Poniatowska, *Tinísima*, MX

I. LA NUEVA NOVELA HISTÓRICA: DEFINICIONES Y ORÍGENES

PESE a los que teoricen sobre la novela del pos*boom*,[1] los datos empíricos atestiguan el predominio, desde 1979, de la Nueva Novela Histórica,[2] muchas de las cuales comparten

---

[1] Los siguientes artículos critican en distintos grados a Borges y a los novelistas del *boom* por su narcisismo, o sea su complejidad artística, y por su falta de compromiso revolucionario: Jaime Alazraki, "Borges, entre la modernidad y la posmodernidad", *Revista Hispánica Moderna*, XLI, 2 (dic. de 1988), 175-179; Jean Franco, "Si me permiten hablar: la lucha por el poder interpretativo", *Casa de las Américas*, 171 (nov.-dic. de 1988), 88-94; Juan Manuel Marcos, "Mempo Giardinelli", in the wake of Utopia", *Hispania*, 70 (mayo de 1987), 240-249; Juan Manuel Marcos, "La narrativa de Mempo Giardinelli", *Escritura*, Caracas, VIII, 16 (julio-dic. de 1983), 217-222; y reseñas publicadas por Marcos de Isabel Allende, *De amor y de sombra*, *Revista Iberoamericana*, 137 (oct.-dic. de 1986), 1086-1090, y de Eraclio Zepeda, *Andando el tiempo*, *Revista Iberoamericana*, 130-131 (enero-junio de 1985), 406-411; Marta Morello-Frosch, "Biografías fictivas: formas de resistencia y reflexión en la narrativa argentina reciente" en René Jara y Hernán Vidal, editores, *Ficción y política. La narrativa argentina durante el proceso militar*. Buenos Aires: Alianza Editorial/Institute for the Study of Ideologies and Literature of the University of Minnesota, 1987.

[2] Que yo sepa, los primeros críticos que percibieron la tendencia y utilizaron el término fueron el uruguayo Ángel Rama en 1981, un humilde servidor en 1982, el mexicano Juan José Barrientos a partir de 1983, el venezolano Alexis Márquez Rodríguez en 1984, y el mexicano José Emilio Pacheco en 1985.

Rama, en el prólogo de su antología *Novísimos narradores hispanoamericanos en "Marcha", 1964-1980* (1981), elogia *Terra nostra* y *Yo el Supremo* por haber roto con el molde romántico de la novela histórica. Sin embargo, se equivoca al identificar las novelas de Carpentier con sus antecedentes románticos y no establece límites entre las obras que novelan el presente como *Mascaró* (1975) de Haroldo Conti y *Palinuro de México* (1975) de Fernando del Paso y las que transcurren en un pasado lejano como *Daimón*

con las novelas claves del *boom* el afán muralístico, totalizante; el erotismo exuberante; y la experimentación estructural y lingüística (aunque menos hermética). El llamado desplazamiento de las "grandes narrativas"[3] se desmiente con los datos empíricos: *El arpa y la sombra* (1979) de Alejo Carpentier, *El mar de las lentejas* (1979) de Antonio Benítez Rojo, *La guerra del fin del mundo* (1981) de Mario Vargas

(1978) de Abel Posse. El 4 de mayo de 1982 presenté una ponencia titulada "Antonio Benítez: la nueva novela histórica y los juicios de valor" en el congreso del Instituto Internacional de Literatura Iberoamericana, celebrado en San Juan de Puerto Rico. En esa ponencia comparé las dos novelas de Benítez: *El mar de las lentejas* y *Paso de los vientos*, todavía inédita. La ponencia también permanece inédita. A partir de 1983, Barrientos publicó una serie de estudios temáticos bien investigados sobre el padre Miguel Hidalgo, Cristóbal Colón y Lope de Aguirre, analizando respectivamente *Los pasos de López* (1982) de Ibargüengoitia, *Los perros del Paraíso* de Posse y *Lope de Aguirre, príncipe de la libertad* (1979) de Otero Silva junto con sus antecedentes históricos, literarios y cinematográficos. En el estudio de las novelas hidalguianas se refiere específicamente a la "*nueva novela histórica hispanoamericana*" (20) y comenta la libertad con que los novelistas juegan con los datos históricos. Alexis Márquez, en sus comentarios sobre *La luna de Fausto* (1983) de Francisco Herrera Luque, publicados en *Casa de las Américas*, 144 (mayo-junio de 1984), afirmó que "hoy estamos experimentando en Hispanoamérica un verdadero *boom* en la nueva novela histórica" (174). Pacheco, en un artículo mucho más breve publicado en *Proceso*, 444 (6 de mayo de 1985), comentó la resurrección de la novela histórica en 1985 y la relacionó con la exitosa serie de televisión *Yo, Claudio*, basada en la novela de Robert Graves de 1934 y con la novela de Marguerite Yourcenar, *Memorias de Hadriano* (1951). Ninguno de los cinco críticos, incluido yo, intentamos señalar las diferencias entre la *nueva* novela histórica y la tradicional.

El estudio de Fernando Aínsa "La nueva novela histórica", publicado en 1991 en *Plural*, y en forma más extensa en *Cuadernos Americanos*, reconoce la existencia de una *moda* e identifica 10 rasgos específicos pero sin definir el subgénero de la novela histórica. El mismo número de *Cuadernos Americanos* contiene otros cinco estudios sobre sendas novelas históricas, incluso una versión más breve de mi propio estudio sobre *La guerra del fin del mundo*.

[3] John Beverley, "La ideología de la música posmoderna y la política de izquierda", *Nuevo Texto Crítico*, 6 (julio de 1990), p. 58. El artículo de Beverley se basa en *La condición posmoderna* (1984) de Jean-François Lyotard.

Llosa, *La tejedora de coronas* (1982) de Germán Espinosa, *Los perros del Paraíso* (1983) de Abel Posse, *Noticias del imperio* (1989) de Fernando del Paso y *La campaña* (1990) de Carlos Fuentes. Aunque *El general en su laberinto* (1989) de Gabriel García Márquez no cabe dentro de este grupo por su concentración en un periodo histórico muy limitado y por su esfuerzo por evitar la exuberancia neobarroca, no hay duda de que es una novela histórica de alta calidad que, junto con otras, incluso las destinadas al mercado masivo, o sea las *best-sellers*, como *Trama* (1987) de Carlos Montaner y *Los pecados de Inés de Hinojosa* (1986) de Próspero Morales Pradilla, han enriquecido este subgénero en los tres últimos lustros.

Aunque la fecha de 1979 está totalmente justificada como el punto de partida para el auge de la Nueva Novela Histórica, otras dos novelas sobresalientes que cuentan con los mismos rasgos se publicaron unos pocos años antes: *Yo el Supremo* (1974) de Augusto Roa Bastos y *Terra nostra* (1975) de Carlos Fuentes. En realidad, estas dos novelas podrían considerarse paradigmáticas representando los dos extremos del espectro entre las obras donde predomina la historia y las otras donde predomina la ficción. Los que abogan por la fecha de 1975 como punto de partida para el auge también podrían traer a colación *Moreira*, primera novela del joven argentino César Aira (1949). Se trata de una obra carnavalesca de escasas 81 páginas sobre el muy conocido bandido argentino de la década de 1870-1880, obra rebosante de anacronismos, metaficción y una variedad de discursos, es decir, heteroglosia.

DEFINICIONES DE LA NOVELA HISTÓRICA

Antes de proseguir, sin embargo, hay que definir el término "novela histórica" y luego distinguir entre ella y la Nueva Novela Histórica. En el sentido más amplio, toda novela es histórica, puesto que, en mayor o menor grado, capta el ambiente social de sus personajes, hasta de los más introspectivos.[4] La observación de Léon François Hoffmann de que "la historia es una obsesión de los novelistas haitianos" (143) bien podría aplicarse a los novelistas de toda América Latina, sólo que la definición de Hoffmann es demasiado amplia y su porcentaje demasiado bajo: "Si se define la novela histórica como una novela en que los sucesos específicos sacados de la historia determinan o influyen en el desarrollo del argumento y le proporcionan gran parte del trasfondo, entonces más o menos un 20% de las novelas haitianas podrían considerarse históricas" (151-152). Aunque Georg Lukács escribió el texto teórico más famoso de todos los que se han escrito sobre la novela histórica (*La novela histórica*, escrita en 1936-1937, pero publicada por primera vez en 1954, en alemán), se opone a la clasificación de las novelas en subgéneros señalando las semejanzas entre las novelas realistas y las históricas tanto de Dickens como de Tolstoi (parte III, capítulo 5). No obstante, para analizar la reciente proliferación de la novela histórica latinoamericana, hay que reservar la categoría de novela histórica para aquellas novelas cuya acción se ubica total o por lo menos predominantemente en el pasado, es decir, un pasado no experimentado directamente por el autor. La definición de Avrom Fleishman en *The English Historical Novel* ("La novela histórica inglesa") (1971) es aún más arbitraria en el sentido de excluir todas las novelas cuya acción no esté ubicada en un pasado separado del autor por dos generaciones. En cambio,

---

[4] La novela hispanoamericana en general, más que la europea y la norteamericana, se ha caracterizado desde el principio (*El periquillo sarniento* de Lizardi) por su obsesión por los problemas sociohistóricos más que los psicológicos. En 1985, José Emilio Pacheco, en el prólogo a un tomo de cuatro novelas mexicanas del siglo XIX, escribió: "la novela ha sido desde sus orígenes la privatización de la historia [...] historia de la vida privada, historia de la gente que no tiene historia [...]. En este sentido todas las novelas son novelas históricas" (v-vi).

David Cowart propone una definición excesivamente amplia: "ficción en que el pasado figura con cierta importancia" (6) y basa su estudio en cuatro categorías distintas, incluso ficciones del futuro con tal que éste se represente como consecuencia del pasado y del presente (9, 76-119), como, por ejemplo, *1984* de George Orwell. Raymond Souza, en *La historia en la novela hispanoamericana moderna* (1988), concuerda con el punto de vista más amplio de Cowart y se empeña en analizar las diferencias filosóficas y estilísticas entre la historia y la ficción, pero sin entrar en la cuestión de la novela histórica como subgénero. Joseph W. Turner propone todavía otro acercamiento al problema abogando por una definición tripartita: la novela histórica documentada, la disfrazada y la inventada. También sugiere la posibilidad de una cuarta categoría, la cómica, y menciona como ejemplos a los autores norteamericanos John Barth e Ishmael Reed. Por interesante que sea esta división en tres o cuatro categorías, no sirve mucho para analizar las manifestaciones del fenómeno en la América Latina, por ser éstas en su gran mayoría una combinación o una fusión de dos, tres o cuatro de tales categorías.

Puesto que uno de los objetivos principales de este libro es comprobar el predominio desde 1979 (o 1975) hasta 1992 (o después) de la Nueva Novela Histórica por encima de la novela telúrica, la psicológica, la magicorrealista o la testimonial, la definición más apropiada es la de Anderson Imbert, que data de 1951: "Llamamos 'novelas históricas' a las que cuentan una acción ocurrida en un época anterior a la del novelista" (3).

Por lo tanto, de acuerdo con esta definición, quedan excluidas de este estudio algunas novelas archiconocidas, a pesar de sus dimensiones históricas, por abarcar al menos parcialmente un periodo experimentado directamente por el autor: *La muerte de Artemio Cruz* (1962) de Carlos Fuentes, *Sobre héroes y tumbas* (1962) de Ernesto Sábato, *Conversación en la catedral* (1969) de Mario Vargas Llosa, *El recur-*

so del método (1974) de Alejo Carpentier y *La novela de Perón* (1985) de Tomás Eloy Martínez. También se excluyen aquellas novelas que versan sobre varias generaciones de la misma familia como *Cien años de soledad* de Gabriel García Márquez y *Los Capelli* de Yolanda Camarano de Sucre, las dos de 1967, porque la generación más joven coincide con la del autor.

Más difícil es justificar la exclusión de la categoría de novela histórica de aquellas novelas cuyos narradores o personajes están anclados en el presente o en el pasado reciente pero cuyo tema principal es la re-creación de la vida y los tiempos de un personaje histórico lejano. En Venezuela, por ejemplo, el protagonista de *Los cuatro reyes de la baraja* (1991) de Francisco Herrera Luque es el dictador francófilo decimonono Antonio Guzmán Blanco, pero se interrumpe la narración de vez en cuando con comentarios de un grupo de intelectuales que se reúnen cada jueves en 1957 en la Plaza del Panteón para hablar de política. Allí se retrata a Guzmán Blanco, junto con José Antonio Páez, Juan Vicente Gómez y Rómulo Betancourt, como uno de los cuatro gobernantes que han controlado el destino de Venezuela. Sin embargo, a pesar del título, Guzmán Blanco es el único protagonista y la novela pertenece sin lugar a dudas al subgénero histórico.

En cuatro novelas mexicanas un narrador o un personaje anclado en el presente se obsesiona con explorar un periodo de un pasado relativamente lejano. En *La insólita historia de la Santa de Cabora* (1990) de Brianda Domecq y en *El México de Egerton, 1831-1842* (1991) de Mario Moya Palencia, la gran mayoría de la novela transcurre en el pasado y su meta es redescubrir ese pasado y, por eso, sería purismo exagerado negarles la clasificación de novela histórica. En cambio, en *La familia vino del norte* (1987) de Silvia Molina y en *Éste era un gato…* (1987) de Luis Arturo Ramos, los sucesos que transcurren en el presente son tan importantes en la novela como los del pasado y, por lo tanto, no deberían clasificarse como novelas históricas, sin que la etiqueta tenga nada que ver con la calidad literaria de la obra. En otros casos, la importancia relativa de las circunstancias actuales del narrador y los objetos de sus investigaciones es más problemática, como en *La Case du commandeur* ("La casita del mayordomo") (1981) del martinico Edouard Glissant, *A estranha nação de Rafael Mendes* (1983) del brasileño Moacyr Scliar y *Solitaria solidaria* (1990) de la venezolana Laura Antillano.

LA NOVELA HISTÓRICA TRADICIONAL, 1826-1949

Dada la definición pragmática de la novela histórica, ¿cómo se distingue la Nueva Novela Histórica de las anteriores? La novela histórica tradicional se remonta al siglo XIX y se identifica principalmente con el romanticismo, aunque evolucionó en el siglo XX dentro de la estética del modernismo, del criollismo y aun dentro del existencialismo en la obra *sui generis* de Antonio Di Benedetto, *Zama* (1956). La novela histórica romántica en la América Latina, inspirada no sólo por Walter Scott sino también por las crónicas coloniales y en algunos casos por el teatro del Siglo de Oro, comienza con *Jicoténcal* (1826), de autor anónimo, la historia del "Encuentro de los dos mundos" en que se exalta a los tlaxcaltecas y se denuncia a los españoles. No fue, sin embargo, hasta dos décadas después que la novela histórica dio origen al desarrollo de la novela nacional, pero sólo en pocos países: México, *La hija del judío* (1848-1850) de Justo Sierra; Argentina, *La novia del hereje* 1845-1850) de Vicente Fidel López; Colombia, *Ingermina* (1844) de Juan José Nieto y *El oidor Cortés de Meza* (1845) de Juan Francisco Ortiz, y Cuba, *Guatimozín* (1846) de Gertrudis Gómez de Avellaneda, una de las pocas mujeres novelistas latinoamericanas en todo el siglo XIX.[5]

5 Tal vez deberíamos incluir aquí a Chile por dos cuentos históricos de

En el Brasil, a pesar de su transición relativamente tranquila de la Colonia a la Independencia, la novela histórica romántica no nació hasta las décadas siguientes: *O guaraní* (1857) e *Iracema* (1865) de José de Alencar.

Aunque la novela romántica fue reemplazada en Europa por las novelas realistas de Dickens y Balzac en las décadas de 1830 y 1840, y en la América Latina por las novelas realistas del chileno Alberto Blest Gana en la década de 1860,[6] la novela histórica romántica siguió cultivándose hasta fines del siglo e incluso en la primera década del siglo XX. Tal vez el ejemplo más asombroso de la longevidad de la novela histórica romántica fue la publicación, en 1897, de *Durante la reconquista* por el "Balzac hispanoamericano", Alberto Blest Gana, quien tres décadas antes había publicado las primeras novelas realistas de Hispanoamérica.

Además de divertir a varias generaciones de lectores con sus episodios espeluznantes y la rivalidad entre los protagonistas heroicos y angelicales y sus enemigos diabólicos, la finalidad de la mayoría de estos novelistas fue contribuir a la creación de una conciencia nacional familiarizando a sus lectores con los personajes y los sucesos del pasado; y a respaldar la causa política de los liberales contra los conservadores, quienes se identificaban con las instituciones políticas, económicas y religiosas del periodo colonial.

Puesto que el realismo del siglo XIX se define por sus temas y problemas contemporáneos y por el énfasis en las costumbres pintorescas y el habla regional, no surgió ninguna novela histórica realista, por lo menos hasta 1928, cuando Tomás Carrasquilla publicó la todavía relativamente desconocida *La marquesa de Yolombó*. Al mismo tiempo, se da la

José Victorino Lastarria, que podrían haber servido de esbozo de novela: "Rosa" (1848) y "El alférez Alonso Díaz de Guzmán" (1848).

[6] Las novelas psicológicas del brasileño Machado de Assis, *Memórias de Bras Cubas* (1880), *Dom Casmurro* (1890) y *Quincas Borba* (1891) superan estéticamente sin lugar a dudas a las novelas históricas románticas y a las novelas costumbristas realistas de toda la América Latina.

paradoja de que el mejor narrador histórico latinoamericano de todo el siglo XIX fue Ricardo Palma, cuyas seis series de *Tradiciones peruanas*, publicadas entre 1872 y 1883, caben más dentro del realismo que dentro del romanticismo.[7]

En contraste con las novelas históricas románticas, las que se escribieron bajo la influencia del modernismo (1882-1915) no tenían tanto empeño en engendrar una conciencia nacional ni en respaldar a los liberales. Más bien estaban tratando de encontrar alternativas al realismo costumbrista, al naturalismo positivista, al materialismo burgués y, en el caso de México, a la turbulencia revolucionaria. El fin principal de estas novelas fue la re-creación fidedigna a la vez que embellecida de ciertas épocas del pasado, en plan de escapismo, fuera a la España de Felipe II en *La gloria de don Ramiro* (1908) del argentino Enrique Larreta, a la Nueva España en los textos de los colonialistas mexicanos Francisco Monterde (*El madrigal de Cetina y el secreto de la escala*, 1918) y Julio Jiménez Rueda (*Sor Adoración del Divino Verbo*, 1923), a la Tierra Santa en *Phineés* (1909) del colombiano Emilio Cuervo Márquez o al Bizancio del siglo XIV en *El evangelio del amor* (1922) del guatemalteco Enrique Gómez Carrillo.

Durante las tres décadas del predominio criollista (1915-1945), la búsqueda de la identidad nacional volvió a ser una preocupación importante, pero con énfasis en los problemas contemporáneos: la lucha entre la civilización urbana y la barbarie rural, la explotación socioeconómica y el racismo. Durante este periodo el número de novelas históricas es muy reducido, pero las pocas que se publican siguen el camino mimético de re-crear el ambiente histórico como trasfondo para los protagonistas de ficción: *Matalaché* (1924) del indi-

---

[7] En realidad hay otras cinco series de *tradiciones* con distintos títulos publicadas entre 1889 y 1911: *Ropa vieja* (1889), *Ropa apolillada* (1891), *Cachivaches y tradiciones y artículos históricos* (1899-1900), *Tradiciones en salsa verde* (1901) y *Apéndice a mis últimas tradiciones* (1911).

genista peruano Enrique López Albújar y dos novelas por un par de autores-estadistas venezolanos: *Las lanzas coloradas* (1931) de Arturo Uslar Pietri y *Pobre negro* (1937) de Rómulo Gallegos. Tal vez la más sobresaliente de las novelas históricas criollistas es *O continente* ("El continente") (1949) del brasileño Erico Verissimo, primer tomo de la trilogía bastante bien conocida *O tempo e o vento* ("El tiempo y el viento"), una epopeya monumental que traza la historia del Brasil desde la época colonial hasta los años de 1940 con la perspectiva de Rio Grande do Sul.

Alejo Carpentier y la Nueva Novela Histórica

La primera verdadera NNH, *El reino de este mundo* de Alejo Carpentier, se publicó en 1949, el mismo año que *O continente* y 30 años antes de que empezara el auge de la NNH. Aunque se trata de una historia muralística de la lucha por la independencia de Haití desde mediados del siglo XVIII hasta el primer tercio del XIX, cuyos protagonistas históricos están ligados por la figura mítica o tal vez histórica de Ti Noel,[8] la historia de Haití está subordinada a la cuestión filosófica de la lucha por la libertad y la justicia social en todas las sociedades pese a los muchos obstáculos y pese a la improbabilidad de conseguirlas. Al ser *El reino de este mundo* la primera NNH, todos los protagonistas, a excepción tal vez de Ti Noel, son históricos, aunque de categoría relativamente mediana: Mackandal, Bouckman y Pauline Bonaparte. El único protagonista histórico importante es Henri Christophe. También, de acuerdo con los rasgos de la NNH, la historia se distorsiona por la ausencia de los próceres Toussaint l'Ouverture,[9] Jean Jacques Dessalines y Alexandre Pétion.

---

[8] En un artículo publicado en 1991 en *Cuadernos Americanos*, Carmen Vásquez comprueba la existencia de varios esclavos negros nombrados Noel en el Haití del siglo XVIII.

[9] Toussaint aparece muy breve y anónimamente en la novela como el car-

38

El papel de Carpentier como iniciador de la NNH de la América Latina no depende exclusivamente de *El reino de este mundo*. El concepto del carácter cíclico de la historia constituye la estructura de sus dos cuentos largos: "Semejante a la noche" (1952) y "El camino de Santiago" (1954). En aquél, un soldado se despide de su novia en vísperas de partir a la guerra en seis momentos distintos, desde la Guerra Greco-troyana hasta la primera y la segunda Guerras Mundiales. En "El camino de Santiago", el soldado Juan de Amberes emprende el camino a Santiago de Compostela para expiar sus pecados, cambiando su nombre a Juan el Romero. Sin embargo, en la feria de Burgos se encuentra con un indiano quien logra tentarlo con las historias de las riquezas del Nuevo Mundo. Juan olvida su peregrinación y se embarca para La Habana. En Cuba lleva una vida pecaminosa y luego vuelve a España donde se convierte en Juan el Indiano. En la feria de Burgos se encuentra con otro Juan arrepentido que va rumbo a Santiago de Compostela, es decir, su doble, y lo convence de que debe embarcarse para América, indicando con ello que la historia se va a repetir.

Además, entre 1949 y 1979, fechas de la publicación de *El reino de este mundo* y *El arpa y la sombra*, Carpentier publicó otras dos NNH: *El siglo de las luces* (1962), en que se traslucen ciertos paralelismos entre la Revolución francesa de 1789 y la Revolución cubana de 1959,[10] y *Concierto barroco* (1974), en que se funden todas las artes, se esfuman las fronteras cronológicas, desaparecen las diferencias entre la cultura elitista y la popular, tres compositores históricos desempeñan papeles importantes (Vivaldi, Handel y Scarlatti) y

pintero que talla figurines de madera para un nacimiento, aunque en realidad Toussaint no era carpintero. Véase el artículo de Verity Smith, "Ausencia de Toussaint: interpretación y falseamiento de la historia en *El reino de este mundo*" (1979). Carmen Vásquez, en su artículo de 1991 publicado en *Cuadernos Americanos*, dice que Carpentier conocía muy bien el estudio clásico de Victor Schoelcher, *Vie de Toussaint Louverture* (1889).

[10] Véase Menton, *Prose Fiction of the Cuban Revolution*, 44-46.

aparecen breve y anacrónicamente Stravinski y Louis Armstrong; y prevalece un ambiente carnavalesco.[11] Aunque *El recurso del método* (1974), novela protagonizada por el dictador sintético de la América Latina, y la epopeya socialista de la Revolución cubana, *La consagración de la primavera* (1978), no obedecen a nuestra definición de la novela histórica porque presentan sucesos y personajes conocidos directamente por el autor, sí refuerzan la gran obsesión por la historia presente en casi la obra entera de Carpentier.

No obstante, *El arpa y la sombra* (1979) es la primera y la única de todas las novelas de Carpentier en que el protagonista indiscutible es un renombrado personaje histórico: Cristóbal Colón. Además, las tres partes de la novela representan tres acercamientos a la NNH utilizados también por otros autores. La primera parte, como *Yo el Supremo* de Augusto Roa Bastos y *El mar de las lentejas* de Antonio Benítez Rojo, es una re-creación mimética y realista de dos cronotopos: *1)* un día específico, tal vez hacia 1870 en Roma donde el papa Pío IX acaba de terminar su propuesta para la beatificación de Cristóbal Colón, y *2)* el viaje de Giovanni María Mastai (el que llegará a ser Pío IX) a la Argentina y a Chile en 1823-1824 en busca de un santo hispanoamericano donde interviene tanto en la ficción como en la historia del periodo: "El matadero", cuento insigne de Esteban Echeverría y los conflictos entre Bernardo O'Higgins y Ramón Freire, entre los *pelucones* y los *pipiolos*.

La segunda parte de la novela de Carpentier, igual que *Diario maldito de Nuño de Guzmán* (1990) de Herminio Martínez, es la narración en primera persona de un renombrado personaje histórico, Cristóbal Colón. Titulada "La mano", como reflejo del carácter de manipulador del Almirante y su talento de mentiroso (el octavo pecado capital), esta parte

---

[11] Raquel Aguilu de Murphy describe la llegada a Venecia del protagonista como "el gran carnaval de la Epifanía" (164) y la relaciona a la definición de "carnaval" elaborada por Bajtín en su estudio sobre Rabelais.

presenta la confesión distorsionada de Colón en que el Almirante agonizante revela que en sus noches íntimas con la reina Isabel, él la llamaba "Columba" (91). El mismo Carpentier, sintiéndose cerca de la muerte, se identifica con su protagonista moribundo e inserta su propia "confesión", una descripción acertada de su propio estilo, ejemplo de la metaficción, rasgo frecuente en la NNH:

> Y como lo importante es empezar a hablar para seguir hablando, poco a poco, ampliando el gesto, retrocediendo para dar mayor amplitud sonora a mis palabras, se me fue encendiendo el verbo, y, escuchándome a mí mismo como quien oye hablar a otro, empezaron a rutilarme en los labios los nombres de las más rutilantes comarcas de la historia y de la fábula. Todo lo que podía brillar, rebrillar, centellear, encenderse, encandilar, alzarse en alucinada visión de profeta, me venía a la boca como impulsado por una diabólica energía interior (135-136).

El aspecto desmitificador de la confesión de Colón también se encuentra en otras novelas históricas recientes como *Los pasos de López* (1982) de Jorge Ibargüengoitia sobre el prócer mexicano Miguel Hidalgo, y *Ansay* (1984) de Martín Caparrós sobre el prócer argentino Mariano Moreno. En 1983 Fernando del Paso pidió en la *Revista de Bellas Artes*, a los novelistas hispanoamericanos, que asaltaran las versiones oficiales de la historia, estableciendo así un eslabón entre la NNH y la versión oficial de la huelga bananera en *Cien años de soledad* y la película argentina *Historia oficial* sobre la dictadura militar de 1976-1983.

La tercera parte de *El arpa y la sombra*, igual que *Los perros del Paraíso* de Abel Posse, *Noticias del imperio* de Fernando del Paso y otras tantas NNH, es predominantemente carnavalesco. En el debate tumultuoso sobre la beatificación de Colón aparece el fantasma del Almirante e interviene una variedad de autores del siglo XIX y el defensor de los indios, Bartolomé de las Casas, del siglo XVI. Carpentier incluso

relaciona el debate con el quinto centenario colocándolo
pocos años antes de 1892: "Y buena prueba de ello es que se
acaba de crear un premio de 30 000 pesetas para laurear la
mejor biografía, sólidamente documentada, fidedigna, moderna, en concurso abierto con motivo de la universal conmemoración del cuatricentenario del Descubrimiento de América,
que habrá de tener lugar dentro de poco" (183).

RASGOS DE LA NUEVA NOVELA HISTÓRICA

Sea 1949, 1974, 1975 o 1979 el año oficial del nacimiento
de la NNH, no cabe ninguna duda de que fue engendrada
principalmente por Alejo Carpentier con apoyo muy fuerte
de Jorge Luis Borges, Carlos Fuentes y Augusto Roa Bastos,
y que se distingue claramente de la novela histórica anterior
por el conjunto de seis rasgos que se observan en una variedad de novelas desde la Argentina hasta Puerto Rico, con la
advertencia de que no es necesario que se encuentren los
seis rasgos siguientes en cada novela:

1. La subordinación, en distintos grados, de la reproducción mimética de cierto periodo histórico a la presentación de
algunas ideas filosóficas, difundidas en los cuentos de Borges[12] y aplicables a todos los periodos del pasado, del presente y del futuro. Con base en el "Tema del traidor y del
héroe" (1944) y la "Historia del guerrero y la cautiva"
(1949), pero aun en algunos cuentos del tomo *Historia universal de la infamia* (1935), las ideas que se destacan son la
imposibilidad de conocer la verdad histórica o la realidad; el
carácter cíclico de la historia y, paradójicamente, el carácter
imprevisible de ésta, o sea que los sucesos más inesperados
y más asombrosos pueden ocurrir.

[12] La importancia irónica de Borges, que nunca publicó ninguna novela
como gran fuente de inspiración para la NNH, se refuerza en el plano internacional por su presencia en *El nombre de la rosa* (1980) del teórico italiano
Umberto Eco.

2. La distorsión consciente de la historia mediante omisiones, exageraciones y anacronismos.

3. La ficcionalización de personajes históricos a diferencia de la fórmula de Walter Scott —aprobada por Lukács— de protagonistas ficticios. Por cierto que los protagonistas de algunas de las NNH más conocidas de la última década son Cristóbal Colón, Magallanes, Felipe II, Goya, Francisco de Miranda, Maximiliano y Carlota y Santos Dumont. Dicho de otro modo, mientras los historiadores del siglo XIX concebían la historia como resultado de las acciones de los grandes emperadores, reyes u otros líderes, los novelistas decimononos escogían como protagonistas a los ciudadanos comunes, los que no tenían historia. En cambio, mientras los historiadores de orientación sociológica de fines del siglo XX se fijan en los grupos aparentemente insignificantes para ampliar nuestra comprensión del pasado —véase *Down and Dirty. Paris Sewers and Sewermen* ("Abajo y sucios. Las alcantarillas y los alcantarilleros de París") (1991) de Donald Reid—, los novelistas de fines del siglo gozan retratando *sui generis* a las personalidades históricas más destacadas.

4. La metaficción o los comentarios del narrador sobre el proceso de creación. Aunque Robert Alter en su libro *Partial Magic: the Novel as a Self-Conscious Genre* ("La magia parcial: la novela como género autoconsciente") (1975) identifica este rasgo con algunas de las novelas más canónicas del mundo entero remontándose a los siglos XVII y XVIII como *Don Quijote* y *Tristram Shandy,* no se le puede negar a Borges su influencia en poner de moda las frases parentéticas, el uso de la palabra "quizás" y sus sinónimos, y las notas, a veces apócrifas, al pie de página.

5. La intertextualidad. Desde que García Márquez sorprendió a los lectores de *Cien años de soledad* con la introducción inesperada de personajes novelescos de Carpentier, Fuentes y Cortázar, la intertextualidad se ha puesto muy de moda tanto entre los teóricos como entre la mayoría de los novelistas. Aunque el concepto teórico fue elaborado primero por Bajtín, se difundió más en los escritos de Gérard Genette y Julia Kristeva. Ésta escribe que "todo texto se arma como un mosaico de citas; todo texto es la absorción y la transformación de otro. El concepto de la *intertextualidad* reemplaza a aquel de la *entresujetividad*, y el lenguaje poético tiene por lo menos dos maneras de leerse" (37). Las alusiones a otras obras, a menudo explícitas, se hacen frecuentemente en tono de burla como en *Los perros del Paraíso* de Abel Posse.

El ejemplo extremo de la intertextualidad es el palimpsesto, o la re-escritura de otro texto, como *La guerra del fin del mundo* de Vargas Llosa, re-escritura en parte de *Os sertões* de Euclides da Cunha; o *El mundo alucinante* (1969) de Reinaldo Arenas, re-escritura de las *Memorias* de fray Servando Teresa de Mier; o *Em liberdade* (1981) de Silviano Santiago, continuación apócrifa de *Memórias do cárcere* (1953) de Graciliano Ramos.

6. Los conceptos bajtinianos de lo dialógico, lo carnavalesco, la parodia y la heteroglosia. De acuerdo con la idea borgeana de que la realidad y la verdad históricas son inconocibles, varias de las NNH proyectan visiones dialógicas al estilo de Dostoievski (tal como lo interpreta Bajtín), es decir, que proyectan dos interpretaciones o más de los sucesos, los personajes y la visión del mundo.

El concepto de lo carnavalesco que desarrolló Bajtín en sus estudios sobre Rabelais prevalece en varias de las NNH: las exageraciones humorísticas y el énfasis en las funciones del cuerpo desde el sexo hasta la eliminación. Hay que notar, sin embargo, que la difusión de lo carnavalesco se debe más al ejemplo de *Cien años de soledad* que a las teorías de Bajtín. El narrador de esa novela no sólo describe gráficamente escenas de glotonería y de exagerada potencia sexual, sino también reconoce explícitamente su deuda a Rabelais cuando el personaje Gabriel sale de Macondo para París "con dos mudas de ropa, un par de zapatos y las obras completas de Rabelais" (340). La influencia de Bajtín no se dejó sentir en la América Latina hasta unos años después. Tal vez el primer autor latinoamericano en mencionar a Bajtín fue Severo Sarduy en *Escrito sobre un cuerpo* (1969). No se publicaron sus obras en español hasta la década de los setenta y tal vez el primer estudio crítico hispánico sobre Bajtín no se publicó hasta 1979 en la *Revista Iberoamericana:* "Carnaval/Antropofagia/Parodia" de Emir Rodríguez Monegal.

Los aspectos humorísticos de lo carnavalesco también se reflejan en la parodia, uno de los rasgos más frecuentes de la NNH y que Bajtín considera "una de las formas más antiguas y más difundidas por representar directamente las palabras ajenas" (51).

El cuarto de los conceptos bajtinianos que aparece a menudo en la NNH es la heteroglosia, o sea la multiplicidad de discursos, es decir, el uso consciente de distintos niveles o tipos de lenguaje.

Además de estos seis rasgos, la NNH se distingue de la novela histórica tradicional por su mayor variedad. El alto nivel de historicidad en *Yo el Supremo, El mar de las lentejas* y *Noticias del imperio* distingue estas tres novelas de otras donde el autor le da más soltura a su imaginación, como las novelas seudohistóricas *Terra nostra* y *Los perros del Paraíso,* o las totalmente apócrifas como *La renuncia del héroe Baltasar* (1974) y *La noche oscura del Niño Avilés* (1984) de Edgardo Rodríguez Juliá. El alternar entre dos periodos cronológicos bastante separados en *El arpa y la sombra, La tejedora de coronas, Juanamanuela, mucha mujer* (1980) de Martha Mercader y *Maluco* (1989) de Napoleón Baccino Ponce de León marca una diferencia clara, por una parte, de la concentración en un solo periodo histórico muy específico como *La guerra del fin del mundo* y, por otra, de un anacronismo desfachatado como *Los perros del Paraíso.* En algunos casos la representación del pasado encubre comentarios sobre el presente (*La guerra del fin del mundo* y *Los papeles de los Ayarza* —1988—, de Juan Carlos Legido), mientras en otros la evocación del pasado tiene muy poco que ver con el presente (*Noticias del imperio* y *Maluco*). Las novelas históricas detectivescas como *Volavérunt* (1980) de Antonio Larreta y *Castigo divino* (1988) de Sergio Ramírez, con un número relativamente reducido de personajes, distan mucho de las novelas panorámicas, muralísticas y enciclopédicas como *Terra nostra*, *La tejedora de coronas* y *Noticias del imperio*. Además de Cristóbal Colón en *El arpa y la sombra*, los protagonistas de las novelas autobiográficas apócrifas abarcan toda una gama desde santa Teresa en *Morada interior* (1972) de Angelina Muñiz hasta el conquistador feroz en *Diario maldito de Nuño de Guzmán*.

POSIBLES CAUSAS DEL AUGE DE LA NUEVA NOVELA HISTÓRICA

Ya que se ha registrado y definido el fenómeno de la NNH, el próximo paso lógico es teorizar sobre por qué empezó a florecer a fines de la década de los setenta. Los historiadores de la literatura solemos teorizar o especular sobre la emergencia o el predominio de ciertos movimientos, ciertos estilos o géneros en cierto periodo cronológico o en ciertos países. En cuanto a la NNH, salta a la vista que la novela histórica en general ha cobrado mayor importancia a partir de 1979 que durante el periodo criollista de 1915-1945. En efecto, aunque no cabe duda de que la primera NNH, *El reino de este mundo*, data de 1949, el número de novelas históricas en general publicadas en los 13 últimos años —1979-1992—, excede al número de novelas históricas publicadas en los 29 años anteriores (1949-1978) (193 a 158). Además, a excepción de las tres novelas de Carpentier, *El reino de este mundo*, *El siglo de las luces* y *Concierto barroco*, no hay más que nueve obras publicadas en todo el periodo 1949-1978 que caben dentro de la categoría de la NNH y siete de esas nueve se publicaron en 1974-1978. De tal manera que si escogiéramos 1974 como el año inicial del auge de la NNH, las únicas excepciones, además de las de Carpentier, serían *El mundo alucinante* (1969) de Reinaldo Arenas y *Morada interior* (1972) de Angelina Muñiz.

Otra indicación del predominio de la NNH desde 1979 es que entre los autores que la cultivan figuran algunos de los nombres más respetados de cuatro generaciones literarias que provienen de casi todos los países latinoamericanos: la primera, el cubano Alejo Carpentier (1904-1980); la segunda, el mexicano Carlos Fuentes (1929), el peruano Mario Vargas Llosa (1936) y el brasileño Silviano Santiago (1936); la tercera, el nicaragüense Sergio Ramírez (1942), el cubano Reinaldo Arenas (1943-1990), el puertorriqueño Edgardo Rodríguez Juliá (1946), el mexicano Herminio Martínez (1949) y el guatemalteco Arturo Arias (1950), y la cuarta, el argentino Martín Caparrós (1957).

La excepción nacional más notable a esta tendencia parece ser Chile, donde *Martes tristes* (1985) de Francisco Simón es, tal vez, el único ejemplo de la NNH. Ese fenómeno puede explicarse por la mayor preocupación de los novelistas chilenos contemporáneos por el pasado inmediato, o sea el golpe militar contra el gobierno de Allende en 1973, la dictadura de Pinochet y las experiencias en el exilio de varios novelistas. En cambio, la escasez de la NNH en Chile también podría atribuirse a la preferencia chilena tradicional por novelar de un modo realista el mundo contemporáneo. En 1949 José Zamudio Zamora afirmó que "nuestro país (país de historiadores como se le ha denominado) no sobresale en este género en que se combinan la historia y la ficción" (9).

Puesto que hay tanta variedad entre las novelas históricas publicadas entre 1979 y 1992, las nuevas al igual que las tradicionales, es imposible atribuir la proliferación de todo el subgénero a una sola causa específica o aun a una serie de causas específicas. Una actitud más prudente consiste en proponer y comentar tantos factores como sea posible, con la advertencia de que todos los factores no se pueden aplicar a todas las novelas.

A mi juicio, el factor más importante en estimular la creación y la publicación de tantas novelas históricas en los tres últimos lustros ha sido la aproximación del quinto centenario del descubrimiento de América. No es por casualidad que el protagonista de la NNH paradigmática de 1979, *El arpa y la sombra*, sea Cristóbal Colón, y que el protagonista de uno de los cuatro hilos novelescos de *El mar de las lentejas*, también publicada en 1979, sea un soldado del segundo viaje de Colón. En realidad, la primera aparición de Colón en la novela pos-1949, por breve que fuera, ocurrió en *El otoño del patriarca* (1975) de García Márquez. El mismo año en *Terra nostra* de Carlos Fuentes se presenta el descubrimiento del Nuevo Mundo realizado no por Colón sino por dos marineros arquetípicos, el viejo y el joven. Con 12 años de anticipación, en 1980, "en el umbral del Quinto Centenario" (51), según Jorge Ruffinelli, el escritor uruguayo Alejandro Paternain publicó *Crónica del descubrimiento,* que narra el descubrimiento apócrifo de Europa en 1492 por un grupo de indios. Un Cristóbal Colón bastante ficcionalizado protagoniza *Los perros del Paraíso* (1983) de Abel Posse.

En una novela más reciente, *Memorias del Nuevo Mundo* (1988) de Homero Aridjis, la figura de Colón está subordinada al marinero ficticio Juan Cabezón, protagonista de la novela anterior de Aridjis, *1492: vida y tiempos de Juan Cabezón de Castilla* (1985). Además, en *Memorias del Nuevo Mundo*, después de sólo 35 páginas, el enfoque se cambia del descubrimiento del Nuevo Mundo a la conquista de México y Colón desaparece totalmente de la novela.

La importancia del quinto centenario para los escritores latinoamericanos se subraya aún más con la novela futurística de Carlos Fuentes, *Cristóbal Nonato* (1987), basada en la anticipación del nacimiento del futuro protagonista el 12 de octubre de 1992. Por fin, entre las últimas de las NNH publicadas en 1992 se encuentran *Las puertas del mundo (una autobiografía hipócrita del Almirante)* de Herminio Martínez y *Vigilia del Almirante* de Augusto Roa Bastos.

Si las actuaciones novelísticas recientes de Colón datan de 1975, su presencia filatélica, también provocada por la aproximación del quinto centenario, comenzó paralelamente con la emisión en la República Dominicana, entre 1976 y 1978, de una serie de estampillas conmemorando la herencia española y continuó con la serie de 1982 dedicada al aniversario 490 del descubrimiento del Nuevo Mundo; las series anuales entre 1983 y 1986 dedicadas a la regata/Casa de España; la serie "Descubrimiento de América" en 1987; y, sin duda, muchas más en el lustro siguiente.[13] El presidente Joaquín Balaguer también decidió honrar a Colón con la construcción de un faro espectacular en forma de una pirámide a la entrada del puerto de Santo Domingo. Dentro del faro piensan depositar los huesos de Colón y el faro proyecta sobre el agua un enorme rayo laser en forma de una cruz de mil metros de largo para simbolizar el aspecto evangélico de la Conquista. Colón y el descubrimiento de América también han sido homenajeados en series de estampillas emitidas en la década de los ochenta por todos los países latinoamericanos.

Sin embargo, la importancia del quinto centenario para la NNH no se limita a Colón y al descubrimiento del Nuevo Mundo. También ha engendrado tanto una mayor conciencia de los lazos históricos compartidos por los países latinoamericanos como un cuestionamiento de la historia oficial. En 1987 y 1989 Cuba emitió un total de ocho tiras, cada una con cinco estampillas, dedicadas a la historia latinoamericana. Las de 1987 presentan a los indios heroicos que lucharon valientemente contra los conquistadores, como el cubano Hatuey, el mexicano Cuauhtémoc y el chileno Lautaro. La serie de

---

[13] Véase el catálogo filatélico Scott núms. 774, 793, 804, C 247, C 264, C 282; C 377-379; C 388-390; 916-919, 951-954, 980-984; 1002-1006.

1989 honra a una gran variedad de intelectuales, desde los pensadores del siglo XIX José Cecilio del Valle y Sarmiento hasta los novelistas de mediados del siglo XX Rómulo Gallegos, Miguel Ángel Asturias y Carpentier.

Como era de esperar, la celebración del quinto centenario también ha provocado la renovación de la polémica entre los críticos y los defensores de la conquista ibérica de América. Entre el 9 y el 12 de julio de 1984, en una reunión de varias comisiones nacionales para el Quinto centenario del Descubrimiento de América, celebrada en Santo Domingo, la frase "Encuentro de Dos Mundos" fue propuesta oficialmente por la delegación mexicana dirigida por Miguel León-Portilla, quien la había inventado.[14] En la ciudad de México, el 12 de octubre de 1986, grupos de indios celebraron el "Día de la Dignidad del Indio" desfilando por el Paseo de la Reforma y gritando al pasar por la estatua de Colón: "Cristóbal Colón al paredón" (Ortega y Medina, 162). En el Ecuador, la Confederación de Nacionalidades Indígenas protestó contra la conmemoración de la "invasión española" (*Casa de las Américas*, mayo-junio de 1989, p. 118) y el Ecuador planeó un congreso para celebrar 500 años de resistencia indígena. Jorge Ruffinelli, en su juicio sobre la *Crónica del descubrimiento* de Paternain, expresa sus preocupaciones políticas actuales: "Naturalmente, acercándonos como estamos haciéndolo, al celebratorio año de 1992, tenía que ser atractiva una historia que invirtiera los términos culturales en que hemos vivido durante 500 años sin haberlos puesto en discusión ni planteado su legitimidad [...]. La novela de Paternain es sólo un divertimento, pero apunta inequívocamente a una actual conciencia latinoamericana de descolonización" (52). La revista cubana *Casa de las Américas*, sin lanzar una crítica muy fuerte en contra de la Conquista, sí la relaciona a los

[14] En *Terra nostra* de Carlos Fuentes, uno de los dos marineros españoles que llegan al Nuevo Mundo pregunta, al ver por primera vez a los indios: "—¿Nos descubren ellos… o les descubrimos nosotros?" (384).

conflictos políticos de hoy: "Y no se trata sólo de la valoración de aquel hecho contradictorio en sí mismo, sino de su lectura a la luz de los conflictos de hoy, muchos de los cuales se ven reflejados en las posiciones que personalidades, instituciones y gobiernos adoptan frente al Medio Milenio" (XXIX, 174, mayo-junio de 1989, 103).

En julio de 1991 el presidente Carlos Andrés Pérez, de Venezuela, convocó en Caracas a un grupo sobresaliente de autores y de políticos latinoamericanos a fin de preparar una agenda para una próxima reunión —que nunca se realizó— cuyo propósito habría de ser redactar una declaración latinoamericana sobre el descubrimiento de América. De acuerdo con el pluralismo y la mayor flexibilidad política en la época pos-1989, se representaban en esa reunión de Caracas distintos puntos de vista políticos con la participación de los ex presidentes Raúl Alfonsín, de la Argentina; Julio Sanguinetti, del Uruguay, y José Sarney, del Brasil, y de los escritores Gabriel García Márquez, Sergio Ramírez, Mario Monteforte Toledo, Leopoldo Zea, Arturo Uslar Pietri y David Escobar Galindo.

Aunque todos los congresos y todas las celebraciones respecto al quinto centenario han contribuido sin lugar a dudas al auge de la novela histórica y al cuestionamiento del papel de América Latina en el mundo después de 500 años de contacto con la civilización occidental, una interpretación más pesimista es que la situación cada día más desesperada de América Latina entre 1970 y 1992 ha contribuido a la moda de un subgénero esencialmente escapista. En un caso análogo, la derrota de España en la Guerra de 1898 contra los Estados Unidos y la pérdida de Cuba, Puerto Rico y las islas Filipinas, lo cual simbolizaba la muerte de España como poder imperialista, estimuló a los jóvenes intelectuales de ese periodo a que hurgaran en el pasado para buscar una justificación por la existencia de España en la modernidad del siglo XX. La obsesión de la Generación del 98 con *Don Quijote* y la

51

herencia cultural de España en general representaba un intento por reforzar el orgullo nacional, pero a la vez indicaba la falta de un deseo de enfrentarse a la realidad. Aunque la crisis de las últimas décadas no se puede explicar por un solo suceso histórico como en el caso de España en 1898, los siguientes acontecimientos a partir de 1970 —que voy a comentar brevemente en seguida—, lo mismo que la perspectiva para el futuro lejano, no son nada halagüeños y por lo tanto los autores de las NNH o se están escapando de la realidad o están buscando en la historia algún rayito de esperanza para sobrevivir. Durante los años setenta las dictaduras militares en la Argentina, el Uruguay, Chile y el Brasil se superaron en el abuso de los derechos humanos y muchos intelectuales se refugiaron en los Estados Unidos y en Europa. Aunque los sandinistas triunfaron en 1979 en Nicaragua, los otros guerrilleros revolucionarios han tenido que abandonar sus esperanzas de derrotar al gobierno. En 1992 hasta en el Perú, en el caso muy especial de Sendero Luminoso, las esperanzas revolucionarias quedaron frustradas con el encarcelamiento, en septiembre, de Abimael Guzmán y otros dirigentes. Es decir, el derrumbe de los gobiernos comunistas de Europa oriental y la fragmentación subsiguiente de la Unión Soviética, la derrota electoral de los sandinistas y el papel cada día menos significativo de Cuba como modelo revolucionario han creado una tremenda confusión entre aquellos intelectuales latinoamericanos que desde los veintes han confiado ciegamente en el socialismo como única solución para las tremendas injusticias sufridas por sus compatriotas.

En la década de los ochenta la caída de las dictaduras militares en los países del Cono Sur y las elecciones de un presidente civil en Guatemala, el demócrata-cristiano Vinicio Cerezo, y del aprista Alan García en el Perú, engendró una vez más una esperanza para la resolución democrática de la situación tan difícil de América Latina. Sin embargo, esa esperanza desapareció con la subversión de la democracia política por la incapacidad de esos dos presidentes jóvenes; con la baja internacional del precio del petróleo y las grandes crisis subsiguientes en México y en Venezuela; y con la enorme deuda internacional, la inflación y el desempleo en casi todos los países latinoamericanos desde Puerto Rico hasta la Argentina.

El fin de la Guerra Fría y la democratización ligada con la privatización de los países de Europa oriental pueden tener consecuencias negativas para América Latina. Es muy probable que las naciones más ricas encaucen los préstamos hacia Europa oriental en vez de hacerlo hacia América Latina. Además, varios de los analistas políticos están pronosticando que los conflictos internacionales del futuro se entablarán entre los países desarrollados del hemisferio septentrional y los más o menos subdesarrollados del hemisferio meridional, o sea los países del Tercer Mundo, y que éstos están irremediablemente condenados al hambre, la enfermedad y la violencia política.

La misma fascinación con la historia que ha engendrado en las dos últimas décadas tantas novelas históricas también ha engendrado la publicación de biografías bien documentadas y colecciones de viñetas históricas. Ira Bruce Nadel, en su estudio *Biography: Fiction, Fact and Form* ("Biografía: ficción, datos y forma") (1984) declaró, sin lugar a dudas, que "en el siglo XX la biografía ha reafirmado la experimentación, estableciendo sus lazos con la ficción más que con la historia" (185). En 1982 Octavio Paz publicó su estudio enjundioso (670 páginas) de la vida y los tiempos de la gran poeta colonial con un título que tiene sabor a las novelas históricas románticas del siglo XIX: *Sor Juana Inés de la Cruz o las trampas de la fe*. En 1990 el erudito mexicano José Luis Martínez publicó un estudio objetivo de más de mil páginas sobre la vida y los tiempos de Hernán Cortés, con el título muy sencillo de *Hernán Cortés*, una empresa aún más extraordinaria teniendo en cuenta el largo rechazo, tanto oficial como popular, de Cortés (casi no hay estatuas de Cortés en México, ni calles que lleven su nombre).[15]

Dentro del mismo periodo también se publicaron tres *collages* históricos que se remontan a la época precolombina para presentar su interpretación panorámica, muralística y poco académica de 500 años de sufrimiento y explotación. Se trata de *Vista del amanecer en el trópico* (1974) del cubano Guillermo Cabrera Infante; *Las historias prohibidas del Pulgarcito* (1974) del salvadoreño Roque Dalton y *Memoria del fuego* (1982-1986) del uruguayo Eduardo Galeano. Las tres obras se apartan ideológicamente de muchas de las NNH porque son denuncias monológicas de los sectores hegemónicos nacionales y sus aliados imperialistas de España y de los Estados Unidos (y de Fidel Castro en el volumen de Cabrera Infante).

Todavía otra manifestación en la década pasada del aumento de interés en la historia ha sido el redescubrimiento académico de la literatura colonial, que en algunos casos se viene estudiando junto con la novela histórica. En 1987 el congreso del Instituto Internacional de Literatura Iberoamericana celebrado en el City College de Nueva York se titulaba "La historia en la literatura iberoamericana", con predominio de las ponencias dedicadas a la literatura colonial. En el Congreso de Mexicanistas celebrado en abril de 1991 en la Universidad Nacional Autónoma de México, el tema central era "la crónica" en su aceptación más amplia. Se presentaron ponencias sobre la crónica colonial, las crónicas sociales de los modernistas de fines del siglo XIX, la novela histórica en general y la crónica testimonial contemporánea, ésta practicada por Elena Poniatowska y Carlos Monsiváis.[16]

[15] En *Los Angeles Times* del 31 de marzo de 1992 (H/5) se informó que Carlos Fuentes propuso recientemente la colocación de una estatua de Cortés en una plaza importante de la ciudad de México. Octavio Paz también abogó por una revaloración del papel histórico de Cortés. Vicente Leñero, en su obra teatral *La noche de Hernán Cortés* (estrenada en junio de 1992), presenta una imagen dialógica de Cortés, hasta con trazos de don Quijote.

[16] El único género novelístico capaz de competir, en las dos últimas dé-

Las varias definiciones de la palabra "crónica", además del uso frecuente del término más amplio "discurso histórico", reflejan el cuestionamiento de las fronteras entre los géneros literarios en el periodo posmoderno. Este fenómeno también coincide con el cuestionamiento de la distinción entre la historia y la ficción. No es por casualidad que fuera el año 1973, en vísperas del auge de la NNH, en que Hayden White publicó su tan difundida y citada obra *Metahistory*, que mediante el análisis del discurso narrativo de ciertos historiadores del siglo XIX cuestionó las pretensiones científicas de los historiadores e hizo hincapié en su carácter ficticio. El año siguiente, el crítico teórico Murray Krieger también observó que el historiador siempre es un intérprete y por lo tanto está más cerca de la ficción que de la ciencia (339).

Durante las décadas de los setenta y los ochenta los catedráticos de historia estaban más dispuestos a incorporar novelas entre los textos obligatorios de sus cursos. En cuanto a las publicaciones, en 1982, para citar sólo un ejemplo, el profesor de historia E. Bradford Burns de la Universidad de California en Los Ángeles publicó en la *Revista Interameri-*

cadas, con la Nueva Novela Histórica es la novela testimonial o la crónica. Aunque sus antecedentes se remontan a 1948-1961: *Juan Pérez Jolote* (1948) de Ricardo Pozas, *Quarto de despejo* (1960) de Carolina de Jesús y *Cinco familias* (1959) y *Los hijos de Sánchez* (1961) de Oscar Lewis, su auge coincide en parte con el de la NNH: *La noche de Tlatelolco* (1971) de Elena Poniatowska, *Operación Masacre* (1972) de Rodolfo Walsh, *Miguel Mármol* (1972) de Roque Dalton, *Los periodistas* (1978) de Vicente Leñero, *La montaña es algo más que una inmensa estepa verde* (1982) de Omar Cabezas Lacayo y *Me llamo Rigoberta Menchú* (1983) de Elizabeth Burgos Debray. Sin embargo, en la década de los ochenta la producción de estas obras testimoniales bajó notablemente como reflejo del ocaso de los movimientos guerrilleros revolucionarios en toda América Latina. Aun en su periodo de apogeo, la novela testimonial nunca alcanzó la alta productividad, la gran variedad y la calidad artística sobresaliente de la Nueva Novela Histórica. Como ejemplo simbólico de la victoria de la NNH sobre la novela testimonial, Elena Poniatowska, tal vez la mejor de todos los cronistas testimoniales, publicó en julio de 1992 la novela histórica *Tinísima*.

cana de Bibliografía un artículo titulado "Bartolomé Mitre: el historiador como novelista, la novela como historia".

Durante el mismo periodo, ciertos investigadores literarios se atrevieron a cruzar el umbral que los introduciría en la investigación histórica. En 1982 el muy citado semiólogo Tzvetan Todorov, escribiendo con un tono de moralista y seminovelista más que de historiador, publicó *La conquista de América. La cuestión del otro*. En ella condena a Colón por haber considerado inferiores a los indios, por su obsesión de convertirlos al cristianismo y por su búsqueda obsesiva del oro. Asimismo Todorov critica a Cortés por haber pensado de un modo egocéntrico y por no haber considerado a los indios como seres humanos. Todorov subraya la importancia de la lengua y de los intérpretes en la conquista de México; se refiere al "comportamiento semiótico" (121) de Cortés; y juega semiótica y gratuitamente con la cuestión del sujeto/objeto (132).

En el epílogo del texto, Todorov extiende a todas las naciones imperialistas de Europa la profecía de Las Casas de que España será castigada por todos sus crímenes. Con una arrogancia absurda, Todorov afirma que escribió el libro para impedir que se olvide el genocidio de la Conquista: "Porque el otro queda por descubrirse" (247).[17]

---

[17] A pesar de su antiimperialismo, Todorov fue criticado por Rolena Adorno en un ensayo publicado en las actas de un congreso celebrado en la Universidad de Minnesota: *1492-1992: Re/Discovering Colonial Writing* (1989). Con actitud de activista marxista, Adorno acusa a Todorov de haber callado "el discurso del sujeto dominado" (205) y de haber privilegiado el motivo recurrente de su "preocupación por los regímenes totalitarios con alusiones implícitas al Estado soviético" (204). Afirma que Michel de Certeau, en su obra *Heterologies: Discourses on the Other*, ayuda al lector a escuchar el discurso del otro examinando "el activismo de los indios y de los campesinos organizado a mediados de los setentas" e invitando "a sus lectores a participar en la recopilación de datos y en el apoyo activo" (206) de ese movimiento.

La Nueva Novela Histórica en Europa y en los Estados Unidos

Ya que se ha teorizado sobre los fenómenos históricos y culturales que pueden haber contribuido al engendro de la NNH y de otros discursos históricos en las dos últimas décadas, conviene preguntar si la NNH también goza de un auge paralelo en los Estados Unidos, Europa y otras partes del mundo. En su estudio *History and the Contemporary Novel* (1989), David Cowart señala "el mayor predominio de temas históricos en la narrativa actual" (1) y lo atribuye a la ansiedad que caracteriza nuestra época: "buscamos en la historia las claves para comprender, medir y resolver los problemas que surgen de la inestabilidad total de la actualidad nuclear" (29). Marc Bertrand comenta la vuelta de la novela histórica en Francia hacia 1975 ya pasado el auge del *Nouveau roman*. Aunque la Nueva Novela Histórica no se deriva en absoluto de las novelas históricas europeas-norteamericanas, es interesante observar el desarrollo de la misma tendencia, pero de menor intensidad. En efecto, no cabe duda de que muchas de las NNH de los Estados Unidos y de Europa reflejan la influencia de autores latinoamericanos, sobre todo de Borges y de García Márquez.

Aunque la Nueva Novela Histórica latinoamericana se inicia con *El reino de este mundo* (1949) de Alejo Carpentier, hay que constatar el antecedente europeo de *Orlando* (1928) de Virginia Woolf. Con el subtítulo de *Una biografía* y una dedicatoria a V. Sackville-West, *Orlando* es una deliciosa parodia de las biografías del siglo XIX y una sátira de la sociedad inglesa desde el siglo XVI hasta el XX. Aunque la vida del protagonista se narra hasta la época de 1928, hay que hacer una excepción en cuanto a la definición de novela histórica, puesto que más o menos el 90% de la novela transcurre en los siglos anteriores. Lo que la identifica como precursora de la NNH o, en realidad, como la primera Nueva Novela

Histórica es su carácter carnavalesco —el protagonista cambia de sexo en la mitad de la novela—, su intertextualidad y su metaficción. Los elementos inverosímiles de la biografía se intensifican por la inclusión, como en una biografía tradicional, de fotos de Orlando en distintas etapas de su vida prolongada de 350 años y de un índice completo. Aunque no se puede afirmar que la NNH latinoamericana desciende de *Orlando*, hay que admitir que la novela de Virginia Woolf fue elogiada y traducida en 1936-1937 por Jorge Luis Borges y que el personaje Orlando desempeña un papel en dos de las NNH latinoamericanas. En *El mundo alucinante* (1969) de Reinaldo Arenas, el nombre de Orlando siempre va acompañado del epíteto "rara mujer" (capítulo 27). En *Grand tour* (1987) de Denzil Romero, Orlando sirve de guía a Francisco de Miranda en su paseo por Londres y luego, a bordo del *Mayflower,* le explica su atracción mutua en términos del amor platónico.

A pesar de la gran importancia de *Orlando,* sus epígonos europeos-norteamericanos no aparecieron hasta la década de los sesenta y no fue hasta la década de los ochenta que constituyeron una tendencia. La primera explicación de la falta de epígonos entre 1928 y 1960 se aplica también a América Latina: la preocupación predominante de los novelistas entre 1930 y 1945 por los problemas sociales contemporáneos. La segunda razón sí se aplica más a los Estados Unidos y, de cierta manera, a Europa: la exclusión tradicional del canon de las novelas históricas populares, o sea, de gran venta. Uno de los mejores ejemplos es *Gone with the Wind* ("Lo que el viento se llevó") (1936). [18]

En un libro publicado en 1974 sobre la novela histórica norteamericana, Harry B. Henderson III afirmó: "La novela histórica, como género, nunca ha alcanzado el lugar que me-

---

[18] En su estudio temático de la novela histórica norteamericana publicada en 1950, Ernest Leisy afirmó: "Sea lo que sea la forma, la novela histórica es hoy día el tipo más popular de la narrativa norteamericana" (vii).

rece en la historia de la literatura y en la estimación crítica porque tiene dos defectos importantes para la mayoría de los críticos literarios: la falta de integridad y la vulgaridad" (xv). David Cowart critica las novelas históricas de segunda clase con base en razones estéticas por su incapacidad de "transformar sucesos históricos en algo de trascendencia filosófica [...]. La novela histórica inferior está recargada de datos; el novelista histórico inferior no sabe subordinar la historia cruda al arte" (20). El crítico francés Marc Bertrand afirma que en Francia "la novela histórica raras veces ha llegado a ocupar el centro de la escena literaria" (77).

Después de *Orlando*, la más importante de las NNH no latinoamericanas y la primera cronológicamente es *The Sot-Weed Factor* (1960) del norteamericano John Barth (1930), gran admirador de Borges y de García Márquez y coetáneo de los escritores más sobresalientes del *boom*. Su obra, que consta de más de 800 páginas, es una epopeya burlesca de la colonización de Maryland a fines del siglo XVII y principios del XVIII. Lleva bastante parecido con algunas de las novelas latinoamericanas posteriores a 1960 por ser en gran parte un *tour de force* lingüístico con un fuerte tono carnavalesco y una gran dosis de metaficción e intertextualidad. El diario secreto y apócrifo del capitán John Smith, intercalado en la novela, es una narración rabelesiana de los amores entre el Capitán y la india Pocahontas. La "verdad" histórica se subordina obviamente a la fantasía novelística. La abundancia de disfraces en la novela proyecta una visión dialógica de la realidad, o en términos borgeanos, el lector no puede decidir quién es el héroe y quién el traidor. El protagonista ficticio Ebenezer Cooke, que abandona hacia fines de la novela su ingenuidad estilo-Candide por una actitud cínica, asombra a su criado picaresco con las siguientes palabras:

¡Y esta guerra a muerte entre Baltimore y Coode! [...]. ¿Cómo sabemos quién tiene razón y quién no tiene razón, o si en realidad es una guerra? ¿Por qué no he de declarar que los dos están conspirando y que todas estas apariencias de una insurrección sólo sirven para tapar una asociación terrible? [...] ¿No es sino la inocencia infantil que impide que la mayoría de los hombres queden persuadidos de que al burdel lo apoya la Iglesia, o que Dios y Satanás se estrechan las manos dentro del mismo tarro de bizcochos? (555).

Tampoco se puede diferenciar entre la civilización y la barbarie (tema tan frecuente en la literatura latinoamericana desde *Facundo* y *Doña Bárbara* hasta las NNH *Noticias del imperio* y *La campaña)* como se indica en el título del capítulo 11 de la Tercera Parte: *"[...] Mary Mungummory plantea la pregunta. ¿Se acecha la verdadera barbarie bajo la piel de la civilización o se acecha la verdadera civilización bajo la piel de la barbarie? —pero sin dar la respuesta"* (649). La misma actitud bajtiniana/borgeana, expresada en el estilo típicamente exuberante de la América Latina, se aplica a la filosofía de la historia en el título del capítulo 18 de la Tercera Parte: *"El poeta se pregunta si la trayectoria de la historia humana es un progreso, un drama, una retrogresión, un ciclo, una ondulación, una vorágine, una espiral hacia la derecha o hacia la izquierda, un simple continuo o lo que sea. Se introducen ciertas pruebas, pero de un carácter ambiguo y cuestionable"* (734).

Siguiendo en la misma ruta lúdica, pero con una nota de protesta social muy fuerte, *Mumbo Jumbo* (1972) de Ishmael Reed presenta una visión algo caótica de la década de los veinte a través de la perspectiva del Movimiento Pro Poder Negro y de la oposición a la Guerra de Vietnam de fines de la década de los sesenta y principios de los setenta. El movimiento apócrifo "Jes Grew" ("Sólo creció") asusta a los blancos hegemónicos; critica la ocupación de Haití por los infantes de Marina durante 20 años; se burla de la administración del presidente Harding; se intercalan entre los personajes ficticios algunos músicos y cómicos negros históricos como Scott Joplin, Bert Williams, Cab Calloway, Bessie Smith, Josephine Baker y otros; y una buena cantidad de páginas se dedican al vudú y a los ancianos cultos egipcios de Isis y Osiris. Sumamente original, *Mumbo Jumbo* está desprovista de un argumento tradicional y de la caracterización tradicional y privilegia, como el jazz, la improvisación temática.

Los escritores ingleses Anthony Burgess y Robert Nye enriquecieron respectivamente la NNH en la década de los setenta con *Napoleon Symphony* (1974) y *Falstaff* (1976). Como indica el título, la novela de Burgess se basa en la sinfonía *Eroica* de Beethoven y supone que los lectores conocen el periodo napoleónico. Igual que *The Sot-Weed Factor, Napoleon Symphony* es un *tour de force* lingüístico que termina con una serie de parodias de autores del siglo XIX. *Falstaff* también es una obra primordialmente lúdica, un monólogo de 450 páginas del mentiroso arquetípico de Shakespeare, ubicado en el siglo XV, pero a diferencia de *The Sot-Weed Factor,* escrito en el lenguaje de hoy día. El autor juega con la historia y la literatura dando el nombre de Macbeth al cocinero de Falstaff y el de Desdémona a su rata doméstica.

A pesar de estos antecedentes, se puede decir que la NNH no latinoamericana no llegó a florecer hasta 1980 con el gran éxito, tanto editorial como cinematográfico, de *El nombre de la rosa* del italiano Umberto Eco. Una novela detectivesca de 600 páginas ubicada en un monasterio franciscano de Italia en 1327, *El nombre de la rosa* no es ni un *tour de force* lingüístico ni es primordialmente lúdica, ni distorsiona la historia. Lo que la identifica como una NNH es que como novela detectivesca constituye en parte una parodia de Sherlock Holmes y contiene otros muchos ejemplos de intertextualidad. Además, no sólo re-crea la vida monástica del siglo XIV y los conflictos políticos entre el Papa y las órdenes religiosas, todo muy bien documentado, sino que también, como los cuentos de Borges, utiliza la historia para proyectar ideas filosóficas aplicables a todas las épocas. La influencia de Borges también se evidencia en el uso de varias técnicas de la metaficción. Aunque la presencia de Borges en la novela no se encubre en lo absoluto —el personaje Jorge de Burgos[19] es el individuo más viejo que vive dentro del monasterio—, Eco, en su *Postscript* ("Posdata") de 1984, reconoce explícitamente su deuda con el escritor argentino: "Todos me preguntan por qué mi Jorge, con su nombre, evoca a Borges, y por qué es tan malvado. Pero no sé. Yo quería un ciego que vigilaba una biblioteca (me parecía una buena idea narrativa), y la fórmula de biblioteca más ciego sólo puede dar a Borges; también porque hay que pagar las deudas" (27).

Terry Eagleton, el teórico marxista inglés, siguió el ejemplo de Eco con la NNH de alta calidad *Saints and Scholars* ("Santos y eruditos") (1987). Igual que varios cuentos de Borges, la novela combina datos ultrapreciosos con divagaciones filosóficas. La acción se inicia precisamente el 12 de mayo de 1916 en la ciudad de Dublín y luego se entrelaza la rebelión irlandesa de Semana Santa encabezada por James Connolly (1868-1916) con conversaciones filosóficas entre Ludwig Wittgenstein (1889-1951) y el hermano mayor de Mikhail Bajtín (1895-1975), que no podrían haberse entablado en 1916. Otro elemento típico de algunas de las NNH es la intervención intertextual del personaje joyceano Leopold Bloom, quien se queja de la fuga de Molly con Stephen. Las condiciones revolucionarias en Irlanda se yuxtaponen con las de Rusia en vísperas del triunfo bolchevique y con el crepúsculo de la vida burguesa en la Viena del anciano emperador Franz Josef. Teniendo en cuenta la ideología marxista de Eagleton en sus libros teóricos, lo que más sorprende en esta novela es la actitud dialógica con que se trata la Revolución y el tono carnavalesco.

[19] En un ejemplo de la intertextualidad de "ida y vuelta" entre continentes, Jorge de Burgos figura parentéticamente en la novela *Ansay* (1984) del argentino Martín Caparrós (225).

Aunque hay otras varias NNH no latinoamericanas, la mejor para cerrar esta sección tiene que ser *The Memoirs of Christopher Columbus* ("Las memorias de Cristóbal Colón") (1987) de Stephen Marlowe, autor nacido en Brooklyn y conocido antes por sus novelas detectivescas. La novela de Marlowe es una autobiografía fictica de Colón muy divertida que subvierte todos los detalles conocidos y desconocidos de la vida del Almirante. La subversión proviene del cuestionamiento filosófico del narrador:

¿Cuál es el propósito de la historia?

Según el padre de todos los historiadores, Heródoto de Halicarnassus (*c.* 480-425 a. C.), el propósito de la historia es perpetuar el recuerdo de las "hazañas grandes y maravillosas". Imagino que la historia se ha vuelto mucho más compleja desde entonces, porque los que la practican están igualmente dispuestos a perpetuar el recuerdo de las hazañas más viles y horribles, sin que se acerquen más a la verdad, sea lo que sea la verdad (462).

Igual que en *Los perros del Paraíso* de Abel Posse, abundan la intertextualidad y la metaficción con fuertes dosis del anacronismo. El primer viaje de Colón se compara en el capítulo VIII con *La Odisea*, la historia del arca de Noé, *Moby Dick*, Joseph Conrad, *Mutiny on the Bounty* ("Motín a bordo") y *The Caine Mutiny* ("El motín del Caine"). El primer desembarco en el Nuevo Mundo no lo presencian "medio-billón de televidentes por todo el mundo" a pesar de "haberle ganado a Neil Armstrong por casi 500 años" (199). El tono carnavalesco prevalece por toda la novela con episodios eróticos entre Colón y una serie de mujeres, incluso Tristán, quien en realidad es Isolda disfrazada, y Beatriz, cuyos padres fueron quemados en la hoguera por la Inquisición, y a quien Colón frecuentemente se refiere con la frase "la preciosa Petenera", alusión a la ópera *Carmen*. Además de tener los seis rasgos de la NNH, *The Memoirs of Christopher*

Columbus también es un delicioso *tour de force* lingüístico en que Colón se expresa en la jerga de los ochentas. De acuerdo con la irreverencia de esa década, la novela también cuestiona la justificación religiosa de la Conquista. El indio Guacanagarí pregunta a Colón con señas: "'Si su Dios Padre y su Dios Hijo y su Dios Espíritu bajaran del Cielo para matarle, ¿usted se defendería?'" (358).

Como en la América Latina, las NNH, definidas precisa y estrechamente, han constituido en Europa y los Estados Unidos sólo una minoría del gran número de novelas históricas en general que se han publicado en las dos últimas décadas. Éstas abarcan un espectro muy amplio, desde lo que Linda Hutcheon llama la "metaficción historiográfica posmoderna obsesionada con la pregunta de cómo podemos hoy llegar a conocer el pasado" (47), hasta lo que llama Biruté Ciplijauskaité la "nueva novela histórica femenina" (128) y todas aquellas novelas históricas populares que se encuentran a la venta en los aeropuertos y los supermercados. Hutcheon cita *Yo el Supremo* como uno de los paradigmas de la novela histórica posmoderna, pero también incluye algunas que en realidad no merecen el título de NNH como la muy conocida *Ragtime* ("Época de la música sincopada") (1975) de E. L. Doctorow, que es principalmente una historia social mimética de los Estados Unidos en las dos primeras décadas del siglo XX, con protagonistas ficticios, aunque algunos personajes históricos como J. P. Morgan y Houdini intervienen con papeles secundarios relativamente importantes. Hutcheon tampoco distingue entre las novelas que transcurren en el pasado y aquellas que versan sobre la historia contemporánea como *The Public Burning* ("En la hoguera pública") (1977) de Robert Coover acerca de la época de Richard Nixon, y *Midnight's Children* ("Los niños de la medianoche") (1981) de Salman Rushdie sobre la independencia de la India. En cambio, ella sí comenta una variedad de novelas posmodernas auténticamente históricas que atestiguan la popularidad reciente del subgénero: *Doctor Copernicus* (1976) y *Kepler* (1981) de Banville, *The Return of Martin Guerre* ("La vuelta de Martin Guerre") (1983) de Natalie Z. Davis y *The French Lieutenant's Woman* ("La mujer del teniente francés") (1969) y *A Maggot* ("Un gusano") (1985) de John Fowles.

Biruté Ciplijauskaité, en su libro *La novela femenina contemporánea (1970-1985). Hacia una tipología de la narración en primera persona*, trata de comprobar que las mujeres que han escrito novelas históricas[20] a partir de Marguerite Yourcenar con *The Memoirs of Hadrian* (1951) escriben con mayor emoción y en un estilo más lírico que los hombres y con frecuencia tratan de revisar la imagen de ciertos hombres famosos, como en los casos de Pierre Abelard en *Très sage Héloïse* ("La muy sabia Eloísa") (1966) de Jeanne Bourin y Luis XIV en las memorias de Mme de Maintenon, *L'Allée du roi* ("El sendero del rey") (1981). Aunque la mayoría de las novelas históricas francesas, alemanas, portuguesas y españolas (ninguna latinoamericana) que comenta se publicaron en los años ochenta, sólo *Urraca* (1982) de la española Lourdes Ortiz tiene varios de los rasgos de la NNH.

Además de las novelas históricas estadunidenses y europeas ya mencionadas, este vistazo panorámico quedaría incompleto si no incluyera algunos de los novelistas de mayor venta popular: la inglesa Mary Renault con ocho novelas acerca de la Grecia antigua, desde *The Last of the Wine* ("El último vino") (1956) y *The King Must Die* ("El rey debe morir") (1958), hasta *Funeral Games* ("Juegos fúnereos") (1981); el francés Julien Green con dos novelas enormes ubicadas en el sur de los Estados Unidos en los años previos a la Guerra Civil, *Les pays lointains* ("Los países lejanos") (1987) y *Les étoiles du Sud* ("Las estrellas del Sur") (1989); el alemán

---

[20] El estudio de Ciplijauskaité es mucho más serio que el intento de James Mandrell de generalizar sobre novelas históricas escritas por mujeres con base en sólo ¡tres! obras: *Los recuerdos del porvenir* de Elena Garro, *La Storia* de Elsa Morante y *La casa de los espíritus* de Isabel Allende.

Patrick Süskind con *Perfume. The Story of a Murderer* ("Perfume. La historia de un asesino") (1985) que, aunque está ubicada en la Francia del siglo XVIII, tiene muy pocos elementos históricos; y los norteamericanos James A. Michener con *The Source* ("El origen") (1965) y Gore Vidal con *Burr* (1973), *Lincoln* (1984) y *Hollywood: a novel of America in the 1920s* (1990).

MANOS A LA(S) OBRA(S)

Por muy acertadas o erradas que sean mis ideas teóricas sobre las definiciones y los orígenes de la NNH, lo que es mucho más importante es que la NNH, desde fines de los setentas se ha establecido como la tendencia predominante en la novela latinoamericana ya consagrada internacionalmente y que ha producido algunas obras verdaderamente sobresalientes que merecen estar en el listado canónico de 1992 y tal vez en el de 2092.

II. LA GUERRA CONTRA EL FANATISMO
"La guerra del fin del mundo" de Mario Vargas Llosa con una coda sobre "A casca da serpente" de José J. Veiga

> Todo resulta fácil si uno es capaz de identificar
> el mal o el bien detrás de cada cosa que ocurre
> (361).

LA GUERRA DEL FIN DEL MUNDO (1981), la mejor novela de Mario
Vargas Llosa, termina con las palabras "Yo lo vi".[1] Esas palabras, pronunciadas por una vieja esquelética, se refieren
a los arcángeles que subieron al cielo al ex cangaçeiro João
Abade. Por lo tanto, constituyen una muestra más de la fe
ciega engendrada entre los pobres y los lisiados por el profeta fanático Antonio Consejero, líder de la rebelión de Canudos contra el gobierno brasileño a fines del siglo XIX en la
paupérrima zona rural del Noreste. Además, esas palabras
de la vieja esquelética recuerdan intertextualmente a los esclavos negros haitianos de *El reino de este mundo*, que "ven"
la transformación de su líder místico Macandal en un "mos-
quito zumbón" (50); y de la familia de Remedios la Bella en
Cien años de soledad que "ven" su subida al cielo. De un

---

[1] Véase mi estudio "Ver para no creer: *El otoño del patriarca*", *Caribe*, I, 1
(1976); publicado también como capítulo de Menton, *La novela colombiana:
planetas y satélites* (Bogotá: Plaza y Janés, 1978) y en Peter Earle, comp.
García Márquez (Madrid: Taurus, 1981). Este uso anafórico-"oximorónico"
del verbo "ver" puede haberse originado en "La muerte y la brújula" (146) y
"El sur" (183) de Borges.

modo parecido aun los corresponsales urbanos y "civilizados" mandados a cubrir la rebelión también ven lo que quieren ver: "—Podían ver pero sin embargo no veían. Sólo vieron lo que fueron a ver. Aunque no estuviese allí. No eran uno, dos. Todos encontraron pruebas flagrantes de la conspiración monárquico-británica" (394).

En el primer párrafo de la novela el narrador omnisciente revela sus propias limitaciones al describir al profeta rebelde: "era imposible saber su edad, su procedencia, su historia" (15). Al mismo tiempo, hay que reconocer esta limitación como un truco técnico que sirve para revestir al profeta de una capa misteriosa. Digo que es un truco porque en la obra brasileña *Os Sertões* de Euclides da Cunha, que sirvió de punto de partida para Vargas Llosa, sí se dan los antecedentes del Consejero, tanto de sus antepasados como de sus propias experiencias antes de emprender su misión antirrepublicana (120-139). A la vez, los discípulos del Profeta sí se presentan con sus antecedentes en la novela de Vargas Llosa, lo que no ocurre en la obra brasileña.

Como el héroe de la novela de Vargas Llosa es el periodista miope y anónimo, el motivo recurrente de la vista también refleja la visión de mundo magicorrealista de Borges y de García Márquez[2] proyectada por toda la novela de que no hay una sola verdad absoluta, no hay una sola interpretación verdadera de la historia o de la realidad; en fin, que la realidad es inconocible. Este punto de vista también coincide

[2] En una entrevista con Ricardo Setti, Vargas Llosa expresó en 1986 su preferencia por Borges —de entre todos los escritores latinoamericanos— a causa de su gran originalidad, su imaginación, su cultura y su lenguaje preciso y conciso (17). Véase también la conferencia de Vargas Llosa en Syracuse University, "An invitation to Borges's Fiction", publicada en Mario Vargas Llosa, *A Writer's Reality*, 1-20. Su admiración por el novelista García Márquez se conoce en el mundo de las letras por lo menos desde el famoso encuentro de Caracas en agosto de 1967 y la publicación en 1971 de su tesis doctoral *García Márquez: Historia de un deicidio*, hasta el también famoso encuentro pugilístico un lustro después en México.

con el de la época posmoderna y con los conceptos de lo dialógico y lo polifónico de Bajtín.

Si la realidad es inconocible, razón de más para condenar el fanatismo, no sólo del profeta Antonio Consejero y todos sus discípulos, sino también de su contrincante principal y de otros personajes. Así es que el tema de toda la novela es la condena del fanatismo, lo que se confirma con afirmaciones recientes de Vargas Llosa respecto a otras manifestaciones del fanatismo.

La respuesta de Vargas Llosa a la sentencia de muerte proclamada por el Ayatollah Khomeini contra Salman Rushdie por su novela *The Satanic Verses* ("Los versos satánicos") se publicó en el *New York Times Book Review* el 12 de marzo de 1989 y es una reafirmación explícita del tema de su novela de 1981:

> Pienso muchísimo en ti y en lo que te ha sucedido. Me solidarizo totalmente con tu libro y me gustaría compartir contigo este asalto sobre el racionalismo, la razón y la libertad. Los escritores deberíamos unirnos en este momento muy crítico para la libertad de creación. Creíamos que se había ganado esta guerra hace mucho tiempo pero no fue así. En el pasado fueron la Inquisición católica, el fascismo, el estalinismo; ahora se trata del fundamentalismo musulmán y probablemente habrá otros. Las fuerzas del fanatismo siempre estarán allí. El espíritu de la libertad siempre será amenazado por la irracionalidad y la intolerancia, que están aparentemente arraigadas en la profundidad del corazón humano.[3]

En un nivel más personal, la condena del fanatismo en el Brasil de fines del siglo XIX por Vargas Llosa también se dirige contra los extremistas izquierdistas de la América Latina que no pierden oportunidad de denunciarlo, sobre todo desde 1971, por su crítica al gobierno cubano por haber li-

---

[3] Carlos Fuentes publicó una carta muy semejante en *Los Angeles Times* del 1º de abril de 1992, B 11.

mitado la libertad de expresión artística.[4] Aunque Vargas Llosa lleva años criticando a los guerrilleros de Sendero Luminoso,[5] hay que constatar que éstos no surgieron hasta 1980 y, por lo tanto, lo más probable es que no le hayan inspirado directamente la novela publicada en 1981. El hecho de que Vargas Llosa fuera un candidato presidencial a partir del otoño de 1988, apoyado por una coalición de partidos centristas que defienden la propiedad privada, refuerza la analogía entre el pasado brasileño y el presente peruano.

La condena del fanatismo en la novela, cuya importancia no ha sido suficientemente señalado por la mayoría de los críticos,[6] se complementa con el elogio de la flexibilidad, del

[4] Como tantos intelectuales latinoamericanos, Vargas Llosa apoyó con gran entusiasmo la Revolución cubana en sus primeros años, pero siempre abogando por el derecho del intelectual y su deber de criticar al socialismo con el fin de mejorarlo. Sin embargo, a partir de 1967 se considera persona *non grata* dentro del gobierno cubano por su polémica pública con Haydée Santamaría, directora de la Casa de las Américas, y por su disidencia con el gobierno cubano en cuanto a la invasión soviética de Checoslovaquia en agosto de 1968 y al Caso Padilla entre 1968 y 1971. Véase Menton, *Prose Fiction of the Cuban Revolution* (146, 153-156), y Vargas Llosa, "The Author's Favorite of His Novels" ("La propia novela predilecta de Vargas Llosa") y "Transforming a Lie into Truth" ("Transformando una mentira en la verdad") en *A Writer's Reality*.

[5] En una entrevista de 1986 con Raymond L. Williams, Vargas Llosa se refiere a Sendero Luminoso en términos de "violencia abstracta, terror ciego" (Williams, entrevista, 205). Véase también Vargas Llosa, "Inquest in the Andes", *The New York Times Magazine*, julio 31, 1983, pp. 18 *ss.*

[6] Entre los estudios más valiosos sobre la novela, el de Raymond Souza es el que más se aproxima a señalar la importancia del fanatismo. Reconoce la relación entre la novela y los guerrilleros de Sendero Luminoso (69); señala la condena del fanatismo y la evolución positiva del Barón; pero no identifica la condena del fanatismo como el eje estructurante de toda la novela. Ángel Rama discute con gran amplitud la ideología de la novela sin aludir a su aplicación a la actualidad peruana. José Miguel Oviedo, en su estudio de 1982 publicado en *Eco*, reconoce los grandes aciertos de la novela pero no destaca debidamente el papel positivo del Barón. Antonio Cornejo Polar reconoce la importancia del fanatismo en la novela, pero critica la posición "antiideológica" de Vargas Llosa y parece justificar la violencia de los gue-

cambio, de la objetividad y de la relatividad, elogio que va acompañado de la subversión de ciertos estereotipos.

Los cuatro fanáticos principales se identifican con distintas formas del fuego, mientras el flexible barón de Cañabrava se simboliza con el camaleón sin las connotaciones negativas tradicionales. El Profeta tenía los "ojos incandescentes" (16), "ojos ígneos" (32) y "la cabeza de hirvientes cabellos color azabache" (16) y hablaba a los suyos "del cielo y también del infierno, la morada del Perro, empedrada de brasas y crótalos" (17). Cita, además, las palabras bíblicas: "¡Vine para atizar un incendio!" (91). Después advierte que "el fuego va a quemar este lugar" (152) y que "habrá cuatro incendios" (152), palabras éstas recordadas hacia el final por León de Natuba, escribiente del Profeta (513). Como declaración de guerra contra el gobierno republicano, el Profeta manda quemar los decretos de secularización de 1889. Desde luego que el motivo recurrente del fuego se nutre de las sequías de la región, de la frecuente mención de las fogatas y de los fuegos artificiales y del uso metafórico de verbos como "llamear" (16), "enardecerse" (57), "chispear" (253) y "carbonizarse" (267).

Igualmente fanático es el coronel Moreira César, defensor incondicional de la República, mandado por el gobierno a acabar con la rebeldía de Canudos. Había aplastado "con mano de hierro" (146) todas las sublevaciones que hubo en los primeros años de la República y defendía "en ese perió-

rrilleros peruanos sin mencionarlos por nombre. Jorge Ruffinelli elogia mucho el valor artístico de la novela pero también critica la ideología antirrevolucionaria de Vargas Llosa sin reconocer la importancia del barón de Cañabrava: la novela "nunca logra dar una visión amplia y comprensiva de lo que es un movimiento de liberación en busca de su propia libertad y su autonomía" (108). Raymond L. Williams identifica el fanatismo como "uno de los factores que motivan a los personajes [...] aunque no es el principal" (150). Alfred Mac Adam pregunta por qué Vargas Llosa se interesó en un tema brasileño cuando todas sus novelas anteriores versan sobre temas peruanos; pero en vez de contestar a su propia pregunta, explora la intertextualidad del tema del escritor y la lucha épica.

dico incendiario, *O Jacobino,* sus tesis en favor de la República dictatorial, sin parlamento, sin partidos políticos" (146). Llega a encargarse del mando de las tropas en "la atmósfera ardiente" (147) de Queimadas; tiene "unos ojitos que echan chispas" (146), habla "en un tono encendido" (147), monta un caballo blanco y los rebeldes lo llaman "cortapescueço". En una escena que recuerda la de "La fiesta de las balas" de Martín Luis Guzmán —en que Rodolfo Fierro se acuesta en un pesebre después de ejecutar personalmente a 300 soldados prisioneros—, el coronel Moreira César manda degollar a dos prisioneros y "en el acto, parece olvidar la ejecución. Con andar nervioso, rápido, se aleja por el descampado, hacia la cabaña, donde le han preparado una hamaca" (191). Aun después de ser mortalmente herido, Moreira César parece literalmente resucitar —el médico dice: "Tiene el vientre destrozado [...]. Mucho me temo que [...]. Dudo, incluso, que recobre el sentido" (305)—, para insistir en que el periodista miope apunte su oposición a la decisión de sus subalternos de retirarse.

La equivalencia del fanatismo de los dos contrincantes se subraya con la frase "el Can contra Canudos" (177), en que "can", o sea "perro", el equivalente a "diablo", es el epíteto usado por los rebeldes para referirse al gobierno. Los pitos de madera usados por los rebeldes a través de toda la novela para amedrentar a los soldados se asocian con éstos en sólo dos ocasiones, pero el efecto junguiano/borgeano queda claro: todos los hombres son uno, hasta los peores enemigos. En la oración inicial de la Tercera Parte, no es por casualidad que se anuncie la llegada del coronel Moreira César con el sonido del pito: "El tren entra pitando en la estación de Queimadas" (143). Más adelante el periodista miope se desvela pensando en los centinelas del gobierno que "se comunicarán mediante silbatos" (250).

En un plano más grande se borran las diferencias entre el gobierno republicano y los rebeldes de Canudos como representantes de la lucha entre la civilización urbana y la barbarie rural. Los motines en Río de Janeiro y en São Paulo, que estallan después de la derrota de Moreira César y que culminan en la muerte violenta del monarquista moderado, simpático y políticamente ingenuo, Gentil de Castro, son para el Barón tan absurdos como lo peor de la violencia rural. Cuando el periodista trata de dar una explicación lógica y racional de lo que sucedió en las ciudades, el Barón exclama: "—¿Lógico y racional que la multitud se vuelque a las calles a destruir periódicos, a asaltar casas, a asesinar a gentes incapaces de señalar en el mapa dónde está Canudos, porque unos fanáticos derrotan a una expedición a miles de kilómetros de distancia? ¿Lógico y racional eso?" (361).

El tercer protagonista fanático de la novela es el frenólogo y anarquista escocés Galileo Gall. Más simpático que los dos anteriores, Gall es igualmente fanático y también se identifica con el fuego. No es por casualidad que tenga "una enrulada cabellera rojiza" (18), "cabellos encendidos" (19) y "una barbita rojiza" (19). Su padre propagaba las ideas de Proudhon y Bakunin de que "la propiedad es el origen de todos los males sociales y que el pobre sólo romperá las cadenas de la explotación y el oscurantismo mediante la violencia" (24). Galileo había estado en la cárcel "acusado de complicidad en el incendio de una iglesia" (25). Peleó en la Comuna de París en 1871 y colaboraba en un periódico de Lyon llamado *L'Étincelle de la révolte* ("La chispa de la rebelión") (125). Por sus experiencias revolucionarias, "fogueado en las luchas políticas" (74), cree que podría ayudar a los rebeldes de Canudos, a pesar del fanatismo religioso de éstos. O sea que, para Gall, su carácter de "combatiente de la libertad" (19) predomina sobre su anticlericalismo. Es tan fanático en su idealismo revolucionario que cree que el sexo distrae al hombre de su compromiso político. Cuando se deja tentar por Jurema, después de unos 10 años de abstinencia, no lo puede comprender y su única explicación, siempre con el motivo ígneo, es que "la ciencia es todavía un candil que parpadea en una gran caverna en tinieblas" (108).

Tal como las fuerzas fanáticas de los rebeldes de Canudos se enfrentan en la Tercera Parte de la novela a la tercera expedición militar dirigida por el fanático coronel Moreira César, en la misma Tercera Parte se enfrenta el fanático anarquista Gall al esposo de Jurema, el guía Rufino, quien hace las veces del cuarto fanático destacado de la novela. Mientras la primera y la tercera sección de cada capítulo se enfocan respectivamente en Moreira César y en el Profeta y sus discípulos, la segunda y la cuarta sección se centran respectivamente en Gall y en Rufino. En los dos conflictos, los contrincantes poco a poco se van acercando el uno al otro, y cuando acaban por encontrarse, las luchas intensas y prolongadas están envueltas respectivamente en pólvora y en lodo para borrar las diferencias entre los enemigos a muerte. En todavía otro ejemplo del concepto arquetípico de que todos los seres humanos son uno, y en casi un reflejo exacto, intertextual, de la lucha mortal entre Arturo Cova y Narciso Barrera en *La vorágine*, Gall y Rufino "agonizan abrazados, mirándose. Jurema tiene la impresión de que las dos caras, a milímetros una de la otra, se están sonriendo" (293-294).

Rufino, sin embargo, se distingue de los otros tres fanáticos en que Vargas Llosa, al igual que García Márquez en *Crónica de una muerte anunciada*, no está condenando tanto al fanático individual cuanto al código matrimonial fanático de la América Latina. Rufino se siente presionado por sus prójimos a limpiar su honor tanto matando a su esposa Jurema —porque fue violada por Gall— como abofeteando a éste antes de matarlo o en el mismo acto de matarlo. El amigo Caifás le dice a Rufino: "La muerte no basta, no lava la afrenta. La mano o el chicote en la cara, en cambio, sí. Porque la cara es tan sagrada como la madre o la mujer" (184). Caifás hasta se niega a cumplir la orden de Epaminondas de matar a Gall porque, según el código de honor, sólo el marido ofendido tiene la obligación de matar al violador lo mismo que a la mujer "infiel". Sólo en el caso de que se muriera el marido ofendido, le tocaría al amigo matar a los dos ofensores. También la madre de Rufino, a pesar de ser "una anciana esquelética, fruncida, de mirada dura" (159), se siente tan deshonrada que tiene que abandonar su pequeña tienda de velas y objetos religiosos en Queimadas para emprender el viaje largo y difícil a Canudos.

Rufino incendia su casa mancillada y cuando acaba por alcanzar a Gall, se le convierten los ojos en "brillos azogados" (282). Gall se defiende, pero su propia fe ciega en el anarquismo le impide comprender el fanatismo de Rufino. En vez de matar a su enemigo, trata de razonar con él: "—No soy tu enemigo, tus enemigos son los que tocan esas cornetas. ¿No las oyes? Eso es más importante que mi semen, que el coño de tu mujer, donde has puesto tu honor, como un burgués imbécil" (283). Por supuesto que Rufino es incapaz de comprender las palabras de Gall tal como éste es incapaz de comprender el código de honor de Rufino. Una vez más, la víctima, Jurema, aunque está totalmente familiarizada con el código de honor local, dirige las siguientes palabras a su marido ya muerto: "'Ya le pusiste la mano en la cara, Rufino', piensa Jurema. '¿Qué has ganado con eso, Rufino? ¿De qué te sirve la venganza si has muerto, si me has dejado sola en el mundo, Rufino?'" (294).

Frente a los cuatro fanáticos principales se opone el barón de Cañabrava, simbolizado por el camaleón. Hacendado rico, cacique político, ex ministro bajo el Imperio y ex embajador ante la Gran Bretaña, el Barón llega a ser el coprotagonista de la novela, opacado sólo por el periodista miope, y a veces el portavoz ideológico de Vargas Llosa. También es el mejor ejemplo del afán del autor por desmentir ciertos estereotipos latinoamericanos. En la Tercera Parte de la novela, mientras las parejas de fanáticos se matan en las secciones A, B, C y D —la designación de las letras mayúsculas es mía— de cada capítulo, se crea una quinta sección (E), que no existía en la Primera Parte ni en la Segunda, para subrayar la tranquilidad racional del Barón aun frente a los encuentros provocativos con cada uno de los cuatro fanáticos: Moreira César, Gall, Rufino y el representante del Consejero, Pajeú, el de la cicatriz incandescente: "la cicatriz parece incandescente, irradia ondas ardientes hacia su cerebro" (373). Antes, recién regresado de Europa, el Barón había escuchado con escasa atención las malas noticias políticas de sus colegas porque estaba más preocupado por encontrar a su camaleón: "un animal con el que se había encariñado como otros con perros o gatos" (164-165). Momentos después, el Barón critica al coronel Moreira César por fanático: "era un fanático y, como todos los fanáticos, peligroso" (165). Luego el Barón sorprende a los suyos declarando tranquilamente su disposición a transigir con el Coronel ofreciéndole el apoyo de su Partido Autonomista. Justifica su decisión con uno de los axiomas principales de la política: "para defender los intereses de Bahía hay que seguir en el poder y para seguir en el poder hay que cambiar de política, al menos por el momento" (167).

No obstante, no es su astucia política sino su compasión humana y su propio sufrimiento que contribuyen a la destrucción o por lo menos a la modificación del estereotipo latinoamericano del rico hacendado desalmado. Como padrino de boda del guía Rufino y Jurema, ex criada de su esposa, el Barón se siente obligado a otorgar a Rufino el permiso tradicional de matar a su esposa por su "infidelidad" con Galileo Gall. De lo que Rufino le refiere, el Barón se da cuenta del truco de su enemigo político Epaminondas de matar a Gall para "comprobar" que el gobierno británico respaldaba la rebelión de Canudos porque quería restaurar la monarquía en el Brasil. A pesar de esta revelación, el Barón está más preocupado por la situación de Jurema y las consecuencias para su esposa. El hecho de que los siguientes renglones cierren el capítulo comprueba que el autor está dispuesto a cuestionar la validez del estereotipo: "pero, a pesar de lo extraordinario del descubrimiento que había hecho, no pensaba en Epaminondas Gonçalves, sino en Jurema, la muchacha que Rufino iba a matar, y en la pena que su mujer sentiría si lo llegaba a saber" (189).

Durante la visita del fanático coronel Moreira César a su hacienda, la humanidad del Barón sigue creciendo. Su esposa le explica al Coronel que los esclavos del Barón "fueron libertados cinco años antes de la ley" (210). A pesar de que el Barón permite que el médico trate las convulsiones epilépticas de Moreira César en su casa, éste se despide afirmando: "usted y yo somos enemigos mortales, nuestra guerra es sin cuartel y no tenemos nada que hablar" (211). El mantener la tranquilidad frente a esta provocación —"Le agradezco su franqueza" (212)—, otra vez, al fin del capítulo, enaltece más al Barón.

En el capítulo siguiente, como una especie de paralelismo, el Barón se encuentra con otros dos fanáticos: Galileo Gall quien, vivo, podría desmentir la acusación de Epaminondas, y el ex yagunzo Pajeú, devoto del Consejero. Pajeú le revela al Barón su misión de quemar la hacienda, pero permitiendo que éste y los suyos escapen. Sabiendo que la resistencia sería inútil, el Barón reconoce su impotencia ante los fanáticos lamentando a la vez su predominio: "no, nunca comprendería. Era tan vano tratar de razonar con él, como con Moreira César o con Gall. El Barón tuvo un estremecimiento; era como si el mundo hubiera perdido la razón y sólo creencias ciegas, irracionales, gobernaran la vida" (238). Con la mayor preocupación por su esposa Estela, el Barón sacrifica su carrera política permitiendo que Gall salga de su casa en busca de Canudos. Dándose cuenta del tremendo fanatismo de la gente de Canudos, propone un acomodo con los Republicanos (272). A Epaminondas hasta le ofrece apoyar su candidatura con la sola condición de "que no se toquen las propiedades agrarias ni los comercios urbanos" (330).

Para convencer a Epaminondas de que acepte el pacto, el Barón alude implícitamente al Perú actual de Vargas Llosa:

> Hay que hacer las paces, Epaminondas. Olvídese de las estridencias jacobinas, deje de atacar a los pobres portugueses, de pedir la nacionalización de los comercios y sea práctico. El jacobinismo murió con Moreira César. Asuma la Gobernación y defendamos juntos, en esta hecatombe, el orden civil. Evitemos que la República se convierta, aquí, como en tantos países latinoamericanos, en un grotesco aquelarre donde todo es caos, cuartelazo, corrupción, demagogia [...] (332).

En el primer capítulo de la cuarta parte de la novela, el Barón llega a protagonizar por primera vez la primera sección. En los capítulos anteriores siempre aparecía en la última sección. Retirado de la política y amargado por la locura de su esposa, el Barón sigue identificándose con el camaleón. Accede a la petición del periodista miope de volver a trabajar en su periódico perdonándolo por haber pasado antes al periódico de su enemigo Epaminondas: "Lo hago por el camaleón" (339).

La conversión del Barón en cohéroe de la novela se refuerza, por paradójico que sea, con su violación de Sebastiana, criada devota y lesbiana[7] de su esposa Estela, ¡en presencia de ésta! O sea que para rematar su guerra contra el fanatismo, Vargas Llosa escoge atrevidamente uno de los abusos más comunes y más represibles del hacendado

[7] Aunque la relación entre las dos mujeres nunca se identifica explícitamente como lesbiana, el autor no deja mucho lugar a dudas. El Barón recuerda lo celoso que se sentía en los primeros años de su matrimonio y cómo insistía Estela en no despedir a Sebastiana: "que si Sebastiana partía, partiría ella también" (295). Antes de la escena de la violación, el Barón recuerda que Sebastiana resentía el cariño con que Estela había tratado a Jurema (472). Durante la misma violación, el Barón le dice a su esposa: "—Siempre quise compartirla contigo, amor mío" (506).

arquetípico, y *en esta situación particular,* lo cuestiona. Aunque desde el punto de vista de la criada, nunca deja de ser una violación puesto que ni todas las palabras ni todos los gestos delicados ni todas las caricias eróticas del Barón logran vencer su miedo y su resistencia, Vargas Llosa parece justificar esta violación. Desde el principio de la escena se recalca el amor del Barón por su esposa enloquecida: "Sólo ella importa" (500). Cuando ella aparece y observa lo que está pasando, "no parecía asustada, enfurecida, horrorizada, sino ligeramente intrigada" (505). Incluso, "ese volcarse hacia afuera, ese interesarse en algo ajeno" (505) puede indicar el comienzo de la recuperación de la razón. Agradecido por la actitud de su esposa, el Barón le besa los pies y la mano. Enardecido otra vez, el Barón consuma la violación de la criada mientras la esposa, sentada en el borde de la cabecera de la cama, "tenía siempre las dos manos en la cara de Sebastiana, a la que miraba con ternura y piedad" (507). El episodio se cierra con una escena de éxtasis *casi* total: el Barón despierta en la cama de Sebastiana; observa con "ternura, melancolía, agradecimiento y una vaga inquietud" (507) a Sebastiana y a Estela dormidas en la cama de ésta; observa "la bahía encendida por el naciente sol" (507); pero con los prismáticos de Estela observa cómo "las gentes de las barcas no estaban pescando sino echando flores al mar [...] y, aunque no podía oírlo —el pecho le golpeaba con fuerza— estuvo seguro que esas gentes estaban también rezando y acaso cantando" (508). Los pescadores habían descubierto milagrosamente el lugar de la bahía donde los oficiales del gobierno echaran secretamente la cabeza del Consejero. Como la escena de la violación va precedida de una descripción relativamente larga del "festín de buitres" (502) después de la caída de Canudos, la implicación es que el Barón jamás podrá borrar de su memoria los sucesos de Canudos.

La interpretación positiva de este episodio respecto al Barón se refuerza aún más teniendo en cuenta que él había aceptado antes la relación aparentemente lesbiana entre su esposa y su criada: "Y se preguntó si Adalberto hubiera consentido en su hogar una complicidad tan estrecha como la de Estela y Sebastiana" (296). Otros refuerzos de la interpretación positiva de este episodio surgen de las relaciones entre el Barón y otros dos personajes. Antes de emprender la violación de Sebastiana, el Barón recuerda el "voto de castidad" (503) del anarquista fanático Galileo Gall: "'He sido tan estúpido como él', pensó. Sin haberlo hecho, había cumplido un voto semejante por muchísimo tiempo, renunciando al placer, a la felicidad, por ese quehacer vil que había traído desgracia al ser que más quería en el mundo" (503). El Barón rechaza entonces la abstinencia sexual del fanático Gall para seguir el ejemplo del periodista miope, quien le había hablado "afiebrado del amor y del placer: 'Lo más grande que hay en el mundo, Barón, lo único a través de lo cual puede encontrar el hombre cierta felicidad, es saber lo que llaman felicidad'" (502).

Sin embargo, existe una diferencia fundamental entre los dos actos sexuales/amorosos: el del periodista es recíproco, el único ejemplo en la novela de una mujer que goza físicamente del sexo: "Su terror se volvió júbilo mientras abrazaba a esa mujer que lo abrazaba con la misma desesperación. Unos labios se juntaron a los suyos, no se apartaron, respondieron a sus besos" (458-459). Mientras el personaje central de esta cita es el periodista, los sentimientos de Jurema se refuerzan al principio mismo de la Sección "C" del capítulo siguiente, siendo ella la protagonista: "Abrió los ojos y seguía sintiéndose feliz, como la noche pasada, la víspera y la antevíspera, sucesión de días que se confundían hasta la tarde en que, después de creerlo enterrado bajo los escombros del almacén, halló en la puerta del Santuario al periodista miope, se echó en sus brazos y le oyó decir que la amaba y dijo que ella también lo amaba" (485). Aunque se podría afirmar que el Barón, al violar a Sebastiana, la identi-

fica con su esposa y en realidad está haciéndole el amor
—antes el Barón había observado que Sebastiana "seguía
siendo una mujer de formas duras y bellas, admirablemente
conservadas. 'Igual que Estela', se dijo" (295)—, en ningún
momento experimenta Sebastiana o Estela un placer sexual.

El episodio de la violación también tiene que considerarse
dentro del contexto de la cuarta parte de la novela donde el
amor hasta puede humanizar a los personajes más bestializa-
dos por la guerra. Tal como el Barón percibe la realidad a
través del filtro de sus preocupaciones tiernas por su esposa,
Pajeú no puede dejar de pensar en Jurema durante el largo
episodio en que realiza la emboscada de las tropas federales.
Jurema constituye su primer amor y gracias a ella "descubrió
que no estaba seco por dentro" (415). Otras dos variantes del
amor también llegan a predominar en los pensamientos de
otros personajes en la Cuarta Parte: el amor de João Abade por
Catarina (cuyos padres él había matado antes de convertirse
en discípulo del Consejero) a pesar de la incapacidad de ella
de corresponder a sus deseos sexuales y la actitud abusiva del
sargento Fructuoso Medrado hacia la esposa de uno de sus
soldados.

Aunque el fanatismo puede ceder de vez en cuando su
primacía temática al amor en la Cuarta Parte de la novela, no
deja de reforzarse tanto directa como indirectamente. Por
mucho que se condene el fanatismo de la sublevación de
Canudos a través de toda la novela, el enfoque periódico y
sistemático de los sucesos por los ojos de "los de abajo" no
puede menos de despertar compasión y admiración en el lector.[8] Para impedir que esta reacción natural de los lectores
barriera con el mensaje ideológico de la novela, Vargas
Llosa subraya en los dos últimos capítulos los extremos a los

[8] Aunque la biografía del Consejero por Cunninghame Graham presenta
una visión mucho más negativa de los rebeldes y su jefe que Vargas Llosa,
él también no puede reprimir cierta compasión por ellos: "En fin, es imposible no simpatizar algo con los sectarios mal dirigidos, puesto que no querían

cuales los fanáticos pueden llegar. Durante los momentos agónicos del Consejero, el Beatito se convence a sí mismo y a los demás del carácter santo de los orines y del excremento del Profeta incontinente:

> Había algo misterioso y sagrado en esos cuescos súbitos, tamizados, prolongados, en esas acometidas que parecían no terminar nunca, acompañadas siempre de la emisión de esa aguadija. Lo adivinó: "Son óbolos, no excremento." Entendió clarísimo que el Padre, o el Divino Espíritu Santo, o el Buen Jesús, o la Señora, o el propio Consejero querían someterlos a una prueba. Con dichosa inspiración se adelantó, estiró la mano entre las beatas, mojó sus dedos en la aguadija y se los llevó a la boca, salmodiando: "¿Es así como quieres que comulgue tu siervo, Padre? ¿No es esto para mí rocío?" Todas las beatas del Coro Sagrado comulgaron también, como él (479).

Después de la muerte del Profeta ocurren otros ejemplos de comportamiento fanático. El León de Natuba respeta los deseos de una madre agónica: que las ratas no coman el cadáver de su niño, penetrando con éste el muro de llamas: "—Yo lo llevo, yo lo acompaño. Ese fuego me espera hace 20 años, madre" (516). Después de que el Beatito pide una tregua para salvar a los viejos, a los niños y a las mujeres encinta, llega João Abade y, convencido de que los soldados les van a cortar el pescuezo, les dispara para que no sean deshonrados (519). La secuela a este episodio es una condena todavía más fuerte del fanatismo. Cuando la esposa de Antonio Vilanova critica la conducta de João Abade, atribuyéndola a una regresión a su carácter preconverso de João Satán, Antonio, quizá el más normal de todos los discípulos

más que seguir viviendo la vida a la cual estaban acostumbrados y cantar sus letanías. En realidad, Antonio Conselheiro no tenía ninguna opinión sobre nada que no estuviera dentro de su distrito. Sus sueños se concentraban en un mundo mejor y su preocupación principal era preparar a los suyos para el cambio que creía que había de suceder pronto" (173).

del Profeta,[9] la amenaza de muerte: "—No quiero oírte decir eso nunca más —murmuró, despacio, Antonio Vilanova—. Eres mi mujer desde hace años, desde siempre. Hemos pasado todas las cosas juntos. Pero si te oigo repetir eso, todo se acabaría. Tú te acabarías también" (521).

Además de estas condenas directas de los fanáticos de Canudos en la Cuarta Parte, otros dos fanáticos de la Tercera Parte, el coronel Moreira César y Rufino, llegan a parecer aún más fanáticos en la Cuarta Parte por el contraste con sus "sucesores" respectivos, el general Artur Oscar y el ex bandido Pajeú. El general Artur Oscar, líder de la cuarta expedición del gobierno en contra de los rebeldes de Canudos y el de rango más alto (los anteriores eran un teniente, un mayor y un coronel), se retrata como una versión más humanizada del oficial militar. Está profundamente preocupado por las bajas entre sus tropas. En contraste con la oposición agónica del coronel Moreira al retiro, el general Oscar manda suspender uno de los ataques finales en contra de Canudos a pesar de las protestas airadas de algunos de sus oficiales: "—¡Pero si la victoria está al alcance de la mano, excelencia!" (460). Escucha con verdadera compasión humana la confesión del joven médico practicante quien se dejó convencer por el teniente Pires, horriblemente herido, de que debía matarlo. El general Artur Oscar siente una tremenda fascinación por los fuegos artificiales y hasta se instala en la que fue la casa de Antonio Fogueteiro, el fabricante y perito, discípulo del Consejero. Aunque los fuegos artifi-

---

[9] La amenaza de Antonio de matar a su esposa en este momento es aún más asombrosa cuando se tiene en cuenta que antes él había sentido compasión por los soldados contra quienes disparaba:

> ¿Cómo es posible que le inspiren piedad quienes quieren destruir Belo Monte? Si, en este momento, mientras los ve desplomarse, los oye gemir y los apunta y los mata, no los odia: presiente su miseria espiritual, su humanidad pecadora, los sabe víctimas, instrumentos ciegos y estúpidos, atrapados en las artes del Maligno (442-443).

ciales tienen que considerarse una variante del motivo recurrente del fuego, símbolo del fanatismo a través de toda la novela, en este caso los fuegos artificiales sirven para establecer una ligazón con la niñez del General, con el fin de humanizarlo aún más. No todos los oficiales militares están presentados a la imagen del estereotipo ni todos los católicos son fanáticos. El general Oscar, "creyente devoto, cumplidor riguroso de los preceptos de la Iglesia" (462), y quien no ha avanzado tan rápidamente como debía en el ejército de la República porque no renunció al catolicismo para hacerse masón, se siente confundido y apenado por las actividades religiosas del Consejero y sus discípulos. Sin embargo, su falta de fanatismo se revela aún más después de que escucha las distintas opiniones de sus oficiales sobre las causas de la rebelión de Canudos: una raza de "mestizos degenerados" o una conspiración monarquista (469). Su poca satisfacción con una sola explicación absoluta, positivista y determinista, constituye, en realidad, un cuestionamiento de las explicaciones geográfica y racial de Euclides da Cunha en *Os sertões*:

El general Oscar, que ha seguido con interés el diálogo, queda perplejo cuando le preguntan su opinión. Vacila. Sí, dice al fin, la ignorancia ha permitido a los aristócratas fanatizar a esos miserables y lanzarlos contra lo que amenazaba sus intereses, pues la República garantiza la igualdad de los hombres, lo que está reñido con los privilegios congénitos a un régimen aristocrático. Pero se siente íntimamente escéptico sobre lo que dice. Cuando los otros parten, queda cavilando en su hamaca. ¿Cuál es la explicación de Canudos? ¿Taras sanguíneas de los caboclos? ¿Incultura? ¿Vocación de barbarie de gentes acostumbradas a la violencia y que se resisten por atavismo a la civilización? ¿Tiene algo que ver con la religión, con Dios? Nada lo deja satisfecho (469).

Ubicada en el otro extremo de la escala social, Jurema, esposa de Rufino, está íntimamente ligada a distintas manifestaciones del fanatismo, de estereotipos y de su desmentimiento. Sin querer, ella es responsable por el hecho de que Gall haya roto su juramento de castidad y que su marido Rufino se haya obcecado fanáticamente con la venganza. El mensaje de la novela de que la vida humana es más importante que una ciega devoción a un código fanático se refuerza una vez más en la violación de Jurema por varios soldados. Dándose cuenta del peligro, ella no resiste en absoluto y hasta coopera con el primero de los violadores: "Con los ojos entrecerrados lo ve escarbar en el pantalón, abrírselo, mientras con la mano que acaba de soltar el fusil trata de levantarle la falda. Lo ayuda, encogiéndose, alargando una pierna [...]" (291). Ella se salva milagrosamente por la llegada de Pajeú y otros rebeldes de Canudos que matan al soldado y la consuelan. Poco a poco, Pajeú se enamora de Jurema y hasta ofrece casarse con ella, apoyado por sus compañeros. Cuando Jurema lo rechaza a causa de su amor creciente por el periodista miope, lo más lógico habría sido que Pajeú, "el más malvado de todo el *sertón*" (98), matase a su rival de acuerdo con las mismas costumbres que obligaron a Rufino a matar a Gall. Sin embargo, en este caso, como Pajeú ha sido "tocado" por el Consejero, puede reprimir tanto sus impulsos violentos como el código fanático... por lo tanto, resulta aún más imperdonable el fanatismo de Rufino. El odio y el desprecio que siente Pajeú por el periodista miope y cobarde se expresa durante las instrucciones finales que él da al pequeño grupo de sobrevivientes que han sido nombrados para escapar de Canudos mientras él va a distraer al enemigo con un ataque suicida: "—Estornude ahora —le dijo, sin cambiar de tono—. No después. No cuando estén esperando los pitos. Si estornuda ahí, le clavarán una faca en el corazón. No sería justo que por sus estornudos capturaran a todos" (493). La importancia de este episodio crece a medida que se va aumentando la actuación de Pajeú en varias secciones de los capítulos III, IV y V de la Cuarta Parte.

De acuerdo con el punto de vista magicorrealista de que las cosas más raras y más inesperadas pueden suceder y efectivamente suceden y que, por lo tanto, el fanatismo y los estereotipos son ridículos, Pajeú resulta vencido en un combate feroz con el soldado homosexual Queluz. Tal como la compasión del general Oscar y su rechazo a las explicaciones dogmáticas de la sublevación de Canudos desmienten el estereotipo del oficial militar, la fuerza física y el valor de Queluz desmienten el estereotipo del homosexual y contribuyen a la guerra de Vargas Llosa contra el fanatismo. Acusado de haber molestado a un corneta bisoño, Queluz acepta sin chistar su castigo de 30 latigazos ganando así el respeto de algunos de sus compañeros que fueron a presenciar el castigo para insultarlo. No vuelve a aparecer en la novela hasta la cuarta sección del penúltimo capítulo que comienza con una reafirmación de su homosexualidad y que culmina en una recepción triunfal por haber tomado preso a Pajeú: "Queluz merece una bienvenida apoteósica. Se corre la voz que mató a uno de los bandidos que los atacaron y que ha capturado a Pajeú y todos salen a mirarlo, a felicitarlo, a palmearlo y abrazarlo" (497). Lo que le da aún mayor fuerza a este episodio es su ambigüedad.[10] Para combatir el fanatismo y los estereotipos, Vargas Llosa no cae en la trampa de convertir al soldado homosexual en un héroe ciento por ciento. En efecto, el papel de la casualidad y el hecho de que Queluz haya encubierto parte de lo que sucedió reflejan la filosofía del "Tema del traidor y del héroe" de Jorge Luis Borges. Pajeú, con unos 20 o 30 hombres, había podido penetrar en el campamento federal y matar a muchos soldados porque Queluz, estando de guardia, se había dormido. Al despertarse y darse cuenta de lo que ha sucedido no sólo se siente culpable sino que tiene miedo de ser castigado. Trata de disparar el rifle contra el enemigo pero el gatillo queda

[10] El episodio recuerda la primera "hazaña heroica" del protagonista de *La muerte de Artemio Cruz* (1962) de Carlos Fuentes.

trabado y, cuando al fin se destraba, la bala le roza la propia nariz. Queluz descubre el cadáver de su compañero de guardia y comienza a llevarlo de regreso al campamento para comprobar que había visto a los bandidos y que trató de detenerlos. En ese momento aparecen en la oscuridad dos de los bandidos. Queluz vuelve a cargar su rifle, dispara y mata a uno de ellos. Cuando el gatillo vuelve a trabarse, pega al otro con la culata. Luego sigue el combate mano a mano ("Queluz sabe pelear, ha destacado siempre en las pruebas de fuerza que organiza el capitán Oliveira", 496) y gana Queluz. Sólo en ese momento reconoce que ha peleado contra Pajeú: "Con el fusil en el aire, piensa: 'Pajeú'. —Parpadeando, acezando, el pecho reventándole de excitación, grita—: '¿Pajeú? ¿Eres Pajeú?' —No está muerto, tiene los ojos abiertos, lo mira—. '¿Pajeú?' —grita loco de alegría—. '¿Quiere decir que yo te capturé, Pajeú?'" (496). El lector no puede menos que preguntarse si Queluz habría luchado con tanta fuerza si hubiera sabido que estaba peleando contra el más feroz de los bandidos.

Además de los estereotipos del hacendado despiadado, del general rígido y cruel y del homosexual cobarde, *La guerra del fin del mundo* también cuestiona los estereotipos del comerciante materialista, del sacerdote lujurioso y del periodista listo e ingenioso.[11] Aunque éste es más bien un estereotipo norteamericano que latinoamericano, no cabe duda de que el corresponsal miope brasileño dista mucho de ser el representante típico de su gremio.

Uno de los discípulos más fieles y más capaces del Profeta es Antonio Vilanova, ex comerciante. Aunque reveló de niño su talento y su amor por los negocios y aunque su energía y su voluntad indómita parecían garantizar su éxito comer-

---

[11] En cuanto a la afición de Vargas Llosa de escoger periodistas para protagonistas de sus novelas, véase Carlos Meneses, "La visión del periodista, tema recurrente en Mario Vargas Llosa", *Revista Iberoamericana*, 123-124 (abril-septiembre de 1983), 523-529.

cial a pesar de las sequías, las inundaciones, la pestilencia y la violencia del noreste del Brasil, Antonio Vilanova llega a descubrir que su destino es aceptar al Consejero y colaborar en su misión. Poco a poco va quitando su energía a los negocios para encauzarla a la creación del nuevo pueblo (reflejo de su apellido) de Canudos, recordando la fundación de Macondo por José Arcadio Buendía en *Cien años de soledad.*

Él había distribuido el terreno para que levantaran sus casas y sembraran, indicado qué era bueno sembrar y qué animales criar y él canjeaba en los pueblos lo que Canudos producía con lo que necesitaba y, cuando empezaron a llegar donativos, él separó lo que sería tesoro del Templo del Buen Jesús con lo que se emplearía en armas y provisiones. Una vez que el Beatito autorizaba su permanencia, los nuevos vecinos venían donde Antonio Vilanova a que los ayudara a instalarse. Idea suya eran las Casas de Salud para los ancianos, enfermos y desvalidos [...] (177).

Antonio Vilanova, su hermano Honorio y las familias de ellos mantienen su fe hasta el fin y participan en la lucha militar. Pocos momentos antes de morir, el Profeta llama a Antonio y, a pesar de las protestas de él, lo manda huir de Canudos para poder continuar su misión religiosa: "—Anda al mundo a dar testimonio, Antonio, y no vuelvas a cruzar el círculo. Aquí me quedo yo con el rebaño. Allá irás tú. Eres hombre del mundo, anda, enseña a sumar a los que olvidaron la enseñanza. Que el Divino te guíe y el Padre te bendiga" (480). El uso metafórico del verbo "sumar" alude a la carrera anterior de Vilanova y recuerda sus dos primeros encuentros con el Profeta: cuando éste lo ayudó a enterrar a su sobrino y rechazó su oferta de una recompensa: "No has aprendido a sumar, hijo" (86); y unos cinco años después, en Canudos, cuando Vilanova se puso pálido a la vista del Profeta y cayó de rodillas después que éste le preguntara: "¿Ya aprendiste a sumar?" (87).

La conversión del lujurioso padre Joaquim es otro ejemplo de cómo Vargas Llosa cuestiona de una manera compleja los estereotipos latinoamericanos. De todos los conversos, el padre Joaquim es el último en ser presentado en la Primera Parte y se distingue de los demás en que su transformación es mucho más lenta. Se retrata inicialmente como un buen bohemio rabelesiano entregado a los siete pecados capitales, menos la codicia. Frente a las denuncias violentas que lanza el Consejero contra los sacerdotes inmorales durante meses y años, el padre Joaquim queda intrigado pero no convencido. Cuando la madre de sus tres niños lo abandona para seguir al Consejero, el padre Joaquim sigue cumpliendo con sus deberes sacerdotales en el pueblo de Cumbe, pero poco a poco se deja implicar en la rebelión de Canudos. En primer lugar, contra las órdenes del arzobispo de Bahía, dice misa en Canudos y atiende las necesidades espirituales de los discípulos del Profeta. Después viaja a distintos pueblos para recoger medicinas, provisiones, explosivos y noticias sobre los movimientos de las tropas federales en favor de los rebeldes de Canudos.

Sin embargo, cuando el coronel Moreira César lo toma preso, se asusta tanto que todo lo confiesa e incluso está dispuesto a dibujar un plano detallado del pueblo indicando trincheras y demás para salvar la vida. Le dice al Coronel que envidia la fe de los rebeldes pero que él es distinto: "Me causan tanto malestar, tanta envidia, por esa fe, esa serenidad de espíritu que nunca he tenido. ¡No me mate! [...] Le digo todo lo que sé. Yo no soy como ellos, no quiero ser mártir, no me mate" (248). La decisión del fanático Coronel maquiavélico de no matar al padre Joaquim para comprobar la complicidad de la Iglesia en la rebelión tiende a hacer menos repugnante la cobardía del padre Joaquim. La próxima vez que aparece en la novela está totalmente redimido. Durante la lucha entre las fuerzas del Coronel y las de Canudos, el padre Joaquim logra escapar, se encuentra con la indefensa Jurema, el Enano y el periodista miope en el campo de batalla y los ayuda a llegar sanos y salvos a Canudos. Irónicamente, al rompérsele los anteojos, el periodista miope, tremendamente atemorizado, acude al padre Joaquim quien se había asustado tanto frente a Moreira César. Después se asombra el periodista ante el valor tranquilo del Padre y su manejo del rifle: "¿Era éste el viejecillo al que el periodista miope había visto lloriquear, muerto de pánico, ante el coronel Moreira César?" (455). Cuando el periodista acusa histéricamente a los rebeldes de ser fanáticos y asesinos, el sacerdote, totalmente convertido, responde con gran tranquilidad: "—Mueren por decenas, por centenas […]. ¿Por qué? Por creer en Dios, por ajustar sus vidas a la ley de Dios. La matanza de los Inocentes, de nuevo" (455). Para reforzar aún más lo milagrosa que ha sido esa conversión, el Barón, incrédulo, le pregunta al periodista: "—¿Ese curita cargado de hijos? ¿Ese borrachín y practicante de los siete pecados capitales estaba en Canudos?" (396). El padre Joaquim muere peleando en una de las últimas batallas.

De cierta manera la conversión del padre Joaquim podría equipararse a la del periodista miope quien poco a poco se convierte en el verdadero héroe de la novela. Hacia el principio de la novela el narrador lo retrata como un espantapájaros, la antítesis tanto de un periodista como de un héroe:

Joven, miope, con anteojos espesos. No toma notas con un lápiz sino con una pluma de ganso. Viste un pantalón descosido, una casaca blancuzca, una gorrita con visera y toda su ropa resulta postiza, equivocada, en su figura sin garbo. Sostiene un tablero en el que hay varias hojas de papel y moja la pluma de ganso en un tintero, prendido en la manga de su casaca, cuya tapa es un corcho de botella. Su aspecto es, casi, el de un espantapájaros (35).

Para completar el retrato del improbable periodista, está propenso a ataques de estornudos, sobre todo en los momentos de peligro. Al mismo tiempo que él se considera "un civilizado, un intelectual, un periodista" (449), se da cuenta, después de repasar su propia vida, que no es muy distinto del Enano o del León de Natuba: "Él también era un monstruo, tullido, inválido, anormal" (451). Por lo tanto, se identifica con los de Canudos: "No era accidente que estuviese donde habían venido a congregarse los tullidos, los desgraciados, los anormales, los sufridos del mundo. Era inevitable, pues era uno de ellos" (451).

La imagen absurda del corresponsal de guerra miope se intensifica después de que se le rompen los anteojos. Al ver la cabeza decapitada de Moreira César, el periodista estornuda tan fuertemente que se le desprenden los anteojos.[12] Al caérsele se rompen los lentes y de hecho el periodista se queda ciego, hecho que lo obliga a privilegiar los otros sentidos, según lo explica después al Barón: "—Pero aunque no las vi, sentí, oí, palpé, olí las cosas que pasaron […]. Y, el resto, lo adiviné" (340). Aun antes de que se le rompan los anteojos, el periodista subvierte su propio sentido de la vista durante la campaña de Moreira César: "Se siente extraño, hipnotizado, y le pasa por la cabeza la absurda idea de que no está viendo aquello que ve" (300).

En contraste con los periodistas subjetivos o venales, el miope sí cambió como consecuencia de la experiencia de Canudos, mereciendo el respeto algo escéptico del Barón camaleonófilo: "—O sea que Canudos hizo de usted un periodista íntegro" (338). Antes de llegar a esa etapa, había tenido que enfrentarse a su verdadera condición de cobarde, pese a su fama de atrevido entre sus colegas: "Tenía fama de temerario entre ellos, por andar siempre a la caza de experiencias nuevas" (349). Sobre todo después de que se le rompen

[12] El hecho de que se le cayeran los anteojos en una ocasión anterior, sin romperse, puede ser una alusión intertextual a la viñeta sobre los anteojos y el estuche en *Historias de cronopios y famas* de Julio Cortázar: las cosas más ilógicas pueden suceder.

los anteojos, por poco se deshace toda su dignidad humana: "Era tan cómica esa figurilla que iba y venía, levantándose y cayendo y mirando la tierra con su anteojo estrambótico, que las mujeres acabaron por burlarse, señalándolo" (382). Hasta Jurema, su protectora angelical, no puede menos que notar su comicidad: "¿Había alguien más desvalido y acobardado que su hijo? Todo lo asustaba; las personas que lo rozaban, los tullidos, locos y leprosos que pedían caridad, la rata que cruzaba el almacén: todo le provocaba el gritito, le desencajaba la cara, lo hacía buscar su mano" (382).

A pesar de todo, el periodista miope y Jurema no sólo sobreviven sino que por medio del amor alcanzan el mayor placer y la mayor felicidad. El hecho de que se realizara su unión sexual en Canudos, precisamente "cuando empezó a deshacerse el mundo y fue el apogeo del horror" (471-472), más la tremenda inverosimilitud de que sintieran una atracción mutua "una perrita chusca del *sertón*" (473) y un hombre relativamente culto, causan que el Barón, asombrado, divague sobre el carácter inescrutable, magicorrealista del mundo:

> Otra vez se apoderó del Barón esa sensación de irrealidad, de sueño, de ficción, en que solía precipitarlo Canudos. Esas casualidades, coincidencias y asociaciones lo ponían sobre ascuas. ¿Sabía el periodista que Galileo Gall había violado a Jurema? No se lo preguntó, se quedó perplejo pensando en las extrañas geografías del azar, en ese orden clandestino, en esa inescrutable ley de la historia de los pueblos y de los individuos que acercaba, alejaba, enemistaba y aliaba, caprichosamente a unos y a otros (472).

Sin embargo, como el mundo de *La guerra del fin del mundo* es ilógico —"Si hubiera lógica en esta historia, yo debería de haber muerto allá varias veces" (475)— el cobarde miope no sólo sobrevive sino que llega a ser el verdadero héroe de la novela. De todos los personajes de la novela, el periodista miope es el único cuya importancia crece constantemente y el que experimenta la guerra desde un mayor número de perspectivas que cualquier otro. En la Primera Parte aparece brevemente sólo dos veces, en la sección "B" de los capítulos I y II, observado por Gall en la oficina del periódico en Salvador y entrevistando al teniente Pires Ferreira después de la primera derrota de las tropas del gobierno. La Segunda Parte consta principalmente del reportaje estilizado escrito por el periodista sobre el debate en la asamblea legislativa acerca de la segunda derrota de las tropas del gobierno, esta vez dirigidas por el mayor Febronio de Brito. El periodista miope llega a presenciar, durante toda la Tercera Parte de la novela, la tercera derrota de las tropas del gobierno al lado de su comandante, el fanático coronel Moreira César. En cuanto a la cuarta campaña del gobierno, el periodista miope, con los anteojos rotos y acurrucado junto a Jurema y al Enano, en un esfuerzo desesperado por sobrevivir, experimenta por primera vez en carne propia —sintiendo más que viendo— desde el punto de vista de los de abajo, la derrota final de los discípulos del Profeta: María Quadrado, el padre Joaquim, Pajeú, el León de Natuba y los hermanos Vilanova con sus esposas.

En términos estructurales, el periodista miope llega a ocupar el centro del escenario de la Cuarta Parte desempeñando el doble papel de protagonista principal de la sección "C" en cada uno de los seis capítulos y coprotagonista con el Barón en la sección "A" que transcurre después del fin de la guerra. Aunque el Barón camaleonófilo es uno de los dos cohéroes de la novela por su repudio de todos los fanáticos, el periodista miope le opaca por su transformación. Su "retorno de la muerte", al fin de la guerra, puede equipararse con el descenso mitológico al infierno en la aventura arquetípica del héroe. El periodista, regenerado por el amor de Jurema, logra vencer su cobardía y su egoísmo. Con total seguridad personal le describe al Barón su doble misión de ayudar al Enano tísico, que se encuentra en el hospital, y de documentar la historia, escribiendo: "—No permitiré que se olviden [...]. Es una promesa que me he hecho [...]. De la única manera que se conservan las cosas [...]. Escribiéndolas" (341). El Barón, en cambio, prefiere olvidarlas completamente por el dolor que le causaron. Mientras el periodista cree que la actitud del Barón es cínica, éste considera a aquél ingenuo, angelical y, tal vez, hasta fanático, con lo cual el mismo Vargas Llosa puede estar cuestionando su propia condena fanática del fanatismo.[13] El periodista ya ha empezado a escudriñar todos los periódicos de la época en la Academia de Historia después de rechazar la oferta de Epaminondas de subirle el sueldo con tal que abandone su proyecto. Ahora insiste en entrevistar al Barón: "—Necesito saber lo que usted sabe" (342).

¿Por qué el periodista miope queda anónimo a través de toda la novela cuando los otros personajes históricos llevan su propio nombre? Además del énfasis constante en su miopía que refuerza el motivo recurrente de "ver" y, por lo tanto, la visión de mundo de la novela, la anonimidad del personaje podría explicarse por el hecho de que sea una versión *ficticia* de Euclides da Cunha, el periodista brasileño que publicó en 1902 la obra clásica *Os Sertões* ("Los *sertones*"). La historia de la guerra de Canudos, desde varios puntos de vista que el periodista miope está escribiendo, y que es la novela de Vargas Llosa, va mucho más allá que la obra positivista, sociológica y ensayística de Da Cunha.

Vargas Llosa postula todavía otra versión de la historia de Canudos a través de las palabras de la figura grotesca pero muy inteligente de León de Natuba: "—Yo escribía todas las

---

[13] El narrador se burla sutilmente de su propio héroe, el periodista cuestionador que busca distintos puntos de vista, cuando después de que se le acaba la tinta, después de que se le rompe la última pluma de ganso y cuando do se le pierden todos sus apuntes, se encuentra en un estado onírico y, no obstante, se repite casi anafóricamente la frase: "está seguro" (322).

palabras del Consejero [...]. Sus pensamientos, sus consejos, sus rezos, sus profecías, sus sueños. Para la posteridad. Para añadir otro Evangelio a la Biblia" (456). Sin embargo, esos apuntes del escriba de Canudos se quemaron, tal como se extraviaron los del periodista miope, y los de aquél no pueden reconstruirse puesto que el mismo León de Natuba pereció entre las llamas. Todavía otra versión, aunque parcial, es la historia escrita por Gall de lo que le pasó después de su entrevista con Epaminondas, una historia pedida por el Barón.

De acuerdo con el mundo posmoderno, bajtiniano, de los años setenta y ochenta, *La guerra del fin del mundo* es una novela polifónica en la cual no sólo se presentan los sucesos históricos desde distintas perspectivas sino que, en las palabras del cuento "Tema del traidor y del héroe" de Borges, toda la historia podría considerarse una imitación de la literatura: "Que la historia hubiera copiado a la historia ya era suficientemente pasmoso; que la historia copie a la literatura es inconcebible [...]" (133). Al final de la Segunda Parte, el periodista miope pide a Epaminondas que le permita cubrir la campaña de Moreira César, porque: "Ver a un héroe de carne y hueso, estar cerca de alguien tan famoso resulta muy tentador. Como ver y tocar a un personaje de novela" (140). También, desde el punto de vista del Profeta, muchos de los sucesos que ocurren tienen sus antecedentes en la Biblia: "El Consejero explicó que el caballo blanco del Cortapescuezos no era novedad para el creyente, pues ¿no estaba escrito en el Apocalipsis que vendría y que su jinete llevaría un arco y una corona para vencer y conquistar? Pero sus conquistas cesarían a las puertas de Belo Monte por intercesión de la Señora" (287-288). En realidad, a medida que progresa la novela, su carácter esencialmente mimético se subvierte más y más. A pesar de todas sus entrevistas con el Barón y todas sus investigaciones minuciosas en la Academia de Historia, la versión final elaborada por el periodista miope no puede ser más que una aproximación a la verdad histórica o, según la tendencia de Vargas Llosa de seguir el modelo de Borges, una posible re-escritura de las historias de los troveros conservadas oralmente de generación en generación.[14] No es por casualidad que el trovero principal de la novela, el Enano, llegue a ser el amigo íntimo del periodista miope. Además, varios de los personajes importantes, incluso el cangaçeiro arrepentido João Abade y el Barón, conocen las historias. João Abade, que se siente fascinado desde la niñez con la historia de Roberto el Diablo, se da cuenta de lo extraño que es el mundo cuando reflexiona sobre su propia situación, el haber aceptado al Consejero para escapar de su pasado sangriento y luego encontrarse implicado en una lucha mucho más sangrienta: "João Abade salió del almacén pensando en lo raras que resultaban las cosas de su vida y, acaso, las de todas las vidas. 'Como en las historias de los troveros', pensó" (178).

Uno de los fenómenos más inverosímiles de la historia de Canudos es la conversión religiosa de tantos pecadores: "Los cabras más terribles de estas tierras. Se odiaban y se mataban unos a otros. Ahora son hermanos y luchan por el Consejero. Se van a ir al cielo, pese a las maldades que hicieron. El Consejero los perdonó" (199-200). Sin embargo, tiene su antecedente en la "Terrible y ejemplar historia de Roberto el Diablo" (338) que canta frecuentemente el Enano junto con otras historias de Carlomagno y los Doce Pares de Francia. Aunque se menciona la historia de Roberto el Diablo a través de toda la novela, no es hasta las últimas páginas que se establece el gran paralelismo entre los yagunzos arrepentidos y el Roberto legendario. Hijo del duque de Normandía, "su madre era estéril y vieja y tuvo que hacer pacto para que Roberto naciera [...] poseído, empujado, dominado por el

---

[14] Vargas Llosa ha expresado frecuentemente su admiración por las novelas de caballería y en 1969 publicó una edición de *Tirant lo Blanc*.

espíritu de destrucción, fuerza invisible que no podía resistir, Roberto hundía la faca en el vientre de las mujeres embarazadas o degollaba a los recién nacidos [...] y empalaba a los campesinos y prendía fuego a las cabañas donde dormían las familias" (522). Después de su redención por el Buen Jesús, Roberto salvó al emperador Carlos Magno del ataque de los moros, se casó con la reina del Brasil y viajó por todo el mundo en busca de los parientes de sus víctimas anteriores, cuyos pies besaba mientras les rogaba que lo torturaran. Muere llamado Roberto el Santo, "convertido en piadoso ermitaño" (522). Las historias cobran más prestigio con los recuerdos del Barón de su amigo profesor, que "se quedaba horas fascinado oyendo a los troveros de las ferias, se hacía dictar las letras que oía cantar y contar y aseguraba que eran romances medievales, traídos por los primeros portugueses y conservados por la tradición *sertanera*" (338).

Es posible que la interpretación legendaria sea la más verídica, aunque los lectores racionales de fines del siglo XX estamos más dispuestos a poner nuestra fe en los esfuerzos del periodista miope de desmentir a todos los que han tratado de distorsionar los sucesos. De todos modos, en el mundo posmoderno de hoy, donde se cuestionan todas las verdades absolutas y donde se acepta más el comentario del médico militar doctor Souza Ferreiro de que "las fronteras entre ciencia y magia eran indiferenciables" (208), todo intento de llegar a una interpretación total está condenado a fracasar. Incluso es posible que las nuevas versiones históricas/novelescas del futuro puedan presentar aún otras versiones de la guerra de Canudos enriqueciendo nuestra comprensión y nuestro aprecio de lo que sucedió o no sucedió. En el año 1989 el renombrado cuentista magicorrealista brasileño, José J. Veiga (1915), publicó *A casca da serpente* ("La piel de la serpiente") que continúa la historia del Consejero después de su resurrección. Sin embargo, lo que es totalmente (quizá) incontrovertible es la gran calidad artística de *La guerra del fin del mundo*, una verdadera "sinfonía[15] de narratividad" (70) en las palabras de Roberto González Echevarría, una sinfonía en que todos los motivos recurrentes y todos los temas musicales se combinan para condenar el fanatismo.

CODA

Si *La guerra del fin del mundo* es una "sinfonía de narratividad", *A casca da serpente,* una novela corta de 155 páginas, es una canción popular muy divertida con un mensaje antifanático semejante pero con un final distinto e inesperado.

El protagonista histórico, Antônio Conselheiro, no muere en Canudos sino que se lo llevan unos pocos sobrevivientes de la catástrofe dejando en su sepultura otro cadáver vestido

[15] Como una sinfonía tradicional, la novela está dividida en cuatro partes, que reflejan las cuatro expediciones militares que tratan de acabar con la rebelión de Canudos; los cuatro fanáticos principales (el Consejero, Moreira César, Gall y Rufino); los cuatro Antonios de Canudos (Consejero —su nombre verdadero fue Antonio Vicente Mendes Maciel—, Beatito, Vilanova y el Fogueteiro). Antes de arrepentirse, João Abade se conocía por João Chico, João Rápido, João Cabra Tranquilo y João Satán (67). En una de las cartas que manda Gall al periódico de Lyon elogia a los cuatro sastres mulatos que conspiraron en 1789 contra la monarquía (41). La estructura sinfónica se refuerza constantemente por grupos de cuatro nombres, palabras y frases paralelos: "los lugareños de Tucano, Soure, Amparo y Pombal, fueron escuchándolos" (17); "Había palpado cráneos amarillos, negros, rojos y blancos" (25); "Los cangaçeiros, 10, 20 hombres armados con todos los instrumentos capaces de cortar, punzar, perforar, arrancar, veían al hombre flaco" (27); "había advertido que el Comandante de la Calle tenía brillo en los ojos, un espejeo en las mejillas, temblor en la barbilla y ese subir y bajar de su pecho" (521). Frente a los críticos dogmáticos que afirman que en el mundo posmoderno no hay visión totalizante, Vargas Llosa combina lo dialógico de lo posmoderno con lo totalizante del mundo moderno a través del simbolismo numerológico: los cuatro puntos cardinales, las cuatro estaciones del año, los cuatro elementos del mundo prearistotélico, los cuatro Evangelios y los cuatro lados del cuadro como en el nombre María Quadrado, quien fue violada… cuatro veces.

con la túnica del Profeta. La trampa no se descubre y el Consejero, después de reponerse, lleva a sus discípulos a Itamundé donde fundan un nuevo pueblo, la nueva Canudos, nombrada irónicamente Concorrência ("Competencia"), sobre la cumbre de una montaña, a pesar de que "água nâo gosta de subir morro" ("al agua no le gusta subir cuesta arriba") (77).

Mientras Vargas Llosa denuncia el fanatismo presentando miméticamente sus consecuencias, Veiga subvierte el fanatismo con la transformación apócrifa del Consejero, es decir, con su cambio de piel (la alusión a la novela de Carlos Fuentes puede ser adrede). Asombrando a sus discípulos, el Consejero poco a poco abandona su santidad pidiendo que interrumpan su caminata para hacer una necesidad (13-15), disminuyendo el tiempo dedicado a las oraciones (27), bañándose (28), enseñando a sus discípulos a organizar un cabildo democrático (46) y quitándose la barba y poniéndose ropa moderna hecha a la medida por un sastre (89). La última decisión va acompañada de uno de los dichos populares que abundan en la novela: "Vida nova, cara e estampas novas" ("vida nueva, cara e imagen nuevas") (89).

Una vez establecida la nueva Canudos, comienzan a llegar de visita los extranjeros y el Consejero expresa sinceramente su interés en una serie de invenciones modernas, alusión intertextual a José Arcadio Buendía de *Cien años de soledad*. La primera que llega es la cámara, que deja asombradísimo al Consejero: "ficou com cara de cabra que vê girafa pela primeira vez" ("quedó con cara de payo que ve jirafa por primera vez") (115).

Además de la intertextualidad con *Cien años de soledad*, y posiblemente con *Los perros del Paraíso* de Abel Posse —puesto que tanto Cristóbal Colón como Antonio Consejero invocan al profeta Isaías[16] en la creación de un nuevo mun-

[16] Véase Isaías 65: 17 y 66: 22.

do: "Ou Isaías, eis que as coisas de antes já vieram, e as novas eu vos anuncio. Eu crio céus novos e nova terra" ("Oh Isaías, he aquí que las cosas de antes ya vinieron, y las nuevas yo os anuncio. Yo creo cielos nuevos y nueva tierra") (54)—, la novela de Veiga obviamente tiene bastante interacción con *Os Sertões* (1902) de Euclides da Cunha y con *La guerra del fin del mundo* de Vargas Llosa. De acuerdo con su tono discretamente juguetón, en la novela de Veiga sólo una vez aparece el nombre de Da Cunha, en su forma completa —Euclides Rodrigues Pimenta da Cunha (11)—, mientras en otras cuatro ocasiones se refiere al periodista con el nombre de Pimenta da Cunha (47, 78, 118, 121). Al no llamarlo Euclides da Cunha, Veiga está demostrando su intención de establecer la autonomía de su texto. De la misma manera, de los discípulos fanáticos que desempeñan un papel muy importante en *La guerra del fin del mundo*, sólo Antônio Beatinho aparece brevemente al comienzo de la novela (5-15), mientras João Abade (78) y Pajeú (79) sólo se mencionan una vez. Por otra parte, Veiga se separa aún más de la novela peruana creando otros sobrevivientes que no aparecen en ésta: Bernabé José de Carvalho, Quero-Quero, Pedrão, la deslenguada Marigarda, que resulta ser prima hermana cearense do Profeta, y el muchacho Dasdor, con su tortuguita y su burro, que por poco muere ahogado al tratar de tragarse una rana. En la lista de personajes también figuran un par de patriotas irlandeses del grupo Sinn Fein, un geólogo norteamericano y una bella compositora brasileña.

La llegada de Pedro, el anarquista ruso (154), evoca inmediatamente a Gall, el anarquista escocés en la novela de Vargas Llosa, pero Veiga utiliza a su personaje para otro fin ideológico. Pedro admira mucho la sociedad egalitaria de Concorrência que está sirviendo de modelo para otros muchos pueblos por todo el mundo y que respalda su propio cuestionamiento de la teoría de Darwin de que sólo sobreviven los más aptos: "—Vi na Asia colônias de animais de

100

espécies diferentes vivendo na harmonia, e não em luta feroz pela existência" (142).

El narrador termina la novela con una afirmación ideológica bastante explícita que se refiere tanto a la nueva Canudos como a los países ex comunistas de Europa oriental: "Se daquele sonho e daquele esforço só restam ruinas, isso não significa que o sonho fosse absurdo" ("Si de aquel sueño y de aquel esfuerzo sólo quedan ruinas, esto no significa que el sueño fuera absurdo") (154), un punto de vista que Vargas Llosa no podría aceptar hoy. En una demostración artificial de cómo la historia se repite, en 1965, unos invasores no identificados, que aparecen en ciertas obras anteriores de Veiga,[17] llegan al pueblo para destruir la estatua de Antônio Conselheiro y todo el pueblo de Concorrência para crear en su lugar un "depósito de lixo atómico administrado por una indústria química com sede fictícia no Principado de Mônaco" ("depósito de basura atómica administrada por una industria química con sede ficticia en el principado de Mônaco") (155).

La fusión anacrónica del Profeta rebelde resucitado con el problema del detritus nuclear de las últimas décadas del siglo XX y las primeras del XXI y con la cultura popular de los cincuentas —el matrimonio en 1956 de la artista de cine Grace Kelly con el príncipe de Mónaco— coloca la novela brasileña totalmente dentro de la Nueva Novela Histórica, tal vez más que *La guerra del fin del mundo*, que es más mimética. En efecto, las dos novelas podrían considerarse representantes de los dos polos de la NNH: la canción popular, ligera y divertida, sin descartar su seriedad política, y la sinfonía larga y desprovista de humor pero que nunca deja de fascinar.

---

[17] Dos cuentos, "La fábrica al otro lado del cerro" (1959) y "La máquina extraviada" (1968); y tres novelas cortas: *Los tres procesos de Manirema* (1966), *Sombras de reyes barbudos* (1972) y *Los pecados de la tribu* (1976).

III. LA DENUNCIA DEL PODER
"Los perros del Paraíso" de Abel Posse

MIENTRAS *La guerra del fin del mundo* pregona un método básicamente mimético para denunciar toda forma de fanatismo, *Los perros del Paraíso*,[1] del argentino Abel Posse, muestra un método lúdico para denunciar toda forma de poder. Con el descubrimiento del Nuevo Mundo como tema central, el texto contiene una gran variedad de alusiones al poder. La taberna "A la Nueva Falange de Macedonia" (58), frecuentada por Cristóbal Colón, evoca tanto a los dictadores fascistas del siglo XX, Mussolini y Franco, como a Alejandro Magno de la Grecia antigua; la "espesa cortina de cimitarras" (13) de Turquía a mediados del siglo XV evoca la recién derrumbada Cortina de Hierro que partió en dos a Europa durante las cuatro últimas décadas; tanto el poder ideológico de las religiones organizadas como el marxismo se denuncian junto con el de las pandillas urbanas contemporáneas cuyas víctimas "yacen flotando en una zanja, asesinadas por el descuido de no llevar nada para dar a los asaltantes" (58).

Que un argentino haya escrito una novela acerca de Cristóbal Colón, quien se asocia más con la historia del Caribe, durante un periodo en el que sus compatriotas estaban investigando con actitud revisionista la historia nacional den-

---

[1] Publicada en 1983, *Los perros del Paraíso* recibió el Premio Rómulo Gallegos en 1987 por haber sido seleccionada como la mejor novela hispanoamericana del quinquenio. Las otras novelas que ganaron el premio antes fueron *La casa verde* de Mario Vargas Llosa, *El otoño del patriarca* de Gabriel García Márquez, *Terra nostra* de Carlos Fuentes y *Palinuro de México* de Fernando del Paso.

tro del contexto de la dictadura militar de 1976-1983 puede parecer un acto escapista y hasta antipatriótico,[2] pero está totalmente armonizado con el carácter irónico, dialógico, carnavalesco —en fin, bajtiniano— del texto. En otras palabras, las voces que se oyen en la novela son a menudo polémicas y contradictorias; pero, sin embargo, la denuncia del poder es innegable: "La terrible fuerza reactiva que emana de todo poder" (58).[3] Además, tal como los sucesos de 1896-1897 en el noreste del Brasil, en la novela de Vargas Llosa, anticipan de cierto modo las condiciones en el Perú y en la América Latina de la década de los setenta, la fusión original de los cuatro viajes de Cristóbal Colón en uno solo junto con una gran variedad de anacronismos exagerados obligan al lector a buscar posibles paralelismos con las condiciones políticas en la Argentina a fines de la década de 1970 y principios de la de los ochenta. El coro de las madres judías que lamenta simultáneamente su expulsión en 1492 de España (113) y los *pogroms* en la Rusia zarista del siglo XIX

---

[2] Véase René Jara, Hernán Vidal, comp., *Ficción y política. La narrativa argentina durante el proceso militar* (1987). Ni Posse ni sus novelas se mencionan en ninguna de las seis ponencias que se presentaron en el simposio de la Universidad de Minnesota celebrado en marzo de 1986. En una de ellas, "Biografías ficticias: formas de resistencia y reflexión en la narrativa argentina reciente" de Marta Morello Frosch, las biografías noveladas de Ricardo Piglia, Carlos Dámaso Martínez, Andrés Rivera y Jorge Manzur se consideran superiores ideológica y tal vez moralmente a las obras carnavalescas de autores como Posse y otros cuyos nombres no se mencionan: "La práctica también da por tierra con la ficción 'carnavalesca' de la novela latinoamericana precedente, esa polifonía de voces que signaban con la hipoglosia más aberrante, un vacío central de significado" (70). Tampoco se mencionó a Posse en el simposio celebrado entre el 2 y el 4 de diciembre de 1984 en la Universidad de Maryland. Véase Saúl Sosnowski, *Represión y reconstrucción de una cultura: el caso argentino* (1988).

[3] La clave para comprender la ideología de Posse puede encontrarse en su novela posterior, *Los demonios ocultos* (1987), cuando su portavoz Lorca dice categóricamente: "Soy anarquista. Creo que desde 1968 me quedó un repudio total por los Estados y el infierno que crean desde sus razones y sinrazones" (226).

(117) no pueden menos que evocar a las madres argentinas de la Plaza de Mayo en Buenos Aires que protestaron por sus hijos desaparecidos durante el gobierno militar del Proceso de Reorganización Nacional.

Tal vez el mejor punto de partida para demostrar esta combinación del carácter aparentemente dialógico de la novela y su denuncia relativamente clara del régimen militar argentino sea el título de la novela, *Los perros del Paraíso*.[4] El título en sí es irónico puesto que los perros, como el Cancerbero mitológico de las tres cabezas, se retratan normalmente como los guardianes de la entrada al infierno.[5] Mientras Cristóbal Colón identifica la desembocadura del río Orinoco con el Paraíso bíblico, para los indios la llegada de Colón y los españoles representa la conversión del "Paraíso" en el Infierno. En cambio, mientras los mastines bravos de los españoles despedazan a los indios, la penúltima página de la novela describe con un toque final irónico y antiimperialista la invasión-revuelta de "centenares de perrillos del

[4] Los perros figuran a través de toda la novela, normalmente como símbolos de la ferocidad y de la lujuria. Este motivo recurrente llega a todo un *crescendo* en la Cuarta Parte, que comienza con la descripción de España como un Imperio, "la primera potencia mundial" (174), ubicada en la misma página con la descripción de la perra de la reina Isabel: "la perra perdiguera que no resistía la tentación de arrimarse a la jauría cazadora de Fernando que aullaba de lujuria frustrada" (174). En el Nuevo Mundo, los perros, "[...] generalmente alanos alemanes. Eran implacables en la caza al fugado y para evitar movimientos sospechosos. Tomaron tal importancia que hasta se escribieron biografías de algunos de estos celosos guardianes del orden cristiano. El cronista Oviedo escribió así del perro *Becerrillo*, destacando sus cualidades moralizadoras: 'Era ferocísimo lebrel defensor de la fe católica y de la moral sexual; descuartizó a más de 200 indios por idólatras, sodomitas y por otros delitos abominables, habiéndose vuelto, con los años, muy goloso de carne humana'" (210). El coronel Roldán, quien dirige el primer golpe de Estado en el Nuevo Mundo, "organizó una comisión de canes, guardiana de la moralidad pública y la censura. En esto también fue un precursor" (210, nota 1).

[5] En *Aura*, de Carlos Fuentes, la aldaba en forma de la cabeza de un perro simboliza la entrada al Infierno.

Paraíso" (222), que parecen representar la potencia revolucionaria de los indios y mestizos oprimidos: "Insignificantes, siempre ninguneados, ahora en el número eran un solo animal grande y temible. Causaba miedo esa enorme presencia pacífica y silenciosa" (222).

Sin embargo, la novela termina con una nota pesimista: los "perrillos del Paraíso" rebeldes controlan la ciudad por sólo una hora antes de retirarse. Una posible interpretación de su breve rebelión malograda es la que se refiere a los muchos movimientos guerrilleros que surgieron en la Argentina y por toda la América Latina entre 1960 y más o menos 1975, antes de ser derrotados por las fuerzas contrainsurgentes de cada gobierno apoyadas y hasta entrenadas por los Estados Unidos. En la década de los ochenta estos mismos perrillos "[...] merodearon por los campos y poblaciones, silenciosos, desde México hasta la Patagonia. Algunas veces, acosados por hambre extremosa, atacaron rebaños y caballadas" (222). El trozo termina con una nota humorística, inesperada pero no tanto, dado el tono irónico y paródico de toda la novela: "Por ahí andan esos seres irrelevantes que nadie inscribiría en ningún 'Kennel Club'" (222-223).

Los sucesos colombinos de la novela se ligan con los militares argentinos a través de alusiones directas a Juan Perón y Evita, a Borges y al dialecto porteño de Cristóbal Colón. La Diabla, quien organiza el primer burdel del Nuevo Mundo, y Francisco Roldán, su amigo, que realiza el primer golpe militar del Nuevo Mundo, obligan al lector a pensar en los Perón. El uso del diminutivo Evita[6] para describir a la Diabla elimina toda duda en cuanto a la intención del autor: "emperifollada como una verdadera evita" (201). El paralelismo entre Roldán y Juan Perón se establece con las alusiones a Italia y a Alemania (los modelos para Perón fueron Mussolini y Hitler): "Descaradamente se atribuyó el cargo

---

[6] La novela *Los demonios ocultos* (1987), del mismo Posse, empieza con la descripción de la muerte de Eva Perón el 26 de julio de 1952.

de 'coronel' (título italiano de poco uso en aquella España). Desafiante, empezó a vestirse con chaqueta abundosa de alameras y con un casco de lansquenete prusiano de esos que culminan en punta de lanza" (195). A pesar de la posición antiperonista de Posse expresada claramente tanto en su novela anterior —*Momento de morir* (1979) sobre el terrorismo de los guerrilleros izquierdistas de comienzos de la década de los setenta— como en su novela posterior —*Los demonios ocultos* (1987) sobre los nazis que se refugiaron en la Argentina y sus relaciones con Perón y sus sucesores militares—, las alusiones específicas a Juan y Evita Perón no deberían interpretarse demasiado literalmente, o sea que no deberían excluir la posibilidad de ligarse a los "gorilas", los militares derechistas de fines de la década de los setenta y principios de la de los ochenta: "Los monos, casi simultáneamente con el coronel Roldán, encabezaron la primera conspiración americana" (207).

Aunque se siente la presencia de Borges por toda la novela, se remata con la siguiente nota apócrifa al pie de página para confirmar el dialecto porteño del Almirante: "'Colón decía *piba, bacán, mishiadura, susheta,* que sólo retienen los tangos y la poesía lunfarda [...]'. (Véase Nahum Bromberg, *Semiología y estructuralismo,* cap. IV: 'El idioma de Cristóforo Colón', Manila, 1974.) (*N. del a.*)." Una vez en el Paraíso terrenal, al encontrarse Colón con un indio, "el Almirante le preguntó con su español aporteñado: '—Dígame, che, un árbol grande'" (188).[7]

Además del paralelismo poco disfrazado con la dictadura

[7] Otros ejemplos de discurso intertextual son la descripción homérica del alba imitada en las novelas de caballería del siglo XVI y parodiada por Cervantes en *Don Quijote:* "Cuando llegó el alba del 3 de agosto de 1492 con sus dedos de rosa, desbotonó la jesuítica sotana de la noche. Amaneció más que un día" (122); y, en un ejemplo literal de poliglosia, el narrador parodia una descripción poética portuguesa del reflejo de la luna sobre el mar: "Rielar de la luna sobre el mar. Destellos de plata antigua. Luar de la luna ruando el mar" (134).

argentina, *Los perros del Paraíso* subraya más el paralelismo entre la conquista española y el imperialismo norteamericano del siglo XX,[8] el nazismo y otras formas de tiranía o explotación. En las relativamente pocas escenas dedicadas a los indios, también se critican ciertos aspectos de las civilizaciones precolombinas, pese a Todorov[9] y los otros aficionados a la alteridad, pero sin dejar de criticar el genocidio de los invasores europeos. Emanuel Swedenborg (1688-1772), el científico y místico sueco, quien aparece en la novela como uno de los tres famosos *landsknechts* —soldados mercenarios del siglo XVI armados de pica— anacrónicos (los otros dos son Marx y Nietzsche), denuncia el canibalismo de los caribes,[10] con base en el informe discutible de Colón escrito para Fernando e Isabel, pero a la vez subvierte su propia crítica comparando el canibalismo con la comunión católica:

> En cuanto a los caníbales que castran, engordan y devoran a los tainos, que son la belleza, aspiran a reencarnarse con sus for-

[8] En una reseña de *Los perros del Paraíso,* publicada por Line Karoubi en *Le Matin* de París (22 de abril de 1986), Posse confirma la homología: "J'ai cherché [...] à recréer par le roman l'homologie profonde entre deux situations historiques: celle de la conquête originelle de l'Amérique et notre situation coloniale actuelle" ("intenté [...] recrear con la novela la homología profunda entre dos situaciones históricas: la de la conquista original de la América y nuestra situación colonial actual"). El antecedente literario de la homología de Posse puede ser la yuxtaposición del buque de guerra norteamericano y las tres carabelas de Colón en *El otoño del patriarca* (46) de Gabriel García Márquez.

[9] Tzvetan Todorov publicó en 1982 *La conquista de América. La cuestión del otro* en que critica moralmente a Colón. Aparece brevemente en la novela de Posse como un *landsknecht* que presencia algunas de las atrocidades de los españoles (210).

[10] En el congreso de 1990 de la Modern Language Association, Eugenio D. Matibag puso en duda la existencia del canibalismo caribe en su ponencia inédita: "Self-Consuming Fictions: The Dialectics of Cannibalism in Recent Caribbean Narratives" ("Las ficciones autoconsumidoras: la dialéctica del canibalismo en la narrativa reciente del Caribe").

mas perfectas y atractivas. Prefieren los testículos, es verdad, y los asan y comen como manjar, porque presienten en ellos el origen de la simiente de perfección. ¿No devora el católico al Cristo hecho hostia para aprehenderlo junto al corazón, en su entraña? ¡Hemos visto mucho católico repulsivamente goloso de Dios! ¿No es verdad? (186).

Refiriéndose específicamente a la conquista española, el narrador afirma con certeza: "No les cabían ya dudas sobre la naturaleza genocida de la invasión. Eran los nuevos caníbales, capaces de comerse al caníbal" (208).[11]

Sin embargo, Posse se cuida de idealizar a los aztecas y a los incas. Más bien los presenta a través de la misma lente dialógica que utiliza para ver todos los personajes y todos los sucesos de la novela. Como una extensión del concepto mexicano del "Encuentro de Dos Mundos" en vez de "Descubrimiento de América", los representantes de los dos imperios indígenas se encuentran en 1468-1469 en Tlatelolco para decidir si deberían invadir "las tierras de los pálidos" (30). Al empezar esta sección con las palabras "la solución final del problema solar, eso es realmente lo que querían los aztecas" (29), el narrador establece claramente el paralelismo con el plan de los nazis de eliminar a los judíos. Los aztecas, con su ideología imperialista, proponen la invasión porque con sólo "veinte o treinta mil de aquellos brutos pálidos" (30-31) podrían construir el templo de Huitzilopochtli y resolver el problema de la sed de sangre de sus dioses.

Los incas parecen conocer mejor a los pálidos puesto que uno de sus globos llegó a Düsseldorf[12] y el enviado no se

[11] Posse vuelve a utilizar la imagen del caníbal en *Los demonios ocultos* en la alusión que hace el protagonista de los terroristas trotskistas y del gobierno militar de 1976: "—El que devora caníbales, también se vuelve caníbal" (187).

[12] El descubrimiento de Europa por los indios, en 1392, "se confirma" después en el diálogo entre Beatriz de Bobadilla y Colón. El mismo Almirante dice con un buen ejemplo de los anacronismos ingeniosos que salpi-

entusiasma con el proyecto. Sin embargo, también se critica el socialismo incaico, mitificado históricamente por Mariátegui, Haya de la Torre y los ideólogos de la revolución militar peruana de 1968 por su nueva ley minera de "seis horas por día y cuatro meses de trabajo por año" (30). Cualquier duda sobre la actitud del autor hacia el socialismo incaico y hacia el socialismo en general se elimina con el breve párrafo siguiente en la misma página: "Estos aztecas tenían aperturas a la gracia, a la inexactitud. Toleraban el comercio libre y la lírica. El incario, en cambio, era geométrico, estadístico, racional, bidimensional, simétrico. Socialista, en suma" (30).

En un ejemplo de metaficción, este encuentro dramático entre los aztecas y los incas se inmortaliza cuando los personajes entran en el *Codex Vaticanus C* donde está representado el último banquete. El capítulo se cierra magistralmente con las palabras del *tecuhtli* frustrado: "Los ideogramas no retienen el último intento del *tecuhtli*, político practicón, para convencer a Huamán: —Señor, ¡mejor será que los almorcemos antes que los blanquiñosos nos cenen...!" (32).

El banquete azteca-incaico también provoca una mirada hacia la década futura de los ochentas con un lamento sobre el destino de la nueva raza mestiza en un mundo dominado por la cultura de los Estados Unidos, cultura simbolizada por las cadenas de restaurantes de servicio rápido. Además, la mención de la iconografía camboyana establece un eslabón entre los remotos orígenes asiáticos de los aztecas y la creciente importancia internacional de los asiáticos en las últimas décadas del siglo XX: "(¿Cómo imaginar que aquellos adolescentes y princesas solemnes, de labios anchos y turgentes como dioses de la iconografía camboyana, terminarían de lavacopas y de camareras en el *self-service* 'Nebras-

can todo el texto: "No les interesó proseguir [...]. No les interesamos, se ve. ¿A quién puede interesarle un mundo cada vez más pervertido por la democracia y la instrucción pública?" (132).

ka', 'a sólo 50 metros de la plaza de las Tres Culturas, parking reservado'?)" (52-53). Otro presagio del destino doloroso de la cultura y del poder de los aztecas se encuentra en el lamento poético sobre la invasión española, lamento que proviene del *Libro de los linajes* del Chilam Balam de Chumayel: "El texto citado, recuperado por los hombres de Roldán, está en el Museo Histórico de Viena, en la misma vitrina donde se contempla la corona de plumas del emperador Moctezuma" (212).

La misma actitud dialógica revelada por Posse en su plasmación de las civilizaciones precolombinas también se observa en la caracterización poco mimética del protagonista de la novela, Cristóbal Colón. De niño sufre golpizas de su cuñado y de sus primos por atreverse a ser distinto. Los queseros y los sastres resienten "la subversiva presencia del mutante, del poeta" (19) y su deseo de ser navegante. Su madre "comprendía que el rito que sucedería era la imprescindible prueba que nace del odio y del resentimiento de los mediocres y que sirve para medir, fortalecer y templar la virtud de los grandes" (20). Sin embargo, Posse no retrata a Colón como el arquetípico héroe mítico. En efecto, el narrador lo llama el "amoral genovés" (87), uno de los cuatro superhombres de los Reyes Católicos: "El Carro del Poder se había echado a rodar. Isabel y Fernando irían encontrando a sus héroes, sus superhombres (Gonzalo de Córdoba, el chanchero Pizarro, el amoral genovés, el aventurero Cortés. Superhombres carentes de toda teoría de suprahumanidad)" (87). Por astuto (como el Ulises de Homero) y ambicioso que parezca Colón, el saberse "descendiente directo del profeta Isaías" (65) lo aleja de la racionalidad.[13] La cuestión de los

13 El *Libro de las profecías* de Colón contiene varios pasajes del libro del profeta Isaías del Viejo Testamento: "Porque las islas me esperan, y las naves del mar al comienzo: para que pueda traer tus hijos desde lejos" (Isaías 60: 9a); "Y daré un signo entre ellos, y mandaré a los que han de ser salvados entre los gentiles al mar, a África y a Lidia, los que tienden el arco:

orígenes judíos de la familia de Colón se trata con ambigüedad y humor al fin del siguiente trozo con las tres esdrújulas y el uso metafórico de "navegaban":

> Los Colombo eran discretamente católicos. Iban a misa los domingos, con la obediencia, ostentación y ese cierto constructivo escepticismo de la pequeña burguesía ante lo Grande.
>
> También gozaban de hebrea fama. En la rama de los sastres se podían jactar de alguna nariz ganchuda, de alguna oreja en punta [...].
>
> Eran escépticos, eclécticos, sincréticos, astutos. Navegaban en un politeísmo oportunista (26).

Para reforzar el retrato dialógico de Colón con el humor posmoderno, el narrador caracteriza al Almirante no sólo como "siempre ambiguo" (157) sino también biológicamente ambiguo, o sea anfibio: "entre el segundo y tercer dedo de cada pie había una membranita unitiva, como la de los patos y otros animales de ambiente acuático-terrestre. El Almirante era palmípedo y —ya no cabían dudas: preferentemente anfibio—" (184). Como último ejemplo del humor posmoderno y de la ambigüedad, Colón, hacia 1470, piensa contar a los Reyes Católicos que el mundo es plano porque los marinos son distintos de las hormigas:

> [...] los marinos temen arrojarse mar adentro porque saben que avanzan peligrosamente por una esfera, la de la curvatura de la Tierra. Saben que al no tener goma en la planta de los pies, ni estar las naves fijadas al agua, caerían en el Vacío [...].

a Italia y a Grecia, a las islas lejanas, a los que no tienen noticias mías y no han visto mi gloria" (Isaías 66: 19a). Véase *The Libro de las profecías of Christopher Columbus*, edición *en face*, traducción y comentario de Delno C. West y August Kling, Gainesville: University of Florida Press, 1991, p. 251. (La traducción al español es mía.) La profecía de Isaías también se incluye en la novela brasileña *A estranha nação de Rafael Mendes* (1983) de Moacyr Scliar: "As ilhas me esperarão; e as naves de Tarshish trarão teus filhos; e com êles a prata e o ouro, para honra do Eterno" (113).

¡Sólo con el coraje del que navega sabiendo que la Tierra es plana —aunque el mundo sea redondo— se podría avanzar hacia las Indias! ¡Los reyes deberían saberlo! (66).

Desde un punto de vista más histórico, la búsqueda de la ruta más directa hacia el Oriente se presenta en la novela como una empresa completamente comercial, tipo 1980. En la segunda mitad del siglo XV, "las multinacionales se asfixiaban reducidas a un comercio entre burgos" (13). Sin embargo, el verdadero motivo de Colón, secreto por supuesto, es el descubrimiento del Paraíso Terrenal. Cuando Colón presenta sus planes a los Reyes Católicos, lo respaldan los cortesanos conversos por el doble motivo de enriquecerse y de "llevar la judería a la Nueva Israel" (97) frente a "la temida expulsión masiva" (97). El tesorero real Santángel le escribe a Colón que el año 1492 "es el año señalado por la Kabbala, es el de la redención después de las persecuciones. ¡Tú eres el enviado! Los hebreos de Asia te esperan para reconstruir, para todos nosotros, la tierra prometida" (114-115).

Sin embargo, Colón no se retrata de manera alguna como redentor. Su propósito no es salvar a los judíos perseguidos sino encontrar el Paraíso donde "ya no rige esa trampa de la conciencia, esa red tramada con dos hilos: el Espacio y el Tiempo" (116), o sea, la vida eterna. Pese a esa misión secreta, se humaniza con ciertos momentos de duda: "Le pareció sentir el peso del Universo en su nuca" (116) y tiene ganas de "¡Abandonar todo! Huir con Beatriz y el niño y empezar en el mayor anonimato la delicia de una vida sin grandeza. Poner una farmacia en Flandes o una charcutería en Porto. ¡Huir de la historia!" (116).

En términos más graves, para salvar el propio pellejo en Córdoba durante la campaña intensificada de Torquemada en contra de los judíos, Colón "se explayaba sobre la indispensable necesidad de eliminar a los judíos [...] hablaba de la pureza de sangre, de la relación profunda con la tierra, de centrar todo en Un Reyno, Un Pueblo, Una Fe" (96), a pesar de que acababa de establecer una relación amorosa con Beatriz, la pobre pariente judía del farmacéutico. No es la primera vez que Colón explota a las mujeres. Antes había robado "mapas apolillados en los cajones de la cómoda cuando las seducidas viudas de infaustos navegantes se dormían, fatigadas de saciamiento y culpa" (65). Hasta puede haberse casado con Felipa Moñiz sólo para conseguir "la famosa carta secreta del geógrafo y cosmólogo florentino Paolo Toscanelli, dirigida al finado Perestrello con un claro croquis sobre las Antillas y el Cipango" (70).

El retrato ambivalente de Colón continúa durante el viaje al Nuevo Mundo. Aunque su dirección de la expedición es sobresaliente —tanto que el narrador lo compara con los aviadores de la Real Fuerza Aérea de la Gran Bretaña durante la segunda Guerra Mundial con una parodia del famoso discurso de Winston Churchill: "¡Nunca tantos deberán tanto a uno solo!" (145)—, el narrador también revela cómo Colón, con cierta justificación, engaña a su tripulación en alta mar: "El Almirante, consciente del temor de los hombres ante el riesgo y la desprotección, anota datos falsos. Cada mañana les comunica la singladura con varias leguas de menos. Es imprescindible vendar los ojos de los caballos cuando se pretende enfrentarlos al fuego o a un toro salvaje" (147).

Los cuatro viajes se funden en uno solo y Colón identifica la desembocadura del Orinoco con "una fuente de la que nacen los cuatro ríos principales del Paraíso" (168). Después se encuentra con "una maravillosa anaconda negra y amarilla y por su tamaño y su lujo no dudaron que era la que le había hablado a Eva" (189); y con "una gigantesca, imponente, ceiba" (189) que identifica como el Árbol de la Vida. Totalmente convencido de que han encontrado el Paraíso Terrenal preadamita, Colón emite la *Ordenanza de Desnudez* y la *Ordenanza de Estar*.

La primera restablece la inocencia edénica y pone fin a la

lujuria pero sin contradecir el mandamiento bíblico posterior de crecer y de multiplicarse: "—Padre, que los hombres crezcan y se multipliquen. ¡Pero que lo hagan sin goce vergonzoso y sin piruetas! Aquí cesa ya toda urgencia. La lujuria es un subproducto de la frustración" (186). Lo que asombra y divierte al lector y refuerza el aspecto polifónico de la novela es que, antes de llegar al Nuevo Mundo, Colón se retrataba como un campeón de la lujuria. A su esposa portuguesa Felipa la cuelga "suspendida de un tobillo" (69) para explorarla geográficamente: "Mordisqueó sus partes pulposas. Estudió el surgimiento y naturaleza de sus humedades. Recorrió con la lengua amplios territorios de aquella piel de buena familia" (70). Muerta Felipa, Colón se enamora, en Córdoba, de la judía Beatriz "movido por una sana animalidad" (95). El 9 de abril de 1486, en la ex Mezquita de Córdoba, la reina Isabel indica su apoyo por el proyecto de Colón bailando lujuriosamente ante el cohibido plebeyo. Pese al "deseo salvaje que lo acometía" (104), "la genitalidad del plebeyo Colón había quedado bloqueada ante la presencia de la realeza" (105). En cambio, llegadas las tres carabelas a las Canarias, Colón logra vencer el "demonismo erótico" (127) de Beatriz Peraza Bobadilla, cuyos amantes anteriores "terminaban la noche despeñados al mar desde la ventana norte de la Torre" (127). Frente a la potencia sexual de Colón, "Beatriz de Bobadilla se sintió impulsada a abandonar su sangrienta costumbre de sadismo, inclinándose más bien a gozar dominada" (135). En una variante del episodio de Ulises y Circe, Colón logra continuar su viaje después de tres días de gozo sexual inefable: "Él intuyó que ella deseaba ser puesta a muerte (eróticamente, se entiende). Entonces multiplicó al máximo su agresividad fálica. (Fue tal vez en esos momentos cuando alcanzaron el grado 8 de lujuria —escala del doctor Hite—)" (136).

La *Ordenanza de Estar* condena el trabajo y cualquier actividad: "La actividad, que los blanquieuropeos habían

114

erigido en paroxística conducta era, según la *Ordenanza*, un signo de condena, una secuela posparadisíaca" (192). Aunque se critica el comercialismo occidental por toda la novela, Colón, entregado "al ocio de la hamaca" (214), carga con la responsabilidad de haber establecido la pauta del mestizo hispanoamericano:

> Resultaba evidente que el Almirante había sufrido una mutación ya probablemente sin retorno. La conciencia racional, característica de los "hombres del espíritu" de Occidente, lo había abandonado.
>
> Sin saberlo, como para apenarse o jactarse vanamente, se había transformado en el primer sudamericano integral. Era el primer mestizo y no había surgido de la unión carnal de dos razas distintas. Un mestizaje sin ombligo, como Adán (214).

Frente a las recomendaciones edénicas de Colón, la mayoría resiste, protesta y acaba por sublevarse. En vez de entregar sus herramientas, "los labriegos, *kulaks* irreductibles, escondieron las hoces y las piedras de afilar bajo tierra" (192). Con un golpe de Estado, "el primer bolivianazo" (200), Francisco Roldán, "el hombre fuerte" (195), establece otro rasgo específico de la América latina: "Esta escandalosa apropiación pretoriana será el delito de acción continuada más largo que conocerá América" (202). Al restaurarse "la máquina del *hacer*" (194), se condena el capitalismo tanto o más que el ocio edénico de Colón: "Empezaban años de frenesí empresarial" (204); la costumbre de fumar se impone en Europa porque el doctor Nicot demostró "que la nicotina, aparte del placer, curaba el cáncer" (204). Los curas se presentan como cómplices de los empresarios al declarar que "la violación de las indias era pecado venial" (204), perdonable con "el cargo de rezar tres padrenuestros y tres avemarías [...]. Aquellas aclaraciones eclesiásticas eran indispensables para orientar la conducta de los empresarios en aquel momento de entusiasta *take-off* económico" (204).

Cuando Colón vuelve a la costa, detenido, con cadenas y grilletes, observa la abundancia de anuncios, entre ellos: "Banco Santángel & Hawkins Ltd.", "Palacio de la Inquisición (Semper Veritas)", "Agencia Cook" y "United Fruit Co." (221). Aunque el lector moderno pueda compartir la "profunda pena" (221) que siente el Almirante por el "saqueo del Paraíso" (221), no puede aceptar su enaltecimiento del ocio edénico.

En el Encuentro de Dos Mundos, el papel de protagonista lo comparte Cristóbal Colón con la reina Isabel, los dos nacidos en 1451. Igual que Colón, Isabel es también un personaje ambivalente. Del lado positivo, ella no sólo apoya los viajes de descubrimiento sino que se deja convencer "para la causa del Paraíso" (177) frente al comercialismo de su esposo Fernando: "—¡Maldito genovés! ¡Se le manda por oro y tierras y él nos devuelve una caja con moñito llena de plumas de ángel!" (175). Del lado negativo, ella, más que Torquemada, es responsable por la aumentada actividad de la Inquisición: "Era Isabel quien había convencido a Torquemada: '¡Cómo puedes vivir, monje, en la quietud cortesana! ¡Hay que ir a buscar el pecado por las calles, por los cuerpos! ¡Debes salvarte salvando!'" (77). Su persecución y expulsión de los judíos la hace precursora de Hitler, quien, según una de las varias notas borgeanas al pie de página, "expresó a Goering y sus allegados su incondicional admiración por Isabel de Castilla" (46-47). La homología se mantiene viva por el uso de palabras como *SS, putsch* y *svástica* aplicadas al régimen de Isabel.

Además de sus contradicciones, una variedad de escenas, desde su niñez hasta su muerte, apócrifas o no, la convierte en un verdadero personaje novelesco. A los 10 años dirigió una pandilla en la corte y comprobó la impotencia del rey Enrique IV; para entrar en la alcoba del rey, Isabel tuvo que conquistar al león anciano agarrándolo de las crines, mordiéndole una oreja y dándole un trompazo en el hocico

116

(uno de los muchos ejemplos de la intertextualidad, esta vez con el *Poema de Mio Cid* y con *Don Quijote);* su rivalidad por el trono con la Beltraneja culminó en la guerra civil con la intervención de los portugueses, precipitada por el haberse coronado reina sólo un día después de la muerte de Enrique IV, "fue realmente un *putsch*" (61); antes se había enamorado de Fernando de Aragón y sus encuentros sexuales habían escandalizado a la corte.

La autocoronación prematura de Isabel, sin consultar a su marido Fernando de Aragón, lo enfurece y da al narrador la ocasión de cuestionar la perspectiva feminista actual de la historia: "(Isabel no lo había cornificado a través del sexo, sino adueñándose de la corta y dura espada del Poder. Hecho insoportable en aquella época de implacable falocracia.)" (62).[14]

De acuerdo con el carácter dialógico de la novela, el catolicismo fanático de Isabel no concuerda con su lujuria descontrolada. En cambio, se podría alegar que tanto el sexo como la religión le ayudan en su búsqueda del poder. Al ver por primera vez a Fernando, se siente atraída por su fuerza física: "Los ojos de Isabel se quedaron en la nuca del mocetón. Era la testuz del toro en época de brama, una bola de poder, rodilla de gladiador romano" (34). Sin poder reprimir sus deseos sexuales, Isabel, igual que Colón, se caracteriza en términos animalísticos: "Buscaba serenarse echándose a galopar salvajemente por los peñascales. Reventó tres caballos en diez días. Dice la crónica que empezó a emitir un olor potente —pero no repulsivo, por cierto— de felina en celo"

---

[14] El narrador vuelve a cuestionar la omnipotencia falocrática describiendo la tiranía ejercida por Beatriz de Bobadilla: "Éste, en cierto modo, fue el triste caso de Núñez de Castañeda; una vez confiado en su efímera falocracia sobrevino la mortal represión, la instintiva venganza de la araña que devora a su macho" (140). La equivalencia arquetípica entre las arañas y las mujeres antropófagas se reafirma en la descripción del Paraíso terrestre: "Arañas más que aterciopeladas, sedosas, como si se hubiesen criado de niñas en la cabellera de María Félix" (188-189).

117

(40). En su primer verdadero encuentro sexual, Isabel no se queda atrás respecto a Fernando en cuanto a agresividad:

> Probablemente fue poseída poseyéndolo y su doncellez rasgóse como la firme y fina seda de la tienda del Gran Turco en el campamento sorprendido por la tormenta de verano. Ruptura por presión interior en la convexidad, pero no por externa acción concavizante.
>
> En suma: en algún momento de aquella laborada noche del 15 al 16 de octubre, el turgente glande del príncipe aragonés enfrentóse "de poder a poder" con el agresivo himen isabelino. (48)

Los dos amantes vuelven a encontrarse en el Monasterio de Almagro disfrazados de fraile franciscano y monja carmelita, lo que provoca sueños insólitos entre los penitentes: "A la mañana siguiente, en el refectorio, después de maitines, el abad pudo comprobar que por sorprendente coincidencia los sueños de los seminaristas habían sido de naturaleza zoológica: [...] un joven asturiano explicó la pesadilla de un nudo de lobos que aullaban formando un ardiente ovillo que rodaba fundiendo la nieve" (83-84). La fusión más completa de sexo, religión y poder es la consagración de su matrimonio en 1473 por el cardenal Borja (el futuro papa Alejandro VI), quien se untó la frente con "una gota de aquel precioso esperma" (79).

Pese a todo, el lector tiende a simpatizar con Isabel por la infidelidad de Fernando y por haber "parido hijos débiles" (101): Juana la loca y el príncipe Juan, el hijo predilecto cuya muerte a los 20 años marcó el fin de Isabel: "esa misma tarde empezó su enfermedad, una terrible sed, hidropesía. Dio espalda al mundo y marchó hacia los parajes del más allá" (218).

Además de la creación de personajes ambivalentes, el carácter dialógico de *Los perros del Paraíso* también se revela en la afirmación y a la vez la subversión de la historicidad. Dentro de la misma tradición de Borges, García Márquez, Vargas Llosa, Fernando del Paso y Hayden White, Posse desconfía de los historiadores. El narrador hasta los acusa explícitamente de suprimir la verdad, sobre todo en cuanto a la motivación de los negociantes que respaldaron la expedición de Colón: "No se tiene el detalle de las reuniones de las empresas financieras (muy poco de lo importante queda por escrito, de aquí la falsedad esencial de los historiadores)" (97). Los historiadores prefieren escribir sobre lo grandioso, lo espectacular: "(sólo hay Historia de lo grandilocuente, lo visible, de actos que terminan en catedrales y desfiles; por eso es tan banal el sentido de Historia que se construyó para consumo oficial)" (60).

Sin embargo, la historicidad de la novela parece afirmarse con los bosquejos cronológicos que preceden a cada una de las cuatro partes. Después de cada fecha sigue una serie de frases muy concisas. Igual que los prólogos en algunas de las piezas de Brecht, estos bosquejos cronológicos sirven para distanciar a los lectores de los personajes obligándoles a cuestionar más que sentir lo que está ocurriendo. Al mismo tiempo, dentro de estos prólogos cronológicos, la historia se subvierte con la introducción de sucesos apócrifos atribuidos a personajes históricos, o de sucesos anacrónicos o ficticios atribuidos a personajes históricos o ficticios; por ejemplo:

1462	Cristoforo Colombo roba el alfabeto de la parroquia, en Génova. Dice que será poeta. Golpiza, amenazas. "Nada te salvará de tu destino de cardador o de sastre."
2-Casa	Fracaso de las reuniones incaico-aztecas en Tlatelolco. Abstención de crear una flota para invadir "las tierras frías del Oriente". Globos aerostáticos de los incas. Pampa de Nazca-Düsseldorf.
1469	El lansquenete Ulrico Nietz, acusado de bestialismo por besar a un caballo, llega de Turín a Génova. La tierra *Wo die Zitronen blühen*. El dolor óntico y la estafa judeo-cristiana. "Dios ha muerto" (11).

1492   [...] El *Mayflower*. Una rumba de Lecuona sobre el
           mar (111).

El encuentro del Almirante con el *Mayflower* ofrece al
narrador la ocasión de criticar todavía otra ortodoxia dogmática: "Así vio el bajel *Mayflower* cargado de puritanos terribles que iban rumbo a la *Vinland*" (156). La presencia de
una rumba lecuonense del siglo xx durante el primer viaje
de Colón se desarrolla más en la siguiente oración en que la
mención de la princesa caribeña Siboney, también título de
una canción del siglo xx, engendra otros cuatro títulos de canciones (que he indicado en cursivas) precedidos de la alusión del propio narrador al proceso creativo, un toque de metaficción: "Se gesta una nueva forma de imaginación. La *piel
canela* de Siboney, las *flores negras* en la *vereda tropical*. La
supuesta *perfidia* de Anacaona" (216). No sólo la música
sino también la pintura se intertextualiza o se autointertex-
tualiza con dos alusiones a Nietzsche y al cuadro *Tormenta
tropical con un tigre* (1891) de Henri Rousseau, reproducido
en la portada de la edición de Plaza y Janés de 1987: "Mirada de tigre enjaulado: reflejos amarillos y estrías marrones"
(22); "Nietz entreabrió sus ojos amarillos, de fiera rousseau-
niana perdida en el claro del bosque" (90).[15]

Dentro de la intertextualidad literaria, el narrador alude
explícitamente a *El arpa y la sombra* de Alejo Carpentier
discrepando de la suposición de éste de que Colón e Isabel
fueran amantes: "Por eso yerra el gran Alejo Carpentier
cuando supone una unión sexual, completa y libre, entre el
navegante y la soberana" (105). El narrador atribuye iróica-
mente el error de Carpentier a su "noble voluntad democrati-
zadora" (105), reprimida o disfrazada en un autor radicado
en la Cuba socialista, desde la perspectiva de Posse.

Cervantes y Descartes, fácilmente identificables, se despi-

[15] La identificación de Nietzsche con el tigre de Rousseau refleja la
obsesión de aquél con esa fiera como prototipo del superhombre.

den de Colón en vísperas de su salida para el Nuevo Mundo: "Por ahí anda el ex soldado manco que fue rechazado dos veces con su pretensión de ser enganchado como escribiente, y el loco francés que ayer pontificaba diciendo que la inteligencia es la cosa mejor repartida del mundo pero que lo que falta es método" (120).[16]

Quienes logran embarcarse con Colón son Karl Marx,[17] bajo el nombre de Mordecai, y Nietzsche como el lansquenete Ulrico Nietz. Igual que Cervantes y Descartes, se identifican fácilmente, por los aspectos más conocidos de su ideología. Mordecai se dirige a la tripulación diciéndoles "[…] ¡que son iguales, que se unan, que la propiedad es un robo! ¡Se ve que es un mal lector de santo Tomás y del pobrecito de Asís! ¡Hasta dice que la religión es el opio del pueblo!" (158). Cualquier ambigüedad que pueda existir en esta cita se elimina totalmente con el paralelismo que establece el narrador entre los misioneros católicos de la conquista española y el marxismo: "Las plantas, los grandes árboles, los tigres fueron quienes primero descubrieron la impostura de los falsos dioses. Las familias de monos, tan neuróticos y vivos en sus reacciones, también comprendieron que los campesinos y los herreros hacían de su hoz y de su martillo los instrumentos de un exterminio" (206). En la cronología brechtiana que precede a la Tercera Parte, la yuxtaposición de la hoz y el martillo con la equivalente "cruzhorca" reafirma la actitud crítica de Posse frente a todas las religiones dogmáticas y fanáticas:

[16] También aparece parentéticamente Pascal y Kafka como reacios a la felicidad: "La meditación, las artes que elevan y alegran (nada de pascaleos y kafkerías)" (192-193).

[17] Se indica en la nota 2 el ninguneo que ha sufrido *Los perros del Paraíso* a manos de los críticos izquierdistas. Lo que asombra aún más es que varios críticos, sin que estén identificados con la izquierda, al analizar o reseñar la novela, no se han atrevido a comentar la presencia de Marx y la actitud del autor hacia el marxismo.

1492-1502   Una partida que durará diez años. La cruzhorca
              (patente española). Vírgenes al por mayor. Ho-
              ces y martillos. Inusitada presencia de Jehová.
              Sólo uno busca el Paraíso, los demás huyen del
              infierno español (111).

No obstante, de acuerdo con la visión dialógica de toda la
novela, el narrador provoca la compasión del lector hacia
Mordecai en la última página: "Mordecai, el rebelde y pi-
loso, que pagaba caro sus ideas de redención" (223).

A Nietzsche se le retrata más extensamente y con mayor
afinidad ideológica.[18] El narrador parece apoyar el concepto
de Nietzsche de que el hombre debería tratar de superarse
en vez de contentarse con la mediocridad de los relojeros
suizos: "En la odiosa Berna de los relojeros había osado
decir que 'el hombre es una cosa que debe ser superada'.
Amaneció brutalmente golpeado" (22). En Génova consuela
al adolescente Colón que acaba de ser golpeado por su cuñado y los otros chicos del puerto: "—Coraje, muchacho. Todo
lo que no te mata te hará más fuerte [...]" (22). Más adelante
en la novela, dentro del Paraíso terrenal, Nietz insiste en que
"Dios ha muerto. Y los hombres seguían viviendo disminui-
dos, como gusanos en torno a un gran cadáver" (198). Cuando Dios no responde a las imprecaciones escatológicas de
Nietz en el Jardín del Edén, "Nietz lanzó aullidos de pánica
alegría. Había nacido el hombre sin la opresión del tirano.
El superhombre" (200).

[18] Otra indicación de la fascinación que siente Posse por la figura de
Nietzsche aparece en la novela posterior *Los demonios ocultos* (1987) en la
descripción más mimética del beso que Nietzsche deposita en los belfos del
caballo en Turín el 3 de enero de 1889, como la última indicación de su pérdida de la cordura (131). En *Los perros del Paraíso*, la escena se presenta de
una manera un poco más ambigua: "Nadie podría imaginar que llegaba desde
el ducado de Turín, perseguido por la temible guardia saboyana, acusado
de bestialismo por haber sido encontrado *in fraganti* abrazado a un caballo
besándole los belfos, sollozando, en medio de la Piazza San Carlo" (22).

El lansquenete compañero de Nietz, Swedenborg, igualmente anacrónico, también se retrata positivamente en la novela. El padre Buil, representante de los misioneros fanáticos, "veía en el lansquenete Swedenborg un atroz herético, uno de esos teólogos independientes e inconscientes que van solos hacia la hoguera y hasta llevan el yesquero" (184). Swedenborg, "siempre sereno, desde la altura de su teología liberada" (185), discute con el padre Buil alegando que los indios, cualesquiera que sean sus pecados, también son criaturas del "Jardín del Señor" (186). Sin embargo, el padre Buil triunfa sobre Swedenborg lo mismo que sobre Bartolomé de las Casas y los indios se vuelven víctimas de la esclavitud y del genocidio. El triunfo ideológico de Nietz sobre los padres creyentes tampoco dura puesto que Colón y sus partidarios se ven obligados a abandonar el Paraíso terrenal por Francisco de Bobadilla, quien manda encadenar al Almirante y lo devuelve a España.

El fin trágico de la odisea de Colón también coincide más o menos con la muerte de la reina Isabel y el comienzo de una nueva época de destrucción anunciada en el texto del Chilam-Balam:

> *Estamos seguros. Hemos hecho la experiencia.*
> *Ha comenzado la era del Sol en Movimiento*
> *que sigue a las edades del Aire, el*
> *Fuego, el Agua y la Tierra. Este es*
> *el comienzo de la edad final, nació*
> *el germen de la destrucción y de la*
> *muerte. El Sol en Movimiento, el Sol*
> *en la tierra, eso pasará* (211-212).

La alusión a los cuatro elementos aristotélicos en el texto precolombino, que liga los dos mundos antiguos, refuerza la estructura totalizante de la novela basada en el número cuatro. Igual que *La guerra del fin del mundo* de Vargas Llosa, *Los perros del Paraíso* está dividida en cuatro partes y abundan las menciones de cuatro nombres y las series de cuatro palabras o frases paralelas.[19] Sin embargo, en *Los perros del Paraíso,* aunque las cuatro partes llevan explícitamente los títulos de Aire, Fuego, Agua y Tierra,[20] los motivos recurrentes respectivos de cada parte de la estructura sinfónica suelen traspasar de vez en cuando las fronteras de acuerdo con el carácter posmoderno, dialógico de toda la novela.

El motivo recurrente "aire" de la Primera Parte consta del aire metafórico del Renacimiento,[21] con resonancias tanto políticas como eróticas: "un aire de nostalgia de vida recorría la fila danzante […]. Como un aire, un aura, un eros. Como una brisa tibia que ya pudiese haber llegado desde el Caribe […]. Era un aire. Un céfiro que inquietaba a los jóvenes seminaristas al atardecer" (12); las brisas marítimas que llenan los velos de los barcos entusiasmando al niño Colón por la carrera del navegante en vez de sastre, cardador, quesero o tabernero (19); el verbo "jadear" en la oración inicial —"Entonces jadeaba el mundo, sin aire de vida" (12)— que se refiere tanto a la muerte del mundo medieval como más tarde al despertar sexual de Fernando e Isabel; el viento

---

[19] Algunos ejemplos representativos son: "Desde los cuatro extremos del mundo civilizado" (36); "durante los cuatro años de guerra civil" (93); durante la visita de Colón a Beatriz de Bobadilla en las Islas Canarias, "eran deliciosas las cuatro jóvenes que atendían" (130), y lo bañan "las cuatro siervas" (138); los cuatro curas subversivos: "Buil, Valverde, Colángelo y Pane" (194); los parientes de Colón: "(hermanos, hijos, sobrinos y primos)" (194); el padre Squarcialuppi, […] "seguido por cuatro seminaristas" (196); "Casi nada significa ya hablar de día, de noche, de semanas, de año" (213).

[20] Los mismos cuatro elementos también constituyen una de las estructuras de *Cien años de soledad,* pero sin que se indiquen explícitamente.

[21] Aunque la mayoría de los historiadores suelen presentar el Renacimiento de una manera positiva, en esta novela dialógica el Renacimiento también anuncia el nacimiento del capitalismo internacional o multinacional desde la hegemonía de las ciudades italianas del siglo XV hasta la Lübeck alemana decimonona de la novela *Buddenbrooks* (13) de Thomas Mann, y las actividades centroamericanas de la United Fruit Company en el siglo XX (221).

que llevó el globo de los incas hasta Düsseldorf; y una gran variedad de aromas. Como transición a la Segunda Parte, la Primera Parte termina con dos gigantes olmecas sirviendo anacrónicamente "en hilera, ensartados de culo a boca, [...] sobre el eje del asador ardiente una docena de perrillos con el cuerito crocante" (51) y con las llamas que acabaron con los códices mayas y aztecas equivalente a "las pérfidas llamas que abrasaron la biblioteca de Alejandría" (53).

El motivo recurrente "fuego" de la Segunda Parte se asocia con los autos de fe de la Inquisición; la ardiente pasión sexual de Fernando, Isabel y Colón; y las dos guerras: la Guerra Civil de cuatro años contra los partidarios de la Beltraneja y la guerra final contra los moros en Granada. El motivo "aire" de la Primera Parte reaparece a principios de la Segunda Parte: "y Colón, con los zapatos amarillos en la mano, como dos arpas eólicas a la espera de la brisa" (59). En Lisboa surge repentinamente una brisa del Tajo alcanzando "a mover el tul de Felipa" (67), haciendo sentir a Colón "un golpe en la nuca, las rodillas de repentino algodón, un calor anormal" (67). En la última escena de la Segunda Parte, el motivo "aire" vuelve a aparecer con una alusión intertextual a la primera novela de Carlos Fuentes: "Era una mañana espléndida. Un aire delgado. Un aire purificado que había llegado en brisa desde Teotihuacán, la región más transparente" (107).

La combinación anterior del motivo "aire" con el motivo "agua" en una alusión al Viejo Testamento prepara al lector para la Tercera Parte: "en el inicio del Génesis sólo había agua o aire (más bien una niebla, que es la mezcla de ambas)" (65-66). Inmediatamente después la mención del Paraíso terrenal pregona la Cuarta Parte. Hacia fines de la Segunda Parte se recalca el motivo "agua" como una transición a la Tercera Parte: "Todos comprendieron que había nacido el ciclo del mar, aunque el fuego de las hogueras no cesaba" (102). A Colón lo llevan a la ex Mezquita de Córdoba, donde "escuchó el rumor constante de una fuente" (103) que acompaña las piruetas de la reina Isabel que provocan su "intraorgasmo" (104) que se compara con el vino o la sidra: "Colón sintió que sus venas y arterias se llenaban de burbujeante vino de Champagne (o sidra, tal vez mejor, para describir su caso)" (105). La frase siguiente vuelve a combinar los motivos del "agua" y del "aire": "Quedó envuelto en un rocío de exudación seminal. Un vago aroma de estragón molido" (105).

Como toda la Tercera Parte se dedica a los cuatro viajes trasatlánticos de Colón fundidos en uno, el "agua" es obviamente el motivo predominante. Se refuerza por la "capacidad de flotación" (125), aun "boca abajo"[22] (143) del Almirante anfibio; por "la Guardia Gallega de Bobadilla que lo baldearon con decisión. Agua de mar con lejía y desinfectante" (130); por el "intento del Almirante de fugar por vías urinarias" (111); y por la descripción culminante de la llegada al delta del Orinoco en una carta a la reina Isabel: "'El Señor hizo el Paraíso Terrenal y en él puso el Árbol de la vida. De él nace una fuente de la que nacen los cuatro ríos principales del Paraíso. ¡Bogamos en este momento en las aguas de la fuente original!'" (168). El motivo "aire" también tiene que estar presente a través de toda la Tercera Parte como elemento indispensable de la navegación marítima desde las brisas suaves hasta los huracanes. La búsqueda de la "tierra" es también una parte íntegra del viaje de descubrimiento que culmina en el grito de "—¡Tierra a proa!" (165) de Rodrigo de Triana el 12 de octubre de 1492. El único de los cuatro elementos de aspecto raro en esta Tercera Parte es el "fuego", que aparece con una frecuencia

[22] La siguiente comparación vulgar es una alusión a la primera Guerra Mundial y juega con la semejanza entre "belga" y "bélica": "Sumerge la cabeza en la bañera y flota boca abajo, como muerto. Sólo emerge su culo fofo y blanco como el trasero de una monja belga ahogada en un canal de Flandes después de una violación bélica" (143).

inesperada: las "grandes hogueras sobre la playa" (113) de los piratas moros antes de la salida de España de Colón; "los fuegos del volcán de Lanzarote. Torres de fuego" (125) al llegar a las islas Canarias; la observación el 14 de septiembre de "un maravilloso ramo de fuego en la mar [...]. Varios brazos de fuego en torno al centro. Es el giro inequívoco de la espada flamígera. La svástica de fuego" (146); después de la tempestad, el día 25 de septiembre Colón "aparece en el castillo de popa esperando el fuego de san Telmo" (152); y el *crescendo* del 9-10 de octubre: "La noche de calma tropical sucede a un día de infernal calor. Sol a pique, las velas muertas, como cirio derretido en torno a los palos [...] solazo y aire hirviente [...] el tremendo calor es un signo positivo. Proviene del fuego de las espadas flamígeras que guardan las Puertas" (158-159); la "traconchana" (159), parecida al *sirocco* del Mediterráneo, que despierta sexualmente a la tripulación: "la sexualidad de la marinería ibera es como la de perros encerrados y en celo" (160).

La Cuarta Parte transcurre sobre la tierra, el Paraíso Terrenal, y vuelven a aparecer los Reyes Católicos, también identificados con la tierra: "La Corte había acampado desde una semana atrás en una pintoresca vega, no lejos de Almagro" (174). Como había de esperarse en la cuarta y última parte de la novela, los cuatro elementos recurrentes se mencionan explícitamente en el trozo ya citado del Chilam-Balam, pero para sorpresa del lector no se destacan tanto como en las tres primeras partes, tal vez para no desviar la atención del lector del tema principal, la denuncia del poder: Bartolomé de las Casas "era llevado por un viento de fe" (216); una cascada produce un arco iris "generando una neblina con los siete colores primordiales de la creación" (216); Torquemada "murió en aroma de santidad" (217); Isabel se enferma de "una terrible sed, hidropesía" (218); y una alusión intertextual al gato borgeano del cuento "El sur": "El Almirante moraba en el tiempo como un gato junto al fuego" (213).

La importancia estructural de los cuatro elementos naturales; la abundancia de alusiones culturales desde el Génesis, las civilizaciones indígenas precolombinas y Homero; y la "ruptura flagrante del orden espacio-temporal establecido" (153) crean una visión instantánea de toda la historia del mundo entero que recuerda el desciframiento de los pergaminos de Melquíades al final de *Cien años de soledad* y la visión más filosófica, pero igualmente instantánea, en "El aleph" de Borges. Sin embargo, por "inmenso" que sea "el placer de la lectura", según las palabras del novelista peruano Alfredo Bryce Echenique, por lúdicos que sean los cronotopos y la heteroglosia y por dialógica que sea la caracterización de Cristóbal Colón, no se diluye el mensaje ideológico de la novela: la denuncia del poder que se extiende desde un Dios omnipotente a través de los imperios de los aztecas, los incas y los españoles, hasta el siglo xx con los nazis, el imperio económico y cultural de los Estados Unidos, el marxismo... y la dictadura militar argentina de 1976-1983.

IV. LA CANONIZACIÓN INSTANTÁNEA
DE UNA SINFONÍA BAJTINIANA
"Noticias del imperio" de Fernando del Paso

LA CASI segura canonización de *Noticias del imperio* de Fernando del Paso depende principalmente de su complejidad artística.[1] Mientras Roberto González Echevarría atribuye el éxito de *La guerra del fin del mundo* a su "sinfonía de narratividad" (70), *Noticias del imperio* puede apreciarse mejor en términos de su sinfonía bajtiniana: una combinación de lo dialógico o lo polifónico, la heteroglosia, lo carnavalesco[2] y la intertextualidad.

Uno de los rasgos más impresionantes de esta Nueva Novela Histórica muy documentada es la ampliación del trienio imperial de Maximiliano y Carlota en México (1864-1867) a un fresco enciclopédico, totalizante (más propio de las novelas modernas de Joyce y de los autores del *boom* que de las posmodernas) que abarca más de un siglo de relaciones internacionales desde la subida al poder de Napoleón Bonaparte a fines del siglo XVIII hasta la muerte de Carlota en 1927. En realidad, por medio del viaje de Carlota a

[1] Sara Sefchovich la llama "por su prosa, la mejor novela de la literatura mexicana" (166). Para otros juicios positivos, véanse Fabienne Bradu en *Vuelta*, 139 (mayo de 1988), 48-50; Juan Bruce-Novoa, *"Noticias del imperio* o la historia apasionada", *Literatura mexicana*, I, 2 (1990), 421-438; y Peter N. Thomas en *Chasqui*, 20, 1 (mayo de 1991), 152-153. Para un juicio negativo, véase la reseña de Adolfo Castañón en *Vuelta*, 142 (septiembre de 1988), 32-33.

[2] No es por casualidad que la biografía de Napoleón III publicada por John Bierman en 1988 se llame *Napoleon III and His Carnival Empire* ("Napoleón III y su imperio carnavalesco").

Yucatán y los múltiples viajes zigzagueantes por Europa de las distintas familias reales, el cuadro histórico también incluye la civilización precolombina de los mayas, el imperio de Carlo Magno y épocas anteriores.

Tal como la condena por Vargas Llosa del fanatismo finisecular en el Brasil puede aplicarse a los guerrilleros peruanos actuales de Sendero Luminoso, la suspensión de los pagos de las deudas por Juárez en 1861, destacada en la página siguiente de la de las dedicatorias, debe interpretarse como una crítica implícita de los presidentes actuales de México y de los otros países latinoamericanos por no haber suspendido sus pagos a los Estados Unidos. Aunque la novela se concentra en el imperialismo francés de Napoleón III, también se traza el imperialismo estadunidense desde la Doctrina Monroe en la tercera década del siglo XIX hasta la intervención de Nicaragua en 1925. El comienzo de la Guerra Civil estadunidense en 1861 influyó obviamente en la decisión de Napoleón III de invadir a México en 1862 tal como el fin de aquella Guerra influyó en su decisión de retirar su ejército cinco años después. Aun antes de que empezara la invasión, durante el baile de máscaras en las Tullerías, Napoleón III, disfrazado de noble veneciano, propuso al embajador austríaco Ricardo Metternich, disfrazado de senador romano, la posibilidad de que el futuro Imperio mexicano reconociera la Confederación Sureña a cambio de la emigración de los esclavos negros a México, donde se les otorgaría la libertad: "Haremos de México la nueva Liberia" (51). Hacia el fin de la novela se pone mayor énfasis en el imperialismo descarado de Teodoro Roosevelt y sus sucesores: la voladura del buque "Maine" en el puerto de La Habana como pretexto para la entrada de los Estados Unidos en la Guerra de Independencia de Cuba; la promoción de la independencia de Panamá de Colombia para facilitar la construcción del Canal; la ocupación de Veracruz en 1914; la ocupación de Nicaragua durante ocho años combatida por

Sandino (640-641). No obstante, aunque la guerra de Fernando del Paso contra el imperialismo podría equipararse con la guerra de Vargas Llosa contra el fanatismo como el tema dominante de la novela, hay por lo menos una diferencia esencial. Aunque Vargas Llosa se concentra exclusivamente en la Guerra de Canudos, su mensaje ideológico, dirigido a sus lectores de la década de los ochenta, es de suma importancia. En cambio, a pesar de que *Noticias del imperio* ofrece un panorama geográfico e histórico mucho más amplio, las preocupaciones del autor por el imperialismo actual están claramente subordinadas a sus preocupaciones estéticas sobre la naturaleza de la novela y su creación de una sinfonía bajtiniana.

La estructura sinfónica dualista refleja no sólo la importancia de Maximiliano, lo mismo que de Carlota, sino también el doble fenómeno de "intervención" e "imperio"; el imperio austrohúngaro bicéfalo dirigido por el hermano mayor de Maximiliano, Franz Josef; el imperio belga dirigido por el padre de Carlota y luego por su hermano, los dos llamados Leopoldo; los dos imperios franceses de Napoleón Bonaparte y de Luis Napoleón; y los otros dos imperios mexicanos, el de Agustín Iturbide y el de Su Alteza Serenísima, Santa Anna. El capítulo 2 se titula "Entre Napoleones te veas, 1861-1862", y en su primera sección titulada *Juárez y "Mostachú"*, se van alternando los párrafos dedicados respectivamente a episodios de la niñez y de la juventud de los dos contrincantes de 1861-1862. También se incluyen comparaciones entre Napoleón III y Napoleón I, así como entre el primero y Santa Anna.

De los 23 capítulos de la novela, en los impares se reparten los monólogos de Carlota, todos con exactamente el mismo título "Castillo de Bouchout 1927" para dar la impresión de que nada cambia para una mujer considerada loca desde la ejecución de Maximiliano en 1867, o antes, y quien no vive en el mundo de la realidad. El aspecto repetitivo de

131

su vida se capta estilísticamente con el uso frecuente de la anáfora. En las 14 páginas del capítulo 9, por ejemplo, el uso anafórico de las siguientes frases reafirma la locura de Carlota, pero al mismo tiempo sus evocaciones inesperadamente coherentes de personajes, temas y motivos recurrentes históricos desmienten esa locura: "Cuando les digo que [...]" (233-236); "el mundo ha ardido en llamas" (237); "ha nevado" (238-239); "pregúntale" (240-241); "defequé" (247).

En un ejemplo de la metaficción interior, Carlota caracteriza su propio discurso: "es mi privilegio, el privilegio de los sueños y el de los locos, inventar, si quiero, un inmenso castillo de palabras, palabras tan ligeras como el aire en el que flotan" (117) y "escribiré, sí, sin detenerme, de un hilo como un río que nunca llega al horizonte como un torrente que se precipita en el infinito" (492). También caracteriza su concepto de la historia y el del autor como un rompecabezas que ella puede deshacer y rehacer, al estilo de Borges, haciendo "héroes a los villanos, traidores a los héroes, vencidos a los victoriosos, triunfadores a los que fueron humillados con la derrota" (414). Carlota también compara su rompecabezas con un espejo, donde, igual que Aureliano Babilonia al fin de *Cien años de soledad*, puede ver su vida entera en un solo instante (414-415). Aunque Carlota, al igual que muchos enfermos mentales, cuestiona constantemente el fallo de los médicos, el lector también queda intrigado por la capacidad de la Emperatriz loca de armar un mosaico tan completo de la historia universal durante su encierro de 60 años, desde 1867 hasta 1927. Sus monólogos revelan que pudo mantenerse al día hasta el vuelo trasatlántico de Charles Lindbergh, el mismo año de su muerte.

A diferencia de los capítulos unidimensionales de Carlota, los 11 capítulos pares reservados para Maximiliano se distinguen por sus títulos individuales y por su división en tres secciones, cada una también con su propio título. En términos numerológicos, los 11 capítulos multiplicados por tres producen el número 33, la edad de Jesús cuando lo crucificaron, convirtiendo a Maximiliano en un mártir cristiano. Esta interpretación se refuerza por la necesidad que siente Maximiliano por un traidor —Miguel López— poco antes de su ejecución: "El sacrificio que se le pidió a éste, y por el cual se le compensaba, era el de aparecer como eso, como un traidor, ante la historia" (555), y aún más explícitamente: "en esa época, como en muchas otras, no era raro el afán de comparar un martirio con el Calvario" (586). Para los estudiosos de la literatura hispanoamericana sobra señalar las alusiones intertextuales a los dos cuentos de Borges: "Tema del traidor y del héroe" y "Tres versiones de Judas".

La división de la novela entre Carlota y Maximiliano concuerda totalmente con su carácter dialógico o polifónico, el cual se enriquece por su cualidad paradójica. Es decir, que la novela resulta dialógica a pesar de la abundancia de una rigurosa documentación histórica que en vez de resolver ciertas dudas las refuerza. En contraste con *Los perros del Paraíso* de Abel Posse, que carnavaliza la historia mediante anacronismos descarados, retratos ficticios de personajes históricos y citas de textos apócrifos, Fernando del Paso nombra sus fuentes históricas y literarias para elaborar retratos detallados, multifacéticos, pero, sin embargo, no definitivos de sus personajes históricos. Véase, por ejemplo, el enjuiciamiento final de Benito Juárez en el penúltimo capítulo de la novela. Aunque Juárez desempeña un papel menos importante en la novela que Maximiliano y Carlota y aunque casi siempre se retrata de una manera positiva, en la sección titulada "¿Qué vamos a hacer contigo, Benito?", hace las veces tanto de diablo como de ángel. La historia vacila entre condenarlo y absolverlo.[3] Los que lo denuncian llevan una capucha negra y están armados de una antorcha

---

[3] La frase "—No, Benito: la historia te absolverá" (626) es obviamente una alusión al famoso discurso de Fidel Castro durante su proceso por el asalto al Cuartel Moncada en 1953.

encendida (619), identificándose así con el infierno, mientras "un hombre encapuchado de blanco le hubiera pasado las hojas de un lirio [...]" (618), flor que evoca el nombre de su esposa Margarita. A Juárez lo proclaman héroe por haber establecido y mantenido la separación de la Iglesia del Estado y por haber restaurado la república después de vencer a los invasores extranjeros. En cambio, otros lo condenan por su entreguismo a los Estados Unidos y al protestantismo. Sin embargo, no hay que tomar demasiado en serio los juicios históricos porque, según las palabras de Voltaire evocadas por Juárez en sus momentos agónicos, "la historia es una broma [...] que los vivos le jugamos a los muertos [...]" (622-623), palabras que a su vez subvierten la invocación del "fallo tremendo de la historia" (622) hecha por el mismo Juárez en una carta de 1864 dirigida a Maximiliano.

Tanto como Juárez resulta algo desmitificado por su retrato dialógico en el capítulo 22, Maximiliano y Carlota, con mayor amplitud y complejidad, también se presentan de una manera dialógica, los tres sujetos al motivo recurrente de cierto o falso. En la sección susodicha sobre Juárez se plantea varias veces, con ligeras variantes, la pregunta retórica: "—¿No es verdad, Benito?" (618-619). Cuando la pregunta se aplica al respeto y a la confianza que le tenían los pobres, los campesinos, los liberales, los indios, toda la nación, todo el continente, las voces enemigas afirman que todo fue mentira pero el mismo Juárez se defiende: "Pero no, no era mentira y lo sabían sus indios, lo sabían sus amigos y hasta sus enemigos, la patria lo sabía, América, la historia, ¿no es verdad, Margarita?" (620).

Carlota y Maximiliano están rodeados de mentiras a través de toda la novela. El capítulo 13 empieza con la oración: "—Sí, Maximiliano, fue la mentira, fueron las mentiras, las que nos perdieron" (349) refiriéndose tanto a las mentiras de sus enemigos como a las de Max a Carlota. El motivo recurrente de la mentira aparece a través de todo el capítulo llegando a un *crescendo* en la oración inicial de la última sección: "—Pero más, mucho más que las mentiras tuyas y mías y de los otros, más que las mentiras de todos los días, Maximiliano, lo que me mata de angustia es la gran mentira de la vida, la mentira del mundo, la que nunca nos cuentan, la que nadie nos dice porque nos engaña a todos" (360). Aunque Carlota se refiere obviamente a una amplia visión de mundo filosófica, también se refiere a su locura manifestada, según los médicos, por su empeño de vivir en el pasado. Carlota, en cambio, medio convence al lector que está cuerda acudiendo a la ayuda intertextual del cuento borgeano "El aleph": la visión simultánea en un momento mágico de la totalidad de todos los aspectos del mundo:

> ¿Cómo explicarle a nuestro maestro de español, que además se murió hace tantos años, cómo decirle que de nada sirve que me hable de conjugaciones y tiempos verbales porque yo no fui la Emperatriz de México, yo no seré Carlota Amelia, yo no sería la Reina de América sino que soy todo todo el tiempo, un presente eterno sin fin y sin principio, la memoria viva de un siglo congelada en un instante? (362).

El próximo monólogo de Carlota, en el capítulo 15, también comienza con el motivo recurrente de la mentira: "—Porque yo soy, Maximiliano, la Emperatriz de la Mentira" (407). Antes, en el capítulo 11, Carlota le confesó a Maximiliano que le había mentido en cuanto a sus deseos y actividades sexuales antes de conocerlo: "—¿Te dije alguna vez que antes de que tú llegaras mi carne jamás había conocido ni el deseo ni el placer? [...]. Eso también fue una gran mentira" (306). En una variante del motivo recurrente de la mentira, la tercera sección del capítulo 16 tiene una serie de oraciones que empiezan con distintas formas de las frases: "Lo que no sabía Maximiliano" (458) y "lo que también ignoraba Maximiliano" (459). En cambio, la última sección del capítulo 20 afirma categóricamente, de distintas formas, la verdad de varios aspectos de los últimos momentos en la vida de Maximiliano: "Sobre la veracidad de algunos de estos sucedidos no parece haber duda" (584); "Parece estar también fuera de duda" (584); "fue verdad también que [...]" (585); "Sí, fue cierto también que [...]" (585). En fin, Fernando del Paso está demostrando la idea borgeana y posmoderna de que es imposible averiguar la verdad.

Tal como Juárez resulta algo desmitificado por su retrato dialógico en el capítulo 22, Maximiliano resulta aún más desmitificado por la larga arenga apostrófica que le dirige Carlota: "fuiste Maximiliano el impávido [...] el digno [...] el justo [...] fuiste también, Maximiliano [...] el orgulloso [...] el hipócrita [...] el mentiroso" (601-604). En la segunda sección del mismo capítulo Carlota se refiere a todas las condecoraciones recibidas por Maximiliano para rematarlo con el insulto supremo: "¿Por qué no te condecoraste tú mismo con el gran collar de la Orden Suprema del Gran Pendejo?" (613). Con estas palabra y otras parecidas, Carlota también contribuye a su propia desmitificación. ¿Cómo pudo haberse imaginado entregándose apasionadamente a Maximiliano: "casi me muero de amor por ti, y de deseo, y de ternura y de lujuria esa noche en que, ya sola y a oscuras en mi cuarto, mis manos reptaron bajo las sábanas"? (183). ¿Era de veras tan lujuriosa de niña (307-308) y de viuda (65, 310-312) como indica en sus monólogos? ¿Es verdad que Maximiliano pescara una enfermedad venérea en el Brasil para no volver a acostarse con Carlota durante toda su estadía en México? ¿De veras se volvió loca al recibir la noticia de la muerte de Maximiliano?

Pese a toda la documentación histórica incluida en la novela, otras dudas persisten. ¿Maximiliano fue el hijo ilegítimo de su madre la archiduquesa Sofía y Napoleón II, conocido también con los nombres de rey de Roma, duque de Reichstadt, Aguilucho, Astiánax, archiduque Franz y François? ¿Concepción Sedano, la amante de Maximiliano en

Cuernavaca, le dio un hijo ilegítimo quien llegó a ser espía para los alemanes durante la primera Guerra Mundial? ¿Carlota tuvo amores con el coronel belga Van der Smissen dando a luz un hijo conocido con el nombre de Maxime Weygand?

Además del carácter dialógico de la novela y su estructura dualista, su "sinfonía bajtiniana" se basa principalmente en una variedad riquísima de discursos heteroglósicos, muchas veces pareados. Uno de los discursos más constantes desde el principio hasta el fin de la novela es el epistolar, que proviene directamente de la primera palabra del título, "noticias", que enmarca la novela. El segundo párrafo de la novela reza: "Hoy ha venido el mensajero a traerme noticias del Imperio" (14), que se repite, levemente cambiado, en la oración final de la novela:

"[…] hoy vino el mensajero a traerme noticias del Imperio" (668). Las noticias se transmiten por individuos, por cartas y por telegramas. En la primera parte del capítulo 18 se capta el estilo de un corresponsal de guerra para describir los sucesos militares de 1866-1867. Sin embargo, lo que más se utiliza para transmitir las noticias es la carta. En el primer capítulo Carlota, vieja y loca, expresa el deseo de hundirse en las cartas de Max y ahogarse "con la fragancia de los mangos y la vainilla" (23), pero no aparecen y Carlota duda de su existencia: "— […] pienso a veces que nunca, nunca me escribiste esas cartas" (23).

Uno de los mejores ejemplos del discurso epistolar, el de dos hermanos franceses, gira alrededor del cuestionamiento del tema de civilización y barbarie. Mientras el joven oficial en el ejército de los invasores se queja de las atrocidades de los guerrilleros mexicanos —"no tienen parangón en la historia" (103)—, el historiador socialista radicado en Francia condena la invasión y declara que los franceses no tienen ningún derecho de establecerse en México con el pretexto de promover el positivismo cuando ellos y los otros europeos tienen una larga historia de violencia y de barbarie. También señala que París, la llamada Ciudad Luz, es en realidad "el burdel de Europa" (222) con 30 000 prostitutas y el 80% de la población total que vive en la pura miseria. Al nivel de relaciones internacionales, critica a Napoleón III por haber exportado "esa turbulencia en nombre de la civilización, como Indochina, Argelia o México" (595). Denuncia a los belgas por sus atrocidades en el Congo (633). Por toda la novela se retratan las familias reales de Europa como corruptas, inmorales y reducidas a la ridiculez: "todo ese montón de reyezuelos y príncipes y princesas de carnaval" (121). En su respuesta, el oficial confiesa que la carta de su hermano erudito por poco lo convence que la invasión fue injusta, pero al reflexionar más, apoya la opinión de Napoleón III "en el sentido de que sólo con un príncipe europeo a la cabeza de una monarquía se podrá salvar a este país no sólo del caos, sino de la nefasta influencia americana que ahora, triunfante el Norte, ha vuelto a tender sus garras" (395).

En contraste con la correspondencia personal entre los dos hermanos franceses, las tres primeras páginas del capítulo 8 constan de una breve mención en estilo *staccato* de cartas escritas entre 1862 y 1864 por muchos de los jefes políticos y militares de Europa, México y los Estados Unidos, algunas de ellas en clave. El uso anafórico de frases como "Luis Napoleón le envió una carta a Bazaine", "El Archiduque le escribió a Luis Napoleón", "Carlota recibió una carta de su adorado papá Leopich" (191-192) crea la impresión de un verdadero diluvio de cartas destinadas a presionar a Maximiliano y Carlota a que aceptaran la corona de México. La siguiente cita resume las tres páginas anteriores:

Cartas, así, por docenas, cientos, de un lugar a otro de Europa y a través del Atlántico de Europa a América, y durante los años de 1862 y 1863 y comienzos de 1864, fueron y vinieron, unas por el correo ordinario, en burro, en diligencia, en los barcos de la "Royal Mail Steam Packet Company", otras por correos espe-

138

ciales, inocentes unas, mentirosas otras, secretas o en clave, breves, interminables, optimistas, con mensajeros privados, reales. Y como esto no fue suficiente, todo el mundo viajó también de un lugar a otro, opinó, aconsejó, advirtió (193).

Además del discurso epistolar, la novela se enriquece por una variedad de otros discursos que aparecen con menos frecuencia. El monólogo fisiológico del médico (378-384) a medida que le da a Maximiliano un reconocimiento completísimo se salpica de suspenso que proviene de la preocupación aparente del emperador por su posible esterilidad y supera sin lugar a dudas los pasajes fisiológicos en la novela anterior de Fernando del Paso, *Palinuro de México*. El discurso fisiológico vuelve a aparecer después de la ejecución de Maximiliano con la historia detallada del embalsamamiento y de la conversión en *souvenirs* de sus "bucles de pelo dorado" (589), su corazón y sus ojos.

Los amoríos de Maximiliano y las masturbaciones gráficas de Carlota no son los únicos ejemplos del discurso erótico, que ha llegado a ser casi una parte indispensable de la novela hispanoamericana desde la publicación de las obras maestras del *boom*: *La muerte de Artemio Cruz*, *Rayuela* y *Cien años de soledad*. Dos secciones de los capítulos dedicados a Maximiliano se llaman específicamente *Seducciones*. En la primera, que lleva el subtítulo de "¿Ni con mil avemarías?", monologa un sacerdote vasco que ejerce en un pueblo de Michoacán. Se dirige a su obispo narrándole la confesión de una espía juarista casada con un militar francés. Mediante extraordinarias hazañas eróticas, ella les sacaba a los otros oficiales franceses secretos militares que entregaba a su amante juarista. Se acaba la sección con un desenlace cuentístico: el sacerdote confiesa su propia seducción y ofrece aceptar como penitencia mil avemarías o más. La sección también está vinculada al tema de civilización y barbarie equiparando la dificultad en pronunciar los topónimos tarascos con la de los patronímicos vascos. La segunda sección de *Seducciones* lleva el título de "Espérate, Esperanza…", y es también un monólogo, que transcurre la víspera del proceso de Maximiliano en Querétaro. El fiscal militar juarista trata de concentrarse en el juicio a pesar de las cosquillas y las caricias progresivamente eróticas que le hace su amante. Por fin, deja de resistir pero sigue pensando en el proceso para demorar cuanto pueda la eyaculación. La repetición por todo el capítulo del estribillo "Espérate, Esperanza", atestigua el virtuosismo del autor.

Entre los otros tantos discursos que enriquecen la novela, no se pueden dejar de mencionar, aunque sea brevemente, los siguientes:

1. La tortura en forma dramática de un guerrillero juarista por un coronel francés sádico titulado literalmente *Con el corazón atravesado por una flecha*, que también subvierte la justificación de la intervención francesa con base en la presumida lucha contra la barbarie;

2. la conversación políglota entre Maximiliano, Carlota y su profesor de español en *El Archiduque en Miramar* (IV, 2), complementada, ocho capítulos después (XII, 3) con la sección titulada paródicamente *El emperador en Miravalle:* en una conversación, principalmente bilingüe (español e inglés) y a veces trilingüe (agréguese el francés) en la terraza del Castillo de Chapultepec, Maximiliano pondera al comodoro Matthew Fontaine Maury la vista espectacular del Valle de México, a la vez que comenta con tono racista[4] su plan de convertir a México en un productor mundial de algodón con mano de obra negra y asiática;

3. la deliciosa narración en primera persona, titulada *Yo soy un hombre de letras*, de un poeta, *evangelista* (taquígrafo público), novelista y sobre todo, tipógrafo juarista quien mata a un

[4] A comienzos del capítulo 2 (32) y en otras partes de la novela se menciona la famosa obra de Gobineau, *Ensayo sobre la desigualdad de las razas humanas*, publicada en 1854 en Francia, que sirvió a las naciones imperialistas europeas para justificar "científicamente" su responsabilidad de proteger "las razas inferiores", "the white man's burden".

francotirador francés en las afueras de Guaymas con su cofre de letras de imprenta: "Porque ustedes, señores, estarán de acuerdo conmigo en que no todos los días se puede matar a alguien con el peso de las letras, y, como diría mi padre, no tanto literariamente como literalmente" (338);

4. el costumbrismo de los vendedores callejeros de la capital en *La ciudad y los pregones* (VI, 3) donde las palabras y las observaciones del pregonero en buen dialecto popular mexicano y escritas en letras cursivas alternan con la narración omnisciente que cuenta cómo Napoleón III y el general Bazaine traicionan al general Forey; el dialecto popular desempeña un papel aún más importante en "Camarón camarón…" (VIII, 2), donde un espía mexicano cuenta cómo le encantaba contribuir a la derrota de los franceses… y cómo también le encanta robar los anillos a los cadáveres franceses;

5. el ceremonial, o sea el discurso protocolario, para la celebración de Jueves Santo con el fin de subrayar la frivolidad exorbitante de la corte imperial. También se usa irónicamente para la ejecución de Maximiliano, en contraste con el discurso popular. Setenta páginas antes se había presentado la misma ejecución en la sección titulada *Corrido del tiro de gracia*, en que se van alternando las estrofas del corrido popular con los recuerdos del soldado que disparó el tiro de gracia y que ahora se encuentra arrepentido y molesto frente a la incredulidad de los que lo escuchan;

6. la alternación de las discusiones o las noticias sobre los asuntos políticos y las actividades insignificantes de la vida familiar. En *El manatí de la Florida* (XVI, 2), Napoleón III participa en un partido de lotería con base en animales exóticos con su esposa y su suegra. El nombrar los animales contrasta con las preocupaciones del Emperador sobre Maximiliano, Bismarck y los Estados Unidos, pero también refleja el interés imperialista de Francia en las regiones exóticas del mundo. Una versión semejante pero más compleja de la misma técnica constituye la estructura de *Escenas de la vida real: la nada mexicana*, que consta de 25 viñetas, entre un párrafo y dos páginas de largo. Las escenas cambian rápidamente de palacio en palacio en París, México, Bruselas, Londres, Viena y Roma; participan los

más importantes de los personajes históricos, incluso Juárez; y se entrelazan el asesinato de Lincoln, la celebración del Día de los Muertos en México, las pinturas del Vaticano, los platos elegantes servidos en los banquetes de Carlota (los de primera clase y los de segunda) y la letra de "La paloma" con la tensión creciente entre Napoleón III y Maximiliano.

La heteroglosia se combina con la intertextualidad en el monólogo del jardinero respecto a la infidelidad de su esposa con Maximiliano escuchado por un juez callado como homenaje a Juan Rulfo: "El hombre", "Luvina" y "Diles que no me maten". La situación patética del jardinero se intensifica por estar ubicada en la misma sección e inmediatamente después de la narración de Maximiliano de cómo dictaba notas frívolas a su secretario Blasio en el carruaje camino a Cuernavaca, narración en la cual se intercalan observaciones detalladas sobre el paisaje. Además de su muy rica variedad de discursos, *Noticias del imperio* se distingue por su manera de indicar su deuda con Borges y con los novelistas del *boom*. Al re-crear a Maximiliano, Carlota emplea una frase —"te voy a dar a luz" (118)— que evoca "Las ruinas circulares" de Borges. Fernando del Paso también comparte con Borges los conceptos sobre la historia y, como pronto veremos, hasta dialoga con Borges. *Cien años de soledad* se intercala en la novela mexicana mediante las varias mariposas de muchos colores que vuelan alrededor del cadáver de un soldado imperial y la máquina para hacer hielo que ve Carlota en la feria mundial de París y que quisiera llevar a México para congelar el lago de Chapultepec. "Axolotl", de Julio Cortázar, se evoca cuando Carlota ve crecer en el vientre un "ajolote" que es "redondo y transparente como una pecera" (236). Para rematar estas intertextualidades, en el último monólogo de Carlota no sólo se parodia *La muerte de Artemio Cruz* de Carlos Fuentes con el uso anafórico de "Te voy a regalar" (665), sino que se subraya la continuidad del *boom* con la mención de Ambrose Bierce y Pancho Villa para evocar *Gringo viejo*. En efecto, la inspiración de toda la novela puede provenir de las tres páginas de monólogos alternados entre Maximiliano y Carlota, que hasta incluyen los detalles sobre el embalsamamiento, en *Terra nostra* (740-742) de Fuentes.

Además de mostrar varios ejemplos de intertextualidad, *Noticias del imperio* constituye de cierta manera un palimpsesto en que las fuentes históricas están presentes a través de toda la novela, pero el acierto artístico consiste en su intensidad creciente. El capítulo 4 empieza con dos páginas en que se cuestiona la realidad al estilo borgeano con el uso de "o" y "quizás" antes de enumerar siete razones por la intervención francesa. Las fuentes históricas se introducen de un modo poco enfático con frases como: "como lo cuenta el conde Corti" (79); "Cuenta Hidalgo y Esnaurrízar en sus Memorias" (84); "dijo un biógrafo de Juárez, el mexicano Héctor Pérez Martínez" (85-86); "así al menos cuenta Ralph Roeder" (91). En cambio, en el capítulo 20, dedicado a la ejecución de Maximiliano, el diálogo entre *Noticias del imperio* y sus fuentes llega a ser uno de los temas principales de la novela. El capítulo empieza con "El libro secreto de Maximiliano", un cuaderno que no había sido mencionado antes. Varias versiones de la ejecución, incluso las pictóricas como el cuadro famoso de Manet, se mencionan específicamente y se resumen con la frase: "la bibliografía de la aventura de Maximiliano y Carlota a México y de la intervención francesa, es infinita" (587-588). Paradójicamente, en este mismo capítulo se mencionan por primera vez dos obras literarias mexicanas sobre el tema: la novela histórica decimonónica *El Cerro de las Campanas* (1868) de Juan A. Mateos y la pieza mucho más famosa de Rodolfo Usigli, *Corona de sombra* (1943).

Y he aquí que llegamos a la clave para comprender y apreciar la calidad de *Noticias del Imperio* que comparte el autor/narrador con sus lectores mexicanos en el discurso autoconsciente o metanovelístico del penúltimo capítulo. El gran desafío artístico para Fernando del Paso fue cómo mantener el interés de sus lectores a través de 668 páginas con un tema que ya había sido tratado por tantos historiadores y biógrafos internacionales y por el dramaturgo mexicano más importante del siglo xx, Rodolfo Usigli. Fernando del Paso justifica su proyecto enfrentándose directamente a Usigli, a Borges y a Lukács. Mientras Usigli calificaba su pieza de "antihistórica" y consideraba la historia menos exacta que la literatura; mientras Borges afirmaba que se interesaba en "más que lo históricamente exacto, lo simbólicamente verdadero" (641); y mientras Lukács escribió en *La novela histórica* que "es un prejuicio moderno el suponer que la autenticidad histórica de un hecho garantiza su eficacia poética" (641), Fernando del Paso plantea su propio dilema y defiende su fusión de la historia y la literatura:

> ¿Qué sucede —qué hacer— cuando no se quiere eludir la historia y sin embargo al mismo tiempo se desea alcanzar la poesía? Quizás la solución sea no plantearse una alternativa, como Borges, y no eludir la historia, como Usigli, sino tratar de conciliar todo lo verdadero que pueda tener la historia con lo exacto que pueda tener la invención. En otras palabras, en vez de hacer a un lado la historia, colocarla al lado de la invención, de la alegoría, e incluso al lado, también, de la fantasía desbocada [...]. Sin temor de que esa autenticidad histórica, o lo que a nuestro criterio sea tal autenticidad, no garantice ninguna eficacia poética, como nos advierte Lukács: al fin y al cabo, al otro lado marcharía, a la par con la historia, la recreación poética que, como le advertimos nosotros al lector —le advierto yo—, no garantizaría, a su vez, autenticidad alguna que no fuera la simbólica (641-642).

A cada lector o a cada crítico literario, si queremos hacer el distingo, le toca decidir hasta qué punto ha realizado Fernando del Paso su proyecto artístico. Para este lector, a pesar de que las dos novelas anteriores de Fernando del Paso no me parecían del todo satisfactorias, no rehúyo la responsabilidad del crítico de la literatura contemporánea de enjuiciar las obras y, por lo tanto, me atrevo a decir que *Noticias del imperio* es una de las mejores de las Nuevas Novelas Históricas, y que merece la canonización inmediata.

Además de sus cualidades intrínsecas, *Noticias del imperio* se destaca aún más cuando se contrasta con la novela históricamente complementaria (mayor enfoque en las fuerzas de Juárez), *La lejanía del tesoro* (1992) de Paco Ignacio Taibo II. Ésta no sólo es un intento serio de parte de Taibo II de superar sus novelas detectivescas anteriores, sino que también cabe dentro de la NNH por su visión dialógica de la historia, sus protagonistas históricos, su heteroglosia y su tono parcialmente carnavalesco. Siguiendo en algo el modelo estructural de *Noticias del imperio*, la mayoría de los capítulos están dedicados a dos literatos partidarios de Juárez: Guillermo Prieto y Vicente Riva Palacio. Tal como Maximiliano y Carlota se presentan por diferentes tipos de discurso, Guillermo Prieto se retrata a través de sus propias memorias en primera persona, mientras las hazañas de Riva Palacio se narran en segunda persona. Otros famosos literatos del siglo XIX cuyos nombres figuran con cierta frecuencia son Ignacio Ramírez e Ignacio M. Altamirano. Aunque Juárez participa en la novela, su papel es relativamente insignificante. Donde se distinguen las estructuras de las dos novelas es que, en *La lejanía del tesoro*, los capítulos no están dedicados exclusivamente a Prieto y Riva Palacio. Como reflejo del título de la novela, siete de los 20 capítulos de la Primera Parte están dedicados a siete versiones distintas del tesoro del gobierno de Juárez, que puede no haber existido nunca. Otros grupos de capítulos que se intercalan versan sobre los indios apaches en el norte de México, sobre Dupin, el mismo oficial francés cruel encargado de las actividades antiguerrilleras, y el único globista mexicano de la época, Esteban Padrón, quien al final lleva una carta por vía aérea de Juárez, en San Luis Potosí, al general Escobedo en Querétaro y, cumpliendo las órdenes de Juárez, deja caer un balde de mierda de caballo sobre las fuerzas sitiadas de Maximiliano.

Por interesante que sea la novela de Taibo II, desde el punto de vista histórico y estructural, no puede competir estéticamente con *Noticias del imperio:* los protagonistas no cobran vida, los capítulos no están basados individualmente en sucesos dramáticos y carecen de suspenso y de tensión, y la creatividad lingüística dista de la de Fernando del Paso. Como me susurró en junio de 1992 un cuentista mexicano: "Taibo II no juega en la misma liga que Fernando del Paso."

V. EL CUARTETO BOLIVARIANO O VARIANTES DE LA NARRATIVA HISTÓRICA

"El general en su laberinto" de Gabriel García Márquez, "La ceniza del Libertador" de Fernando Cruz Kronfly, "El último rostro" de Álvaro Mutis y "Sinfonía desde el Nuevo Mundo" de Germán Espinosa

A PESAR de su protagonista histórico, *El general en su laberinto* (1989) de Gabriel García Márquez tal vez no quepa en la categoría de la Nueva Novela Histórica. El retrato de Bolívar sigue más o menos de cerca el retrato hecho por los historiadores; el autor no se deja tentar por los anacronismos y las otras distorsiones exageradas; la re-creación de la época no está subordinada a la presentación de conceptos filosóficos atemporales; no se cultivan ni la metaficción ni los conceptos bajtinianos de lo dialógico, lo carnavalesco, la parodia y la heteroglosia. Sin embargo, no cabe duda que es una de las novelas históricas más sobresalientes de los tres últimos lustros y que merece un lugar de honor al lado de las NNH más ortodoxas de sus compañeros del *boom:* Carlos Fuentes y Mario Vargas Llosa. Para expresarlo de otra manera, como ya se ha visto en el caso de *La lejanía del tesoro* de Taibo II, no siempre las NNH son superiores a las novelas históricas más tradicionales.

Para apreciar la alta calidad de *El general en su laberinto,* el análisis intrínseco se complementará con el análisis de otros tres relatos bolivarianos escritos por colombianos: *La ceniza del Libertador* (1987) de Fernando Cruz Kronfly, "El último rostro" (1978), cuento de Álvaro Mutis, y *Sinfonía desde el Nuevo Mundo* (1990) de Germán Espinosa.

En el sentido más amplio del término casi todas las novelas de García Márquez merecen la etiqueta de históricas, pero sólo *El general en su laberinto* cumple con la limitación de que todos los sucesos de la novela tienen que haber transcurrido antes del nacimiento del autor. De todas sus novelas también es la única para la cual el autor tenía que acudir a la investigación histórica.[1] Dentro del gran panorama de la narrativa histórica, *El general en su laberinto* podría considerarse una novela biográfica por dedicarse casi exclusivamente a Bolívar, entretejiendo los recuerdos de toda su vida con la última jornada río abajo hacia la muerte.

Aunque algunos historiadores han criticado la novela por haber desmitificado a Bolívar mientras ciertos patriotas colombianos la han criticado por el retrato negativo de Santander, *El general en su laberinto* es una obra de arte superior en que se adaptan algunos elementos típicos de García Márquez al tema específico de la novela.[2]

Al identificar esta última novela de García Márquez como "una obra de arte superior", estoy haciendo obviamente un juicio de valor, actividad menospreciada por los teóricos de

---

[1] En el apéndice de la novela titulado *Gratitudes*, el autor afirma que "durante dos años largos me fui hundiendo en las arenas movedizas de una documentación torrencial, contradictoria y muchas veces incierta, desde los 34 tomos de Daniel Florencio O'Leary hasta los recortes de periódicos menos pensados" (272). Las otras dos novelas de García Márquez que más se parecen a la NNH son *Cien años de soledad* y *El otoño del patriarca*, pero a regañadientes las he excluido de la categoría de novelas históricas porque, aunque la acción transcurre principalmente en el siglo XIX o en épocas más remotas, las dos novelas llegan hasta el presente del autor.

[2] Que yo sepa, todos los críticos serios están de acuerdo sobre la calidad estética de la novela. Véanse en la bibliografía los estudios de Mary E. Davis, Roberto González Echevarría, George R. McMurray, Julio Ortega, José Miguel Oviedo, Michael Palencia-Roth y Federico Patán.

los últimos 25 años. No obstante, antes del auge de la teoría crítica, el mundialmente respetado ensayista mexicano Alfonso Reyes proclamó en 1942 que el juicio de valor o la evaluación era el grado más alto de la crítica: "el último grado de la escala, [...] aquella crítica de última instancia que definitivamente sitúa la obra en el saldo de las adquisiciones humanas" (113). Veinticinco años más tarde, Henri Peyre, distinguido crítico francés, afirmó que la mayor responsabilidad del crítico de la literatura contemporánea fue identificar aquellos autores que son dignos de ser "leídos y releídos, los que son importantes y que son destinados a sobrevivir" (37).[3] Durante el año revolucionario de 1989, Robert Scholes, retando a los teóricos recepcionistas, "demuestra al fin y al cabo en *Protocols of Reading,* que con criterios y métodos apropiados, deberíamos poder comprobar que 'algunas lecturas son mejores que otras y que algunos textos son mejores que otros'".[4]

Para establecer los "criterios apropiados" según la frase de Scholes, todos los críticos, conscientemente o no, dependen del método comparado. En efecto, lo que distingue al crítico profesional del lector cualquiera no es solamente la base teórica para el estudio de la literatura sino también la tremenda cantidad de obras leídas que permite al crítico enjuiciar cualquier obra dentro de una perspectiva más amplia y más compleja. Este concepto bastante obvio se expresa muy claramente en *I, Claudius* ("Yo, Claudio") (1934), cuya adaptación para la televisión a fines de la década de los setenta contribuyó al aumento de interés en la novela histórica: "Fue la primera lucha de espadas a la cual me habían permitido asistir [...]. Por suerte mía fue la mejor lucha en la historia del anfiteatro. No obstante, como fue la primera que había presenciado, no pude apre-

3 Esta traducción al español y las que siguen son mías.
4 Robert D. Spector, reseña de Robert Scholes, *Protocols of Reading, World Literature Today,* 64, 3 (verano de 1990), 539-540.

ciar su excelencia porque no tenía ninguna base de comparación" (128).

Tal como los lingüistas de mediados del siglo XX estudiaban los pares mínimos para analizar los fonemas, los morfemas y los tagmemas de un idioma extranjero, el crítico literario puede percibir mejor, analizar mejor, interpretar mejor y evaluar los varios elementos de una obra literaria analizándolos en comparación o en contraste con los de una obra semejante.

LA CENIZA DEL LIBERTADOR

En cuanto a *El general en su laberinto,* existe otra novela bolivariana y también colombiana muy semejante, *La ceniza del Libertador* de Fernando Cruz Kronfly, publicada dos años antes, en 1987, en Bogotá. Igual que la novela de García Márquez, *La ceniza del Libertador* traza el último viaje fluvial de Bolívar desde su salida de Bogotá en mayo de 1830 hasta su muerte en una finca cerca de Santa Marta en diciembre del mismo año. La mayoría de la acción en las dos novelas transcurre en el barco y en los puertos fluviales con la intercalación de una variedad de episodios del pasado. Las dos novelas hacen hincapié en los problemas digestivos y pulmonares del Libertador desmitificándolo con alusiones frecuentes a sus vómitos, sus flatulencias y sus chorros de lenguaje obsceno. El Libertador se siente deprimido por haber sido rechazado por el Congreso colombiano, pero se consuela un poco con la presencia de algunos adictos fieles que lo acompañan: José Palacios, su criado más viejo, su joven sobrino Fernando y sus perros.

En el capítulo final de mi libro *La novela colombiana: planetas y satélites* (1978), presento una guía teórica para distinguir entre las novelas planetas y las novelas satélites. El título del capítulo, "Manual imperfecto del novelista", parodia el decálogo bien conocido de Horacio Quiroga,

"Manual del perfecto cuentista" (1925). Mis nueve (10, no) criterios para evaluar una novela son: *1.* unidad orgánica; *2.* tema trascendente; *3.* argumento, trama o fábula interesante; *4.* caracterización bien hecha; *5.* constancia de tono; *6.* estructuras y técnicas estilísticas apropiadas para el tema; *7.* lenguaje creativo; *8.* originalidad; *9.* repercusión sobre obras posteriores.

Aunque de ninguna manera pretendo que estos nueve criterios sean absolutos ni que deban considerarse todos del mismo peso ni que deban aplicarse de la misma manera a todas las novelas, sí ofrecen una guía práctica para descubrir las razones por los logros y las fallas de cada obra. En la comparación de estas dos novelas bolivarianas, las diferencias más significantes aparecen en los criterios 3, 4 y 7.

Por imposible que sea definir categóricamente la frase "trama interesante", una buena novela tiene que despertar y mantener un interés del lector desde la primera hasta la última página. No cabe duda de que varían mucho los gustos y la preparación cultural de cada lector. Lo que interesa a un lector puede aburrir a otro; lo que un lector encuentra deliciosamente complejo, otro puede abandonar por incomprensible. Durante la década de los sesenta, la búsqueda de la innovación formal llegó a ser tan intensa y obsesiva a veces que la "trama interesante" casi se eliminó como una meta de la literatura elitista. Sin embargo, la publicación de *Cien años de soledad* en 1967 pregonó a lectores, críticos y otros novelistas que una novela moderna y experimental también podría tener una trama interesante. Lo que hace más atrayente la trama de *El general en su laberinto* que la de *La ceniza del Libertador* es que García Márquez no utiliza una trama inventada, artificial. Mantiene el interés del lector concentrándose en las cualidades humanas de su protagonista dentro de su ambiente histórico. Alterna los "subibajas" fisiológicos y psicológicos de Bolívar durante los seis últimos meses de 1830 con la evocación de una serie de hazañas históricas y amorosas. Los sucesos históricos más importantes son el asesinato del gran amigo Sucre y el golpe de Urdaneta cuyo propósito era colocar a Bolívar en el poder una vez más. Éste rechaza la oferta porque prefiere tratar de restaurar la unidad de la Gran Colombia mediante una campaña contra su compatriota Páez. Aunque el lector culto está totalmente enterado de los sucesos históricos y sabe lo que va a ocurrir al final, García Márquez logra crear cierto suspenso. A pesar de estar agonizando, ¿Bolívar podrá resucitar bastante para participar en todavía otra lucha armada? Después de recibir su pasaporte, ¿de veras cumplirá su deseo de embarcarse para Inglaterra? Además de asombrarse de la facilidad y la amenidad con que se incorporan los sucesos del pasado en el viaje fluvial, el lector sigue animado anticipando los nuevos personajes que van a aparecer en cada puerto para conversar con el protagonista o los viejos amigos que éste recordará con el estímulo geográfico.

En cambio, en *La ceniza del Libertador*, Fernando Cruz Kronfly decidió envolver a su protagonista histórico en una trama inventada, un intento artificial de crear el suspenso. Los ruidos misteriosos de la cubierta superior hacen sospechar a Bolívar que se trata de una conspiración. No puede subir a la cubierta superior porque la puerta a la escalera siempre está cerrada con llave. Cuando manda pedir una explicación al capitán, nunca la recibe porque éste nunca aparece. El misterio aumenta con la presencia de un abogado sentado solo en el comedor y de un cocinero negro enigmático, que "tiene un ojo negro y azul verdoso el otro" (31), que resulta ser uno de los ex soldados de Bolívar, "el famoso negro Bernardino" (41). Entre el capítulo 3 y el 47 (hay 51 en total), el ruido, la algarabía, el sonido de la música y del baile, lo mismo que los esfuerzos de Bolívar por conocer al capitán continúan, pero sin que el misterio se intensifique ni se varíe suficientemente para mantener el interés del lector. Por fin, en el capítulo 48, Bolívar, su sobrino Fernando y otro oficial irrumpen en la cubierta superior y se asombran al descubrir nada más que libros empolvados, papeles y una multitud de ratas grandes.[5] Dicho de otro modo, por medio del descubrimiento de Bolívar, el lector se da cuenta de que el ruido del baile ha simbolizado la danza de la muerte medieval y, por lo tanto, el viaje río abajo representa el viaje al mar de la muerte (325). Al llegar a Cartagena, Bolívar está más seguro de la inminencia de su muerte y en el capítulo 50 hasta se acuesta todavía vivo en un ataúd: "Su Excelencia es depositado en un cajón de pisos de secas pajas" (331).

La idea de un barco con una cubierta o parte de una cubierta cerrada para los pasajeros proviene indudablemente de la primera novela de Julio Cortázar, *Los premios* (1960). Cruz Kronfly, él mismo, indica su deuda con Cortázar cuando Bolívar, viajando por el pueblo de Mompox, grita libremente: —"¿Qué es la joda, carajo?" (130), una alusión directa a otra novela de Cortázar, *Libro de Manuel* (1973). Sin embargo, en *Los premios* el aspecto simbólico de la parte cerrada del barco es más apropiado porque está más íntimamente ligado al tema principal de la novela, que es la presentación panorámica de una variedad de seres humanos dentro de la tradición literaria del "Barco de los tontos".

Además del argumento interesante, la caracterización acertada ha sido un criterio muy importante para evaluar una novela, sobre todo para los lectores y críticos europeos y norteamericanos. En efecto, antes del *boom*, esos críticos no solían comprender ni apreciar muchas novelas latinoamericanas porque su criterio principal era la complejidad psicológica del protagonista y de los otros personajes. En las novelas de las llamadas naciones desarrolladas del mundo capitalista, los problemas sociales, por lo menos en la novela, están subordinados a los problemas individuales mientras

[5] Bolívar tenía un miedo exagerado a las ratas, como se ve en *La carujada* del novelista venezolano Denzil Romero.

la búsqueda de la unidad nacional no es desde hace muchas décadas o aun siglos una preocupación importante. En cambio, el novelista latinoamericano se considera muchas veces la conciencia de su nación con la responsabilidad de denunciar los abusos y de formular un nuevo orden social. Por lo tanto, en muchas novelas latinoamericanas el protagonista no es un individuo sino todo un pueblo (*Al filo del agua* de Agustín Yáñez y *Recuerdos del porvenir* de Elena Garro), una ciudad (*La región más transparente* y *Cristóbal Nonato* de Carlos Fuentes) o una nación (*El luto humano* de José Revueltas y *Cholos* de Jorge Icaza). Por eso, una novela tan sobresaliente como *El Señor Presidente* de Miguel Ángel Asturias todavía no ha sido totalmente justipreciada por la gran mayoría de los críticos europeos y norteamericanos, a pesar de que Asturias recibió el Premio Nobel en 1967.[6] Asimismo, la gran mayoría de los críticos conradianos han malinterpretado *Nostromo* empeñándose en identificar al protagonista personal cuando en realidad el protagonista es Costaguana, síntesis geográfica e histórica de las repúblicas latinoamericanas.

Mientras las novelas latinoamericanas del *boom*, lo mismo que las novelas posmodernas por todo el mundo, han ampliado los criterios para la evaluación crítica de la novela, la caracterización todavía figura como un criterio importante en obras como *El general en su laberinto* y *La ceniza del Libertador*, donde los dos autores tienen la misma meta principal de contrastar al hombre agonizante con el héroe mítico continental. Aquí también triunfa García Márquez. Logra crear un verdadero ser humano quien, atormentado por graves problemas de salud, deja traslucir sus pensamientos y sus sentimientos durante los últimos meses de su vida. Su caracterización es mejor que la de Cruz Kronfly, en parte,

---

[6] En el momento se dio mayor énfasis a la trilogía bananera de Asturias por su actitud antiimperialista, que coincidía con la oposición internacional a la intervención de los Estados Unidos en Vietnam.

porque nadie ni nada compite con Bolívar por el papel principal: está constantemente presente en la novela y el lector se siente afectado por su situación trágica.

En cambio, en *La ceniza del Libertador*, la figura de Bolívar queda algo opacada tanto por el argumento artificioso como por la cantidad excesiva de descripciones poéticas y neobarrocas (a veces afectadas)… y hasta la intercalación de algunos versos. Además, el retrato de Bolívar resulta desproporcionado por las alucinaciones y los delirios y el uso excesivo de lenguaje soez.

En casi toda su narrativa, García Márquez emplea un lenguaje relativamente sencillo, desprovisto de adjetivos sensoriales e imágenes novedosas. Sin embargo, es capaz de crear unas inolvidables escenas poéticas. Sirva de ejemplo la primera oración de la novela: "José Palacios, su servidor más antiguo, lo encontró flotando en las aguas depurativas de la bañera, desnudo y con los ojos abiertos y creyó que se había ahogado" (11). La oración sugiere la inminencia de la muerte de Bolívar; se le atribuye un toque de realismo mágico, y se establece uno de los motivos recurrentes más fuertes de la novela, *flotando*, tanto en el sentido literal como en el figurado.

Dada la visión más poética y más fantástica de Bolívar proyectada por Cruz Kronfly, se podría justificar su estilo más elaborado, sobre todo en sus descripciones de la naturaleza. No obstante, la repetición excesiva de la palabra "ceniza", recalcando el título y el uso excesivo de imágenes basadas en las palabras "párpado" y "chorrear", dan la impresión de una falta de imaginación poética o de ganas de revisar. Bastan unos cuantos ejemplos para exponer este defecto. Cuando el fantasma de su querida hermana advierte a Bolívar que no debe aceptar la corona de flores, él contesta: "—Deja, despreocúpate, para qué una corona en medio de todo este mar de cenizas" (82). El narrador describe la carta de Bogotá que lamenta la muerte inminente del Libertador:

"Toma de nuevo el pliego en sus manos y vuelve a leer aquel misterioso renglón escrito con ceniza de cementerio" (234). La imagen del río al amanecer puede ser novedosa, pero no convence artísticamente: "El vapor vuelve a esponjarse, como un párpado que viene del sueño hondo y adivina el día" (13). Otras descripciones del cielo, que podrían considerarse logradas individualmente, en conjunto indican una selección limitada de recursos estilísticos: "Las calderas trabajan a toda máquina, el humo se atropella en las chimeneas, el cielo se empaña como un párpado que rueda encima de las cenizas secas" (132-133); "Como a través de un cedazo roto de todos lados chorrea el resplandor de una luna diferente" (125): y luego en la siguiente página: "Sólo sobrevive en la pupila la niebla luminosa que chorrea de la lámpara" (126).

EL GENERAL EN SU LABERINTO

En términos absolutos, aun sin la comparación con *La ceniza del Libertador,* la novela de García Márquez es una obra sobresaliente. En cuanto al primer punto de mi "Manual imperfecto del novelista", la unidad orgánica de la novela es excelente: ocho capítulos no numerados que corresponden a un número casi igual de escalas en el viaje final de Bogotá a Santa Marta, teniendo cada uno de los capítulos una urdimbre de aproximadamente siete hilos "horizontales", entretejidos en distinto orden y en distintas proporciones, apretados "verticalmente" por la trama cronológica y por el estilo *sui generis* de García Márquez para realizar el proyecto tan difícil de escribir una *novela* sobre un personaje histórico tan conocido.

1. *Sic transit gloria mundi.* El tema principal de la novela es el contraste entre la decadencia física de Bolívar el hombre y las hazañas gloriosas de Bolívar el héroe legendario. En cada uno de los ocho capítulos, Bolívar tose, vomita san-

gre, sufre de flatulencia, tiene fiebre alta y le duele la cabeza; está sujeto a una "erosión insaciable" (142); y baja de peso y de altura. En el capítulo 5 sus amigos no podían creer "que se hubiera desmigajado tanto en tan poco tiempo" (146). El hecho de que Bolívar esté muy consciente de su decadencia física contribuye a que el lector comparta con el protagonista (y con su creador sesentón) el impacto tanto emocional como racional de la fragilidad de la vida humana. Mientras sale Bolívar de Bogotá, sus enemigos se burlan de su flaqueza llamándolo "¡Longaniiiizo!" (49), que contrasta patéticamente con la despedida, típicamente garciamarquesina, de una mujer compasiva: "Ve con Dios, fantasma" (49). Poco tiempo después, cuando la monja mayor de la misión entre Facatativá y Guaduas no reconoce a Bolívar, con otra frase típicamente ingeniosa y sucinta, éste le dice al coronel Wilson: "Ya no soy yo" (52).

Aunque la salud de Bolívar va empeorando de capítulo en capítulo, el interés del lector se mantiene por una serie de remisiones o de inesperados restablecimientos milagrosos. Durante los cuatro años anteriores había sufrido de fiebre con delirio, reponiéndose al día siguiente: "[…] se le veía resurgir de sus cenizas con la razón intacta" (18). Durante su escala de tres días en Honda, a pesar de un dolor de cabeza severo y una fiebre alta, visita una mina de plata, nada en el río por media hora y baila por tres horas con una variedad de mujeres. Aun a medida que se va aproximando a la muerte en los capítulos 7 y 8, la noticia del golpe de Urdaneta en Bogotá y la posibilidad de acabar con la sublevación en Riohacha lo hacen resucitar y encuentra la energía para planear la estrategia militar.

No obstante su pésima condición física a través de toda la novela, los médicos, a excepción del doctor Nicasio del Valle, que aparece brevemente en el capítulo 4 (118), no se consultan hasta el capítulo 7 porque, como dice Bolívar a principios del capítulo 5: "Si hubiera hecho caso de mis

157

médicos llevaría muchos años enterrado" (142). Los tres médicos que aparecen en los últimos capítulos enriquecen la novela con sus rasgos pintorescos, incluso sus nombres. Hércules Gastelbondo era un viejo enorme y feliz que fumaba constantemente y que justificaba sus recetas estrafalarias con las siguientes palabras: "—A los otros médicos se les mueren tantos enfermos como a mí [...]. Pero conmigo se mueren más contentos" (218). El cirujano norteamericano doctor Night provoca la burla del lector al diagnosticar la enfermedad de Bolívar como paludismo crónico. El joven médico francés Alexandre Prosper Révérend logra dar la diagnosis más acertada de una lesión pulmonar (251), pero los "cinco parches abrasivos" (261) aplicados a la nuca del general moribundo y uno a la pantorrilla fueron la causa inmediata de la muerte, según los médicos ¡de 1980! El talento de Révérend como médico era bastante inferior a su talento de lingüista: era capaz de identificar por su acento el lugar de origen de cualquier francés, al extremo de cada esquina de París.

2. *El héroe glorioso.* La cronología es un elemento clave en la recreación de la vida total del Libertador. En este hilo, la mayoría de los episodios se evocan con variantes de la frase "11 años antes" (19), o sea 1819. La falta de orden cronológico en la evocación de los episodios, que igual que en *La muerte de Artemio Cruz* de Carlos Fuentes ofrece mayores posibilidades de creatividad, se complementa por una breve cronología precisa de la vida de Bolívar inmediatamente después de la última página de la novela. Aunque se mencionan casi todos los amigos y enemigos militares y políticos de Bolívar, se destacan en este hilo, sin lugar a dudas, Sucre y Santander. Sucre fue el hombre en quien Bolívar confiaba para sucederlo y su rechazo de la oferta el 13 de junio en el primer capítulo causa que Bolívar renuncie a la presidencia: "El general estaba lívido. 'Yo pensaba que ya no podía sorprenderme de nada' [...]. 'Usted acaba de tomar por mí la

158

decisión final de mi vida'" (28). Sin embargo, a pesar de su desilusión, Bolívar sigue admirando y respetando a Sucre. Su nombre aparece repetidas veces hasta el capítulo 6 cuando la noticia de su asesinato[7] enfurece a Bolívar y lo pone en un estado de luto: "Se dio una palmada en la frente, y tiró del mantel donde estaba todavía la loza de la cena, enloquecido por una de sus cóleras bíblicas [...]. Después del asesinato de Sucre ya no tuvo artificios de tocador para disimular la vejez. La casa del Pie de la Popa se hundió en el duelo" (192-193).

Aún más que Sucre, se destaca a través de toda la novela el enemigo tan odiado de Bolívar, el cachaco colombiano Francisco de Paula Santander. Mientras Sucre es el personaje dominante (después de Bolívar, por supuesto) del capítulo 1, Santander, vicepresidente de Colombia bajo Bolívar entre 1821 y 1828, coprotagoniza el capítulo 2. A raíz del malogrado atentado de 1828 para matar a Bolívar, Santander fue denunciado y condenado a la muerte por el general Rafael Urdaneta. Bolívar acabó por perdonarlo mandándolo al exilio en Francia. Según el Libertador, la mayor diferencia entre los dos fue la oposición de Santander a la idea de que todo el continente fuera una sola nación: "La unidad de América le quedaba grande" (125). Además de sus diferencias ideológicas, Bolívar, mediatizado por el creador de Aureliano Buendía, desconfiaba del "truchimán" (224) Santander, prototipo del cachaco, bogotano o serrano desde la perspectiva del costeño. No obstante, en el capítulo final de la novela, un Bolívar menos exaltado reconoce que "'El no habernos compuesto con Santander nos ha perdido a todos'" (238).

Otros dos sucesos históricos importantes que reper-

<hr>

[7] En 1991 el venezolano Eduardo Casanova publicó una novela acerca del asesinato de Sucre, *La noche de Abel*. La novela consta principalmente de una serie de diálogos entre Sucre y el Abel bíblico en que se entretejen fragmentos de la vida de Sucre con observaciones filosóficas sobre los seres humanos.

cutieron después en contra de Bolívar con los habitantes de Riohacha y de Santa Marta fueron las dos ejecuciones de sus heroicos oficiales mulatos, el general Manuel Piar y el almirante José Prudencio Padilla. La ejecución de Piar en Angostura se elabora con mayor detalle y se le da mayor importancia por cerrar el capítulo 7. La ejecución constituyó "el acto de poder más feroz de su vida, pero también el más oportuno, con el cual consolidó de inmediato su autoridad, unificó el mando y despejó el camino de su gloria" (234). El capítulo termina con las palabras: "'Volvería a hacerlo', dijo" (234).

Otro aspecto de estas ejecuciones, aunque el autor no lo plantea directamente, es la revelación en el capítulo anterior de la herencia africana del mismo Bolívar, a través de un tatarabuelo, "tan evidente en sus facciones que los aristócratas de Lima lo llamaban *el Zambo*" (186). En su cuestionamiento típico de la historia oficial, García Márquez afirma que cuanto más crecía la fama de Bolívar tanto más "los pintores iban idealizándolo, lavándole la sangre, mitificándolo, hasta que lo implantaron en la memoria oficial con el perfil romano de sus estatuas" (186).

Aunque García Márquez simpatiza claramente con Bolívar dándole la personalidad de un costeño colombiano, la caracterización del Libertador no es totalmente monológica. Los conspiradores en el atentado malogrado de 1828 justificaban el magnicidio a causa de "las facultades extraordinarias de claro espíritu dictatorial que el general había asumido tres meses antes, para contrarrestar la victoria de los santanderistas en la Convención de Ocaña" (61). Además, en cuanto a la decisión de Bolívar de abandonar Bogotá en 1830, "la verdad era que aun sus amigos más íntimos no creían que se iba, ni del poder ni del país" (21-22).

Para una evaluación final del Bolívar histórico, éste se defiende contra la acusación de ser "veleidoso" (206), admitiéndola pero atribuyéndola a las circunstancias especiales y sin perder de vista nunca su meta principal: "porque todo lo he hecho con la sola mira de que este continente sea un país independiente y único, y en eso no he tenido ni una contradicción ni una sola duda" (207).

Se presenta a los Estados Unidos, en tres ocasiones distintas, como enemigo de la integración hispanoamericana. Bolívar critica a Santander por haber invitado a los Estados Unidos a participar en el Congreso de Panamá, que se convocó para proclamar la unidad de Hispanoamérica: "Era como invitar al gato a la fiesta de los ratones" (194). El Libertador también aconseja a Iturbide que no debería radicar en los Estados Unidos: "[...] que son omnipotentes y terribles, y con el cuento de la libertad terminarán por plagarnos de miserias" (227). Aunque Bolívar no menciona a los Estados Unidos en su advertencia a Santander sobre las deudas, la alusión a las de 1980-1990 queda clarísima: "'Aborrezco las deudas más que a los españoles [...]. Por eso le advertí a Santander que lo bueno que hiciéramos por la nación no serviría de nada si aceptábamos la deuda, porque seguiríamos pagando réditos por los siglos de los siglos. Ahora lo vemos claro: la deuda terminará derrotándonos'" (224-225).

3. *El Bolívar histórico, 8 de mayo de 1830-17 de diciembre de 1830*. A diferencia de los sucesos históricos anteriores a mayo de 1830, los de mayo a diciembre de 1830 se presentan en orden cronológico y constituyen un hilo independiente en el tejido de la novela. Mientras los sucesos del pasado destacan de una manera más o menos monológica la capacidad de Bolívar para superar todos los obstáculos en su camino hacia la gloria, los del segundo semestre de 1830 se presentan de un modo algo más dialógico y aun con cierta indecisión de vez en cuando de parte de Bolívar. Además del asesinato de Sucre, los tres acontecimientos históricos más importantes de este periodo son: la elección en mayo de Joaquín Mosquera como presidente de Colombia; el golpe de Estado pro Bolívar de Rafael Urdaneta en septiembre; y la

guerra final de Bolívar con la vana esperanza de reintegrar a Venezuela en la Gran Colombia. Después de presidir por 12 años (1819-1830) la unión inestable de Venezuela, Colombia y el Ecuador, Bolívar se siente derrotado al saber que no consiguió ni un solo voto contra Mosquera. Tampoco le satisface la explicación mentirosa de la delegación oficial de que sus mismos adeptos no votaron por él para evitar la imagen de su derrota en una competencia muy reñida. Aunque la salida de Bogotá de un Bolívar muy amargado despierta la compasión de los lectores, el asunto se complica con la acusación de sus enemigos de que estaba conspirando para ser presidente vitalicio con la sucesión de un príncipe europeo.

También se presenta dialógicamente el golpe de Urdaneta. Al usar la forma verbal de nosotros por primera y única vez en la novela, el narrador condena el golpe en términos absolutos: "Era el primer golpe de Estado en la república de Colombia, y la primera de las cuarenta y nueve guerras civiles que *habíamos*[8] de sufrir en lo que faltaba del siglo" (203). Sucre también se había opuesto al golpe mientras se preparaba. En cambio, los dolores de cabeza y las fiebres de Bolívar desaparecen con la noticia del golpe. Aunque rechaza la invitación de Urdaneta de volver a asumir la presidencia, se anima a lanzar una nueva campaña militar para restaurar la unidad de la Gran Colombia. Con Colombia otra vez en manos de los bolivarianos y con la posibilidad de conseguir la ayuda de Flores en el Ecuador y de Santa Cruz en Bolivia, Bolívar decide organizar una campaña en contra de Páez en Venezuela. No obstante, se le malogran los planes cuando la provincia de Riohacha decide juntarse con Venezuela y recibe ayuda de tropas despachadas de Maracaibo bajo el mando de Pedro Carujo,[9] jefe del atentado fallido de septiembre de 1828. Carujo triunfa, pero 10 días antes de su

---

[8] Las cursivas son mías.

[9] En 1990 publicó Denzil Romero *La carujada*, una novela, concebida en tono épico, como indica el título, sobre Carujo. Aunque Romero ya había

muerte, Bolívar todavía estaba convencido de su popularidad: "'El día que yo vuelva a pisar el valle de Aragua, todo el pueblo venezolano se levantará a mi favor'" (257). Para terminar esta sección con otra nota irónica, cinco años después, Carujo dirigió "una aventura militar en favor de la idea bolivariana de la integración" (253).

4. *Los amores de Bolívar*. A diferencia de las hazañas militares y políticas de Bolívar, sus aventuras amorosas, también repartidas más o menos equitativamente en cada uno de los ocho capítulos, ofrecen mayor libertad creativa para el autor rabelesiano de *Cien años de soledad* y de *El amor en los tiempos del cólera*. Se retrata a Bolívar como un don Juan simpático. Poco dispuesto a confesar el número de sus conquistas a los amigos Montilla y O'Leary, Bolívar acepta la cuenta aparentemente no exagerada de su fiel mayordomo José Palacios: "'Según mis cuentas son treinta y cinco', dijo. 'Sin contar las pájaras de una noche, por supuesto'" (162). Aunque esta cifra no puede competir con las 1003 del prototipo operático, Bolívar sí se parece a éste al asegurar a la limeña que había afeitado totalmente (capítulo 7) y a todas las demás que es la dueña de su corazón: "Ella le preguntó con el alma hecha trizas si de veras la amaba, y él le contestó con la misma frase ritual que a lo largo de su vida había ido regando sin piedad en tantos corazones: 'Más que a nadie jamás en este mundo'" (217).

Sin embargo, la mayor diferencia entre don Juan y Bolívar es que mientras aquél muere vigoroso y sin arrepentirse, el debilitamiento físico de Bolívar también afecta su potencia

escrito dos NNH sobre Francisco de Miranda, *La tragedia del generalísimo* (1983) y *Grand tour* (1987), además de una novela erótica protagonizada por Manuela Sáenz, *La esposa del doctor Thorne* (1988), *La carujada*, al igual que *El general en su laberinto*, sigue demasiado de cerca la interpretación histórica de su protagonista para caber dentro de la categoría de la NNH. Sin embargo, me parece una novela interesante que muestra un estilo exuberante, neobarroco, que a veces llega a ser excesivo.

sexual y por lo tanto está íntimamente ligado al tema principal de *sic transit gloria mundi*. En el primer capítulo, donde aparece la históricamente famosa Manuela Sáenz, quien fue su amante durante ocho años (1822-1830), el narrador expresa suavemente su compasión por el Bolívar decadente: "A la hora de la siesta se metían en la cama sin cerrar la puerta, sin desvestirse y sin dormir, y más de una vez incurrieron en el error de intentar un último amor, pues él no tenía ya suficiente cuerpo para complacer a su alma, y se negaba a admitirlo" (33). Manuela desempeña un papel importante a través de toda la novela pero sobre todo en el capítulo 2, donde se narra cómo le salvó la vida a Bolívar en el malogrado atentado de septiembre de 1828. Bolívar, sin embargo, no expresa su gratitud en términos de fidelidad. No puede menos que seguir engañándola: "[...] en Lima, donde él tenía que inventarse pretextos para mantenerla lejos mientras folgaba con damas de alcurnia, y con otras que no lo eran tanto" (32).

En cambio, se reafirma el papel primordial de Manuela al fin de la novela cuando opaca a la joven esposa trágica de Bolívar, María Teresa Rodríguez del Toro y Alayza, quien ni siquiera se menciona hasta el capítulo final: "Nunca más habló de su esposa muerta, nunca más la recordó, nunca más intentó sustituirla" (255). Manuela, al saber que Bolívar de veras está agonizando, se pone en camino para Santa Marta. La descripción de su "viudez" cobra mayor vigencia estética al ensanchar inesperadamente la visión histórica de la novela: la consuelan en su soledad las visitas de Simón Rodríguez, el viejo maestro de Bolívar; la de Giuseppe Garibaldi, en 1851, "que regresaba de luchar contra la dictadura de Rosas en Argentina; y la del novelista Herman Melville, que andaba por las aguas del mundo documentándose para *Moby Dick*" (263).

Además de las frecuentes alusiones a Manuela Sáenz, cada uno de los capítulos evoca por lo menos un episodio amoroso con las otras amantes —casi todas apócrifas—[10] con acertada variedad. Sin embargo, no hay en ninguna parte de la novela descripciones del acto sexual parecidas a las del protomacho José Arcadio y Rebeca Buendía o las de Amaranta Úrsula y Aureliano Babilonia en *Cien años de soledad*. En efecto, Bolívar no participa en ningún coito en el presente de la novela, mayo-diciembre de 1830. A pesar de eso, las siguientes mujeres son inolvidables. La hermosa mulata virgen Reina María Luisa (capítulo 2) le dijo a Bolívar que era esclava, lo que le proporciona a Bolívar la ocasión de soltar una de las réplicas epigramáticas tan típicas del autor aracataqueño: "'Ya no', dijo él. 'El amor te ha hecho libre'" (58). Miranda Lindsay (capítulo 3), la jamaiqueña, le había salvado la vida en 1815 invitándolo a una ermita abandonada y entreteniéndolo hasta el amanecer con la frase "'Todo se hará a su tiempo'" (88), mientras las cuchilladas del asesino contratado por los españoles dieron muerte a un amigo de Bolívar que por casualidad se acostó en su hamaca. La momposina de alcurnia Josefa Sagrario (capítulo 4) había pasado por los siete puestos de guardia "embozada con un hábito de franciscano y con el santo y seña que José Palacios le había dado: 'Tierra de Dios'" (122). La burla anticlerical, tan típica de García Márquez, se complementa por la coraza de oro que llevaba Josefa debajo del hábito franciscano como una contribución a los gastos bélicos de Bolívar. Después, el Libertador la mandó al exilio, creyendo equivocadamente que estaba implicada en el atentado de 1828.

La que protagoniza el capítulo 5 es Camille de Martinica, "la mujer más bella, más elegante y más altanera que él había visto nunca" (163). Aunque ella es la acompañante del conde de Raigecourt, que parece locamente enamorado de ella, Bolívar también se apasiona pero es tan débil que ni

[10] Según Palencia-Roth, "casi todas ellas inventadas por García Márquez (por ejemplo, la encantadora Miranda Lindsay), pero algunas no (Manuela Sáenz y Anita Lenoit)" (57).

puede aceptar su invitación a bailar. En el capítulo 5 también se sacan a colación (¿por casualidad?) "las cinco mujeres indivisibles del matriarcado de Garaycoa" (158) (abuela, hija y tres nietas), con quienes Bolívar se divirtió en la época de su famosa entrevista con San Martín en Guayaquil.

Bolívar también recuerda en el capítulo 5 su sueño repetido de una mujer con pelo iluminado quien le amarra una cinta roja alrededor del cuello. Al llegar a Cartagena en el capítulo 6, el sueño se hace realidad: la "criatura evangélica [...] con una corona de cocuyos luminosos" (186), anónima y de 20 años de edad, pasa la noche a su lado sin que él siquiera la toque. Al amanecer, para despedirla, él le dice: "'Te vas virgen'" (188). Su respuesta ingeniosa y su risa festiva habrían sido totalmente aprobadas por un psiquiatra moderno: "'Nadie es virgen después de una noche con Su Excelencia'" (188). También en el capítulo 6 aparecen: Camille, brevemente; Josefa Sagrario, de vuelta a Colombia gracias a la caída del poder de Bolívar, en la forma de una carta aparentemente amarga; y la "adolescente lánguida" (177), que toca en el arpa "siete romanzas de amor" (177) dejando al casto Bolívar "flotando en las ondas del arpa" (177).

La actitud de Bolívar hacia las mujeres es más compleja que la de don Juan. Durante su periodo glorioso, se sentía fuertemente atraído por ciertas mujeres y "era capaz de cambiar el mundo para ir a encontrarlas" (188). No obstante, en vez de conquistarlas y abandonarlas al estilo donjuanesco, Bolívar las recordaba con cariño y les mandaba cartas apasionadas y regalos generosos, "pero sin comprometer ni un ápice de su vida en un sentimiento que más se parecía a la vanidad que al amor" (189).

Una sola excepción fue el episodio de Angostura con la bellísima Delfina Guardiola (capítulo 7). Ella se enfurece por sus infidelidades y le cierra en las narices la puerta de su casa con las siguientes palabras: "'Usted es un hombre eminente, general, más que ninguno [...] pero el amor le

166

queda grande'" (221). Sin rendirse, Bolívar "se metió por la ventana de la cocina y permaneció con ella durante tres días, y no sólo estuvo a punto de perder una batalla, sino también el pellejo, hasta lograr que Delfina confiara en su corazón" (221).

5. *Los subalternos de Bolívar.* Otro hilo novelesco, por menor que sea, está también presente en cada uno de los ocho capítulos: el del mayordomo José Palacios y los siete subalternos de Bolívar que lo acompañan en el viaje fluvial. Palacios atiende a Bolívar en todo lo personal y en cada capítulo hace todo lo que puede para aliviar los dolores de su amo moribundo. Su identificación total con Bolívar enmarca la novela. En el primer párrafo del primer capítulo, Palacios encuentra a Bolívar "flotando en las aguas depurativas de la bañera" (11). La repetición de las imágenes acuáticas "flotando" (267) y "a la deriva" (267) en el último capítulo dan una sensación de finalidad a la novela y estrecha la relación entre los dos hombres. Palacios habría preferido morirse con Bolívar —"Lo justo es morirnos juntos" (267)—, pero, en lugar de eso, se vuelve alcohólico y muere de *delirium tremens* a los 76 años de edad.

Aunque los siete subalternos militares son personajes relativamente menores, cada uno sobresale por ciertos rasgos inolvidables. Fernando, sobrino de Bolívar, llega a ser su secretario después de haber estudiado en la Universidad de Virginia. Tiene un talento especial para improvisar episodios ficticios pero nunca llegó a escribir ninguna obra literaria porque, aunque vivió hasta los 85, "el destino le deparó la inmensa fortuna de perder la memoria" (267).

El hijo del emperador mexicano Agustín de Iturbide, de brevísimo reinado, se incorpora a la expedición fluvial en el capítulo 3, pero no llega a cobrar personalidad hasta el capítulo 6 cuando Bolívar le pide que cante toda la noche acompañado del guitarrista José de la Cruz Paredes. Además de cantar, Iturbide se caracteriza por ser solitario y taciturno, capaz de pasar toda la noche viendo cómo se van extinguiendo las brasas de la hoguera. La carrera militar y política de su padre refleja el tema principal de la novela, *sic transit gloria mundi*, además de ejemplificar la traición y los golpes que habían de caracterizar durante el siglo XIX la historia de Colombia, Venezuela y la mayoría de las otras repúblicas latinoamericanas. Después de la muerte de Bolívar, Iturbide fue nombrado secretario de la legación mexicana en Washington, donde prácticamente se dejó de ver. Sin embargo, sus dos hijos fueron adoptados irónicamente por el segundo emperador de México, Maximiliano, quien los nombró sucesores de un reinado casi tan breve como el de Agustín I.

El coronel Belford Hinton Wilson, irlandés, participó en la batalla de Junín como edecán de Bolívar pero sospecha que éste no lo quiere. Tiene ganas de volver a Inglaterra y se molesta con la indecisión de Bolívar respecto al viaje trasatlántico. Desempeña un papel importante en el juego de naipes hacia el final del capítulo 2, primero ganándole a Bolívar y provocando su ira y luego, bajo las órdenes del general Carreño, permitiendo que Bolívar le gane a él pero de un modo tan obvio que éste pone fin al juego.

El general Carreño, quien está convencido de que ha contado 7 882 estrellas en el río al fin del capítulo 4, también es capaz de enfrentarse a Bolívar recordándole que éste nunca recibió ninguna herida mientras él, Carreño, había perdido el brazo derecho y sufrido otras muchas heridas. Aunque Bolívar había reaccionado antes con indignación frente a esa crítica, la acepta tranquilamente de Carreño. No obstante, el resentimiento de Carreño crece y, al fin del capítulo 5, está totalmente decidido a escapar a Venezuela para dirigir la campaña bolivariana de reunificar la Gran Colombia.

El capitán Andrés Ibarra también sufrió una herida grave en el brazo derecho que lo inutilizó, pero se destaca como el más joven y el más feliz del grupo. Inmediatamente antes del juego de naipes del capítulo 5 —el primero desde el choque desagradable entre Bolívar y Wilson—, Bolívar le agarra los hombros a Ibarra por detrás y le pregunta si él también le ve "cara de muerto" (168). Cuando Ibarra le contesta que no, Bolívar lo denuncia: "'¡Pues está ciego, o miente!'" (168). La respuesta ingeniosa de Ibarra acaba con la tensión de la escena: "'O estoy de espaldas'" (168).

Mientras la mayoría de los subalternos de Bolívar provenían de familias mantuanas de Venezuela, José Laurencio Silva era mulato, hijo de un pescador de río y una parturienta pueblerina. Con miedo de quedarse ciego por las cataratas, se prepara durmiendo de día y trabajando de noche en la oscuridad, creando preciosas obras de ebanistería (134). Bolívar lo había subido socialmente casándolo con una de sus sobrinas, pero el episodio que más se destaca es cuando una de las mujeres aristocráticas de un pueblo se negó a bailar un vals con Silva; Bolívar mandó repetir el vals a la orquesta y él mismo bailó con Silva.

6. *Las visitas*. A diferencia de los subalternos de Bolívar que lo acompañan durante todo el viaje río abajo, un sexto hilo del tejido disimuladamente rico consta de una serie de visitas que aparecen en cada puerto a partir del capítulo 3. Aunque este hilo es tal vez el menos importante de todos, también contribuye a mantener el interés del lector. La mayoría de las visitas son extranjeras y, por breve que sea su participación en la novela, no dejan de impresionar al lector. Aun el fraudulento astrónomo y botánico alemán del capítulo 3, a pesar de su anonimidad, cobra importancia por sus chistes insultantes respecto a la homosexualidad del barón Alejandro von Humboldt, los que disgustan a Bolívar y le dan la ocasión de expresar su admiración por la belleza física de Von Humboldt —"[…] y tanto como su inteligencia y su sabiduría lo sorprendió el esplendor de su belleza, como no había visto otra igual en una mujer" (104)— lo mismo que por su gratitud a Von Humboldt por "su certidumbre de que las colonias españolas de América estaban maduras para la

independencia [...]. 'Humboldt me abrió los ojos'" (104). El alemán anónimo se degrada aún más por la mayor importancia dada a "un perro zungo, sarnoso y escuálido, y con una pata petrificada" (103) que salta al champán el mismo día y en la misma página. Mientras Bolívar logra deshacerse del alemán gracias a la canoa del correo, y sin que se revele su nombre, el perro se distingue por recibir del mismo Libertador en el último renglón del capítulo el nombre de Bolívar (107).

Aunque el francés Diocles Atlantique, que vive en el puerto fluvial de Zambrano (capítulo 4), supera al alemán en cuanto a intelectualidad auténtica, es igualmente antipático para Bolívar. Pondera las contribuciones de la civilización occidental, lamenta "los defectos culturales de la cocina criolla" (129) y recomienda el sistema bonapartiano como el más adecuado para las nuevas repúblicas. Bolívar acaba por estallar cuestionando el alto grado de civilización de Europa: "'[...] si una historia está anegada de sangre, de indignidades, de injusticias, ésa es la historia de Europa'" (131). La conversación dura cuatro páginas y termina con la exclamación de Bolívar, muy al estilo de García Márquez, que citan casi todos los críticos: "'¡Por favor, carajos, déjennos hacer tranquilos nuestra Edad Media!'" (132).

Durante su estadía de 29 días en Turbaco (capítulo 5), Bolívar recibe la visita de su amigo el general Mariano Montilla, quien llega de Cartagena con tres de los adictos políticos del Libertador, apodados "los tres juanes del partido bolivarista: Juan García del Río, Juan de Francisco Martín y Juan de Dios Amador" (146). El narrador *cuenta* que Montilla es "célebre por sus chispazos de ingenio aun en las situaciones menos oportunas" (146), pero una vez más García Márquez revela su gran talento de novelista incluyendo una *muestra*. Montilla y los tres Juanes apenas pueden disimular su angustia frente al tamaño reducido del cuerpo de Bolívar, provocando de aquél la declaración tragicómica: "'Lo importante' —dijo—, 'es que Su Excelencia no se nos disminuya

170

por dentro'. Como de costumbre, subrayó su propia ocurrencia con una carcajada de perdigones" (146-147).

En el mismo capítulo Bolívar también recibe la visita de otro francés, el conde de Raigecourt, quien lo invita a acompañarlo a Europa en un paquebote inglés. Aunque el viaje a Europa es un tema importante de la novela, la única importancia de Raigecourt es que llega acompañado de la bella Camille de la Martinica.

El hilo de las visitas tiene más importancia en el capítulo 6, que transcurre en Cartagena. Llegan otros dos europeos: el pintor italiano Antonio Meucci, quien da la ocasión al narrador de comentar cómo los retratistas transformaron a Bolívar, y el conde polaco Napierski, héroe militar de las guerras napoleónicas, quien aparece en Cartagena con una recomendación del general Poniatowski para entrar en el ejército colombiano. Aunque Napierski no produce ninguna impresión en la novela, los apuntes de su diario permiten a García Márquez expresar su gratitud a Álvaro Mutis dentro de la misma novela —ya la expresó en la dedicatoria y se extenderá más en el apéndice—: diario "que un gran poeta granadino había de rescatar para la historia ciento ochenta años después" (196). ¿El error matemático (el año 2010) se debe al sentido de humor de García Márquez?

En los dos últimos capítulos, Bolívar goza de las visitas de dos médicos, el pintoresco Hércules Gastelbondo y el tercer francés de la novela, Alexandre Prosper Révérend. Gastelbondo lo divierte tanto que Bolívar hasta tolera el olor desagradable de su cigarro, aunque "no soportaba el humo del tabaco, no sólo entonces sino desde siempre" (219), con la única excepción de los aún más asquerosos que fumaba Manuela en la cama.

El doctor Révérend gana la amistad de Bolívar con su don de palabra y su actitud nada prepotente. Emite 33 (alusión a la muerte de Jesús) boletines médicos y escucha las últimas palabras de Bolívar que incluyen la metáfora favorita de

Borges: "'Carajos', suspiró. '¡Cómo voy a salir de este laberinto!'" (269).

7. *La meteorología y el espacio novelístico*. Aunque García Márquez no suele incluir en sus novelas ni en sus cuentos largas descripciones realistas del espacio, sí aparecen de vez en cuando algunas alusiones al calor tropical de la costa caribeña. En *El general en su laberinto*, el séptimo y último hilo que se entreteje en cada uno de los ocho capítulos es el espacio narrativo con énfasis en el clima. Dada la incorporación en el tomo de un mapa esquemático del viaje final de Bolívar desde Santa Fe de Bogotá hasta Cartagena y Santa Marta, ese hilo espacial no causa ninguna sorpresa.

Las alusiones en los primeros capítulos al clima poco hospitalario de Bogotá reflejan la desconfianza que siente Bolívar hacia Santander y los *cachacos*, corteses, ceremoniosos y vestidos de negro. Cuando José Palacios anuncia que "'sábado ocho de mayo del año de treinta, día en que los ingleses flecharon a Juan de Arco [...]'; está lloviendo desde las tres de la madrugada" (12), Bolívar, desvelado, contesta con enojo: "'Desde las tres de la madrugada del siglo XVII'" (12). El narrador refuerza la imagen hiperbólica con la frase "la llovizna milenaria" (39) y la explicación de cómo la dueña de la casa trató de impedir que Bolívar abandonara Bogotá: "Doña Amalia trató de retenerlo hasta que escampara, aunque sabía tan bien como él que no iba a escampar en lo que faltaba del siglo" (43). Sin embargo, en un ejemplo del realismo mágico, sí escampa en el momento en que Bolívar sale de un Bogotá mexicanizado (los dos volcanes) en el capítulo 2: "el cielo se tornó de un azul radiante, y dos volcanes nevados permanecieron inmóviles en el horizonte por el resto de la jornada" (49). García Márquez le da más importancia al milagro ampliándolo a comienzos del capítulo 3, cuando Bolívar ya está sufriendo el calor del puerto fluvial de Honda: "el aire hervía a borbotones" (78). En una carta, el recién elegido presidente Caicedo describe los paseos de numerosas familias bogotanas que "almorzaron sentadas en la hierba bajo un sol radiante que no se había visto en la ciudad desde los tiempos del ruido" (80). La explicación irónica del milagro ofrecida por Bolívar tiñe el humor de amargura: "'si bastó con que me fuera para que el sol volviera a brillar'" (80). Sin embargo, de acuerdo con la recreación simultánea del héroe épico y del hombre moribundo, los espacios interiores donde Bolívar se aloja se describen a menudo en términos más realistas: "Pues estaban en Santa Fe de Bogotá, a dos mil seiscientos metros sobre el nivel del mar remoto, y la enorme alcoba de paredes áridas, expuesta a los vientos helados que se filtraban por las ventanas mal ceñidas, no era la más propicia para la salud de nadie" (13).

Después de la bajada de Bogotá, García Márquez acude a todo su talento de escritor para mantener interés en el hilo meteorológico. ¿Cómo se distingue entre el calor húmedo y los chubascos de Honda (capítulos 2 y 3) y los de los otros puertos fluviales y de los puertos caribeños de Cartagena, Soledad y Santa Marta? Las armas del Premio Nobel son las metáforas, la hipérbole, el humor y ciertos detalles específicamente locales. El aire hirviendo (75, 78) de Honda es también "un aire de vidrio líquido" (74) y el narrador se burla del dicho vulgar del trópico: "la tontería eterna: 'Aquí hace tanto calor que las gallinas ponen los huevos fritos'" (77). El aguacero se describe en términos dramáticos con el neologismo "desventrarse": "una nube negra [...] se desventraba en un diluvio instantáneo" (77). La decadencia de Honda, que refleja la del protagonista, se capta con el contraste entre "la muy célebre ciudad de Honda, con su puente de piedra castellana" y "sus murallas en ruinas y la torre de la iglesia desbaratada por un terremoto" (76).

En medio del capítulo 3 se cambia la escena al río con una descripción inesperadamente realista de la flota de ocho champanes bastante grandes. Poco después, sin embargo, vuelve a aparecer el toque de García Márquez en la descripción del capitán de la flota, "escogido entre los mejores del río, se llamaba Casildo Santos, y era un antiguo capitán del batallón Tiradores de la Guardia, con una voz de trueno y un parche de pirata en el ojo izquierdo, y una noción más bien intrépida de su mandato" (94). Luego surge un episodio que desmiente esa descripción y refuerza la imagen heroica de Bolívar. Durante un aguacero, Bolívar contraría las órdenes equivocadas del capitán a los bogas y éste "se hizo a un lado, consciente una vez más de haber confundido babor con estribor" (96).

En la descripción del río, García Márquez combina el humor y sus preocupaciones ecológicas al observar el gran número de troncos "que los taladores de la ribera llevaban a vender en Cartagena de Indias" (99). Exclama Bolívar: "'Los peces tendrán que aprender a caminar sobre la tierra porque las aguas se acabarán'" (100).

El capítulo 4 empieza en Mompox, que como Honda se encuentra en plena decadencia. Su prosperidad en la época colonial se atribuye a su ubicación en el lugar donde se ensancha el río, sirviendo de puerto comercial entre la costa caribeña y el interior del país. La desilusión de Bolívar y de García Márquez se nota en los efectos de la independencia sobre Mompox: "arruinada por la guerra, pervertida por el desorden de la república, diezmada por la viruela" (110). El dique de cantería construido por los españoles tozudos para controlar las crecientes también se encuentra en escombros. En cuanto a Turbaco (capítulo 5), aunque Bolívar pasa 29 días allí, no se describe con mucho detalle pero se distingue de los otros puertos en que tiene un clima más fresco y más sano.

Al llegar a Cartagena, en el capítulo 6, se nota mejor que en ningún otro lugar el reflejo espacial del tema de *sic transit gloria mundi*. Capital anterior del virreinato, eje del comercio de esclavos para toda Hispanoamérica y "mil veces cantada como una de las más bellas [ciudades] del mundo" (175), Cartagena había sido saqueada por varios piratas

174

extranjeros durante el periodo colonial pero "nada la había arruinado como las luchas de independencia, y luego las guerras entre facciones" (176). Aunque García Márquez menciona específicamente el viejo convento del Cerro de la Popa, el mercado, el matadero y el centro amurallado, se cuida de lanzar una larga descripción costumbrista que habría desequilibrado el hilo geográfico-espacial de la novela. La muerte inminente de Bolívar se refleja en los gallinazos sobre el mercado, el perro con mal de rabia y "unas ratas tan grandes como gatos" (176) que salían de "los palacios de marqueses tomados por la pobrería" (176). El hecho de que García Márquez pueda mantener su sentido del humor hiperbólico en medio de esta decadencia tan deprimente no deja de asombrar al lector, por familiarizado que esté con las obras del escritor aracataqueño: "El cinturón de baluartes invencibles que don Felipe II había querido conocer con sus aparatos de largavista desde los miradores de El Escorial, era apenas imaginable entre los matorrales" (176).

La decadencia de Cartagena se sigue pregonando en el capítulo 7 cuando Bolívar se traslada al pequeño pueblo de Soledad: "cuatro calles de casas de pobres, ardientes y desoladas, a unas dos leguas de la antigua Barranca de San Nicolás, que en pocos años había de convertirse en la ciudad más próspera y hospitalaria del país" (215), homenaje del autor a Barranquilla.

El último viaje de Bolívar, en el capítulo 8, se realiza por barco en el estuario del río Magdalena: los caños de la Ciénaga Grande con vista a "la ardiente llanura de salitre [...] la corona de hielos eternos de la Sierra Nevada" (246) hasta Santa Marta y de allí en berlina hasta la plantación de caña de azúcar del señor De Mier, donde muere el 17 de diciembre de 1830.

Los siete hilos que entreteje García Márquez en los ocho capítulos de la novela podrían tal vez redefinirse o comprimirse en cinco o seis. En cambio, la búsqueda de un octavo hilo para reflejar los ocho capítulos no sería apropiada porque resultaría en una estructura demasiado exacta para el gusto del autor. Lo que sí refuerza y aprieta los varios hilos horizontales en el telar son los hilos verticales que constan del paso implacable del tiempo en los siete últimos meses de 1830, del estilo típico del autor y de una rociada de autointertextualidad.

El paso del tiempo está íntimamente ligado al hilo de la decadencia física de Bolívar. A diferencia de todas las novelas anteriores de García Márquez, *El general en su laberinto* está llena de fechas precisas. La novela se abre el 8 de mayo de 1830 y se cierra el 17 de diciembre de 1830 con la muerte de Bolívar. En efecto, se cierra a la 1:07 de la tarde, una hora mágicamente anunciada por el reloj octogonal de números romanos en el colegio parroquial de Mompox, donde Bolívar se aloja en el capítulo 4. El reloj se había parado a la 1:07 provocando el comentario patético del Libertador: "'¡Por fin, algo que sigue igual!'" (116). La importancia del tiempo también se subraya por el motivo recurrente de los relojes gemelos de José Palacios con las cadenas cruzadas sobre el chaleco y el reloj de oro de Agustín de Iturbide, que su padre le había mandado "desde el paredón de fusilamiento" (98).

Mientras *El general en su laberinto* se distingue de la mayoría de las NNH, incluso irónicamente de *Cien años de soledad,* por su falta de intertextualidad, sí muestra bastante autointertextualidad,[11] sobre todo con *Cien años de soledad.*

11 El término "autointertextual" se define y se explica en la disertación doctoral de Edward Hood (University of California, Irvine, 1990), "La repetición autointertextual en la narrativa de Gabriel García Márquez". José Miguel Oviedo también señala la autointertextualidad entre *El general en su laberinto* y *El coronel no tiene quien le escriba* (25), *El otoño del patriarca* (25), *Crónica de una muerte anunciada* (24) y *El amor en los tiempos del cólera* (24). George McMurray, además de los episodios y personajes específicos que *El general en su laberinto* comparte con las novelas anteriores, comenta también las técnicas de la prolepsis y de la hipérbole.

Las amantes de Bolívar llevan para siempre "una cruz de ceniza" (219), que recuerda la que llevaban los 17 hijos ilegítimos del coronel Aureliano Buendía. Manuela Sáenz, después de "enviudarse", fabrica, igual que Úrsula Buendía, dulces en forma de animales; y, como Pilar Ternera, a la edad de 59, "inválida en una hamaca por una fractura de la cadera, leía la suerte en las barajas y daba consejos de amor a los enamorados" (263). Bolívar trata de impedir que su subalterno Carreño se lance a otra guerra para restaurar la unidad de la Gran Colombia con un comentario epigramático al fin del capítulo 5 que recuerda el pronunciado por el coronel Aureliano Buendía a su amigo Gerineldo Márquez en *Cien años de soledad:* "'No delires más, Carreño', le dijo. 'Esto se lo llevó el carajo'" (172).

"EL ÚLTIMO ROSTRO" *(fragmento)*

García Márquez ha reconocido y agradecido más que ampliamente su deuda a Álvaro Mutis por haberle regalado la idea y la autorización para escribir *El general en su laberinto.* La novela está dedicada a Mutis; García Márquez cuenta explícitamente cómo averiguó con Mutis que éste ya no pensaba seguir con su proyecto de novelar los últimos meses de la vida del Libertador (271); y en el capítulo 6 de la novela aparece el coronel Napierski, protagonista del cuento de Mutis titulado "El último rostro" (1978).

A pesar de la palabra "fragmento" que entre paréntesis acompaña el título de la obra de Mutis, "El último rostro" dista mucho de ser un cuento incompleto o un capítulo de una novela incompleta. Es ni más ni menos un magnífico cuento histórico completo,[12] uno de los mejores de toda

[12] En la revista neoyorquina *Review* (julio-dic. de 1990), Mutis llamó *novella* (novela corta) a "El último rostro" y declaró que empezó a trabajar en "una novela sobre los últimos días de Bolívar" (64) en 1963.

América Latina.[13] Aunque Juan Gustavo Cobo Borda da al cuento la fecha de 1978, que parece coincidir con la afirmación de García Márquez que esperó 10 años para que Mutis completara la novela (271), no parece haberse publicado en libro accesible hasta 1985, cuando se incluyó en el segundo tomo de la *Obra literaria* de Mutis. Aun así, que yo sepa, el cuento no recibió mucha atención antes de la publicación de *El general en su laberinto* (1989) y todavía no se ha analizado ni evaluado tanto como merece.

"El último rostro" sería un excelente cuento histórico aun si García Márquez no hubiera escrito *El general en su laberinto*. Sin embargo, dado el tremendo éxito crítico y popular de ésta, una comparación de las dos obras es inevitable. En realidad, el "par mínimo" es el cuento de Mutis y el capítulo 6 de la novela. Lo que más asombra en esta comparación es el descubrimiento de que "El último rostro", al igual que el capítulo 6 y toda la novela de García Márquez, está estructurado en el entretejimiento de siete hilos horizontales reforzado por el hilo vertical del implacable paso del tiempo. De los siete hilos comentados de *El general en su laberinto*, cinco coinciden mucho con los del cuento: la decadencia física de Bolívar; su pasado heroico; sus pocos subalternos leales; sus amores; y el espacio narrativo. Los otros dos hilos del cuento que tienen menos importancia en la novela son la fragata anclada en el puerto de Cartagena y las alusiones a la geografía y la historia universales.

De acuerdo con las consideraciones teóricas sobre el cuento, "El último rostro" está tejido más apretadamente que la novela. Desde el título y el epígrafe hasta el comen-

[13] En general, el cuento no se presta tanto para los temas históricos como la novela. Una excepción reciente es el tomo de Ana Lydia Vega, *Falsas crónicas del sur* (1991). En la antología de Julio Ortega, *El muro y la intemperie. El nuevo cuento latinoamericano* (1989), de los 61 cuentos, sólo dos caben dentro de la categoría histórica: "Seva", del puertorriqueño Luis López Nieves, y "Maroma con piratas", del peruano Jorge Velasco Mackenzie.

tario final de Napierski sobre el sueño de Bolívar, el eje
estructurante está bien expresado en las palabras del epígrafe sacado de un manuscrito anónimo del siglo XI encontrado en la biblioteca del Monasterio del monte Athos: "El
último rostro es el rostro con el que te recibe la muerte." Por
eso, el coronel Napierski describe con bastante detalle el
rostro de Bolívar en su primer encuentro el 29 de junio de
1830; y durante la segunda y tercera visitas el 30 de junio y
el 1º de julio. En la cuarta (que es la última) visita el 10 de
julio, no hay ninguna descripción del rostro, pero la palabra
"rostro" sí aparece después de que Bolívar termina la narración de su sueño ominoso, la cual dura dos páginas: "Calló
por unos minutos y alzó el rostro interrogándome no sin cierta ansiedad" (117). En efecto, la palabra "rostro" aparece en
el texto siete veces, sin contar el título y el epígrafe; la palabra más común y menos literaria, "cara", no aparece ni siquiera una vez. Aunque el deterioro físico de Bolívar se
señala con sus accesos de tos con sangre, sus vómitos y sus
momentos de transpirar con fiebre, estos síntomas no se sub-
rayan tanto como en la novela. En cambio, se le da más
importancia a la máscara arquetípica de la muerte, que se
justifica artísticamente como una elaboración del epígrafe.
Es decir, que se justifica en términos realistas por la cultura
universal del protagonista europeo Napierski: "Me recordó el
rostro de César en el busto del museo Vaticano" (103-104);
"Dos noches de fiebre marcaban su paso por un rostro que
tenía algo de máscara frigia" (107); "Su rostro tenía de nuevo
esa desencajada expresión de máscara funeraria helénica"
(112). Estas alusiones a las antiguas máscaras griegas y al
busto romano se refuerzan por el contraste entre el destino
de Bolívar y el del ciego Edipo, a quien se le permitió salir de
la tierra donde lo odiaban (105); por la comparación que hace Bolívar entre la noticia del asesinato de Sucre y el anuncio de la inminencia de su propia muerte: "un primer golpe
de guadaña para probar el filo de la hoja" (113); por su des-

cripción detallada y dramática del sueño de la muerte enriquecida con el "umbroso laberinto" (116); con el doblarse los punteros del reloj de bolsillo convertido en "una materia frágil semejante al papel" (116); con la imagen seductora de la Muerte, realista y grotesca a la vez... con toda la descripción del sueño precedida de una alusión a la importancia que daban los romanos a los sueños (115-117).

Además de la muerte de Sucre, y la muerte inminente de Bolívar, el tema de la muerte se refuerza en el cuento de Mutis con la muerte de la esposa de Napierski, que estimuló al coronel polaco a viajar a América para continuar su lucha por la libertad, más de 15 años después de la derrota de Napoleón (algo reminiscente del juramento de Bolívar en Roma de dedicar su vida a la lucha por la independencia contra España después de la muerte de su joven esposa); la muerte en la batalla de Leipzig del mariscal Poniatowski a quien Bolívar había conocido en París y cuya muerte heroica Bolívar envidiaba: "Así se debe morir y no en este peregrinaje vergonzante y penoso" (105); y la sensación junguiana de Napierski de haber experimentado antes "esta solitaria lucha de un guerrero admirable con la muerte que lo cerca en una ronda de amargura y desengaño. ¿Dónde y cuándo viví todo esto?" (106)... después de identificar los muros de Cartagena con los muros medievales de lo que hoy es Siria y Líbano.

En contraste con *El general en su laberinto*, "El último rostro" no asombra al lector con una serie de mejorías inesperadas de Bolívar. Queda deprimido a través de todo el cuento, menos después de leer la carta de Manuela Sáenz: "estaba muy cambiado, casi dijera que rejuvenecido" (109). Sólo cuando recibe la noticia del asesinato de Sucre reacciona Bolívar enérgicamente en el momento más dramático del relato, que impresiona al lector, sobre todo porque predomina por todo el cuento un tono de canto fúnebre: "un gemido de bestia herida partió del catre de campaña sobrecogiéndonos a todos. Bolívar saltó del lecho como un felino y tomando por las solapas al oficial le gritó con voz terrible..." (111). En cuanto al papel de los médicos, mientras García Márquez individualiza a tres o cuatro haciendo resaltar sus rasgos pintorescos a pesar de o a causa de su falta de conocimientos profesionales, Mutis los funde en un solo médico anónimo cuya falta de eficacia profesional lamenta más que celebra: "y sobre cuya preparación tengo cada día mayores dudas" (110).

Tanto como se describe el rostro de Bolívar con mayor detalle en el cuento que en la novela, lo mismo ocurre con el espacio. Aunque sorprende la ausencia en el cuento del calor tropical y de los aguaceros, la descripción de la casona poco amueblada donde está alojado Bolívar da énfasis a la decadencia: los geranios están algo "mustios" (103); la sala tiene "muebles desiguales y destartalados con las paredes desnudas y manchadas de humedad" (103); el dormitorio de Bolívar es más grande pero tiene pocos muebles y las paredes también están "vacías, llenas de churretones causados por la humedad. Una ausencia total de muebles y adornos. Únicamente una silla de alto respaldo, desfondada y descolorida" (103). En contraste, la habitación "miraba hacia un patio interior sembrado de naranjos en flor" (103). La segunda visita de Napierski transcurre en el patio donde Bolívar ha dormido por dos noches en una hamaca a causa de su fiebre.

El espacio exterior de la ciudad de Cartagena parece interesarles menos a Napierski y a Mutis que el espacio interior. Aquél menciona de nombre el Cerro de la Popa, el fuerte de San Felipe y los muros de la ciudad, pero la descripción más larga de la ciudad son los cuatro renglones que comparan el centro de la ciudad (en la actualidad el recinto amurallado) con Cádiz, Túnez y Algeciras: "las blancas calles en sombra, con casas llenas de balcones y amplios patios a los que invitaba la húmeda frescura de una vegetación espléndida" (109). Esta descripción inesperadamente positiva se coloca apropiadamente entre el rejuvenecimiento de Bolívar al recibir la carta de Manuela y los comentarios del subalterno Ibarra a Napierski sobre el amor de Bolívar por ella. En cambio, en la novela, el perro con rabia, las ratas, los gallinazos y la decadencia de la ciudad en general contribuyen a prefigurar la muerte del Libertador. El hilo espacial en el cuento de Mutis se enriquece con la fragata "Shannon", a la cual Napierski vuelve después de cada visita a Bolívar.

Mientras el hilo de los amores de Bolívar en la novela ofreció a García Márquez la ocasión de mostrar su talento rabelesiano, Mutis limita este hilo a Manuela Sáenz y el comentario de que Bolívar era un "hombre en extremo afortunado con las mujeres" (107). Ni Manuela ni las otras amantes de Bolívar aparecen en el cuento, pero Mutis introduce a aquélla con ingeniosidad en cuatro ocasiones distintas. Bolívar recibe su carta sin identificarla (109); su edecán Ibarra le cuenta a Napierski los amores de Bolívar con la todavía anónima "dama ecuatoriana que le había salvado la vida, gracias a su valor y serenidad, cuando se enfrentó, sola, a los conspiradores que iban a asesinar al héroe en sus habitaciones del Palacio de San Carlos en Bogotá" (109-110); Bolívar recuerda lo bien que Manuelita remedaba la manera de hablar de Sucre (113); y Napierski y Arrázola, ex capitán de Santander, conversan sobre el "capricho" (115) de Bolívar con Manuela.

Igual que en la novela, tres de los subalternos de Bolívar (Ibarra, Carreño y Silva) y su amigo Montilla se mencionan de nombre y desempeñan papeles menores en la obra. Lo que sorprende es la ausencia de su mayordomo José Palacios, de su sobrino Fernando y del mexicano Agustín de Iturbide.

En la comparación de los varios hilos novelescos, la mayor diferencia entre las dos obras es que dentro de los límites del cuento, Mutis no intenta reconstruir toda la vida del Libertador ni aun sus momentos más heroicos. Más bien se concentra en la desilusión de Bolívar de verse rechazado por quienes él había liberado y su resentimiento porque "en el camino nos perdemos en la hueca retórica y en la sanguinaria violencia que todo lo arrasa" (108). Mutis evoca sutilmente algunos momentos claves en la lucha por la independencia cuando Bolívar se queja de la oposición de muchos de sus partidarios a su decisión de liberar a los esclavos. En la siguiente oración se destaca el talento de Mutis en el uso: del equilibrio entre los momentos de gloria y de desastre, de la anáfora de "los mismos", de la enumeración y de la aliteración final: "¿Sabe usted que cuando yo pedí la libertad para los esclavos, las voces clandestinas que conspiraron contra el proyecto e impidieron su cumplimiento fueron las de mis compañeros de lucha, los mismos que se jugaron la vida cruzando a mi lado los Andes para vencer en el Pantano de Vargas, en Boyacá y en Ayacucho; los mismos que habían padecido prisión y miserias sin cuento en las cárceles de Cartagena, el Callao y Cádiz de manos de los españoles?" (108). Bolívar atribuye la mezquindad de sus compañeros a la inseguridad de no saber "quiénes son, ni de dónde son, ni para qué están en la tierra" (108), palabras que anticipan las de Rómulo Gallegos, Eduardo Mallea y otros escritores criollistas que buscaban la identidad nacional entre 1920 y 1945.

Igual que en *El general en su laberinto*, aparecen en el cuento de Mutis las figuras de Santander y de Sucre, pero en distintas proporciones. En la novela tal vez se exagere la animadversión de Bolívar hacia Santander por la afición de García Márquez de burlarse de los cachacos bogotanos, pero en el cuento el humor desentonaría y, además, Mutis no es caribeño sino tolimense. Sólo en una ocasión indica Bolívar en el cuento su desconfianza de Santander al llegar el capitán Arrázola, ex ayudante de éste. En realidad, es el mismo Arrázola quien le dice a Napierski que Santander es "sabio en artimañas de leguleyo y dedicado a hacerle el juego al grupo de familias que comienzan a cosechar con avidez los frutos de la independencia" (115). En cambio, Arrázola admira a Bolívar, aunque lo considera demasiado idealista. Igual que en el capítulo 6 de la novela, la noticia del asesinato de Sucre tiene un efecto tremendo sobre Bolívar en el cuento. La escena dramática ocupa página y media y Sucre reaparece en al último sueño de Bolívar cuando un limosnero ciego pide al Libertador una contribución para un monumento al Mariscal de Berruecos (117).

En cuanto al hilo del pasado glorioso del Libertador y el de las visitas de los extranjeros, hay una diferencia clara entre la novela y el cuento que sin duda refleja las ideologías opuestas de los dos autores. Mientras el caribeño pro marxista introduce en su novela al presumido francés Diocles Atlantique para proporcionar a Bolívar la ocasión de criticar la historia bárbara de Europa, el antimarxista Mutis concede mucha más importancia al conde polaco Napierski. Cuando Bolívar se queja del carácter bárbaro de la geografía latinoamericana y de sus compañeros mezquinos, Napierski trata de consolarlo aludiendo a la confusión de aquellos europeos que "aún añoraban las glorias del Imperio, la necedad de los gobernantes que intentaban detener con viejas mañas y rutinas de gabinete un proceso irreversible" (108-109), y la tiranía rusa en Polonia. La respuesta de Bolívar revela no sólo su gran desilusión en cuanto al futuro de la América Latina, sino también la dicotomía tradicional entre la civilización y la barbarie que el Bolívar de García Márquez había denunciado en la novela:

—Ustedes saldrán de esas crisis, Napierski, siempre han superado esas épocas de oscuridad, ya vendrán para Europa tiempos nuevos de prosperidad y grandeza para todos. Mientras tanto nosotros, aquí en América, nos iremos hundiendo en un caos de estériles guerras civiles, de conspiraciones sórdidas y en ellas se perderán toda la energía, toda la fe, toda la razón necesarias para aprovechar y dar sentido al esfuerzo que nos hizo libres. No tenemos remedio, coronel, así somos, así nacimos [...] (109).

Dada la actitud opuesta de los dos autores frente al tema de civilización-barbarie, no sorprende en absoluto la ausencia de alusiones al imperialismo norteamericano en el cuento de Mutis.

De acuerdo con la preceptiva cuentística, el sueño final de la muerte en "El último rostro" cierra el marco abierto por la introducción borgeana. La cualidad laberíntica del sueño se prefigura por el comienzo laberíntico, semejante a aquel del cuento borgeano "Tema del traidor y del héroe". El diario del conde Napierski fue encontrado por el narrador entre un grupo de manuscritos vendidos en subasta por un librero londinense poco después de la segunda Guerra Mundial. La familia Nimbourg-Napierski había llegado a Inglaterra pocos meses antes de la caída de Francia. El narrador descubrió el diario de Napierski *por casualidad,* mientras buscaba detalles sobre la batalla de Bailén durante la ocupación napoleónica de España. Sin embargo, los folios no estaban ordenados y el narrador tuvo que hojear ocho tomos de documentos legales para juntar las hojas del diario de Napierski mediante el trabajo detectivesco de examinar el color de la tinta y el cotejo de ciertos nombres y fechas. Napierski escribió el diario en español, idioma que había aprendido mientras servía en el ejército napoleónico en España, pero el narrador informa al lector que el tono de su lenguaje fue influido por unos poetas polacos exiliados que vivían en París, sobre todo Adam Nickiewiez, dato totalmente gratuito y típico de Borges para despistar al lector, dándole a entender que podría ser importante.

Lo que sí es importante en la introducción es la mención de la segunda Guerra Mundial y el hecho de que el último descendiente masculino de Napierski murió luchando por la

Francia libre en Mers-el Kebir, en el norte de África, tal como el mariscal Poniatowski, bajo quien servía Napierski, había muerto en la batalla de Leipzig durante las guerras napoleónicas; la historia se repite. Si la historia se repite, las grandes figuras históricas, por famosas y únicas que sean, también tienden a repetirse, así es que Bolívar también es Napoleón y los dos se identifican con Julio César. Por eso, en la introducción, con toda la lógica borgeana no se revela el nombre de Bolívar. El narrador ha transcrito sólo "las páginas del Diario que hacen referencia a ciertos hechos relacionados con un *hombre*[14] y las circunstancias de su muerte" (102). Al mismo tiempo, en la introducción, Napierski se relaciona específicamente con Bolívar por su participación en la invasión napoleónica de España en 1808 que dio a las colonias hispanoamericanas la oportunidad de empezar las guerras de independencia entre 1808 y 1810. Además, el hecho de que Napierski fuera un "coronel de lanceros" (101) es un detalle pequeño pero significante estructuralmente, puesto que la gran victoria de Bolívar en el Pantano de Vargas, mencionado en el texto, se debía a sus lanceros, victoria inmortalizada por el famoso monumento esculpido por Rodrigo Arias Betancourt.

A pesar de la introducción borgeana y la presentación relativamente arquetípica de Bolívar, "El último rostro" no tiene suficientes rasgos de la Nueva Novela Histórica para merecer esa etiqueta. No obstante, igual que *El general en su laberinto*, es una bellísima obra de arte que será canonizada en cuanto la mayoría de los críticos colombianistas la lea mientras se preparen para el Octavo Congreso de la Asociación de Colombianistas Norteamericanos que se celebraría entre el 28 y el 30 de junio de 1993 en la Universidad de California, Irvine, y cuyo invitado de honor será... Álvaro Mutis.

[14] Las cursivas son mías.

Aunque *Sinfonía desde el Nuevo Mundo* (1990) es otra novela histórica reciente en que aparece Bolívar (pero no como protagonista),[15] no se puede analizar ni evaluar con los mismos criterios que se aplicaron a las otras tres obras. A pesar del título musical y la división sinfónica de la novela en cuatro partes tituladas "Allegro ma non troppo", "Andante con brío", "Scherzo assai vivace", y "Finale senza conclusione", ésta no es una obra literaria seria. No es ni una "novela culta" ni una "novela elitista" y no tiene pretensiones de llegar a ser "novela canónica". Es más bien, una novela popular, de tipo *best-seller*, como *Lo que el viento se llevó* de Margaret Mitchell,[16] que puede agradar a las masas de lectores que no pertenecen a la *élite* cultural, pero que, antes del interés

---

[15] Bolívar es un personaje predilecto de los novelistas, por lo menos desde *Las lanzas coloradas* (1931) de Arturo Uslar Pietri. En el periodo de 1949-1992 abarcado por este libro, se publicaron otras tres novelas bolivarianas, cada una muy distinta: *La caballeresa del sol* (1964) del ecuatoriano Demetrio Aguilera Malta, protagonizada por Manuela Sáenz, la primera en una serie de novelas históricas destinadas al gran público sin pretensiones artísticas; *Simón Bolívar, la angustia del sueño* (1982) del venezolano Ramón González Paredes, una presentación larga y detallada de la vida del Libertador narrada en primera persona por el mismo Bolívar desde su llegada final a Santa Marta (el autor afirma que invirtió 10 años en el estudio del estilo de Bolívar antes de ponerse a escribir la novela); *El gran dispensador* (1983) del venezolano Manuel Trujillo, con la particularidad de que el primer tercio de la novela está dedicado a la autobiografía de un pícaro español que participa en la conquista de Venezuela mientras los otros dos tercios evocan distintos momentos en la vida de Bolívar con alusiones a la biografía de Salvador de Madariaga. Otras dos novelas bolivarianas escritas por venezolanos son: *Yo, Bolívar, rey* (1986) de Caupolicán Ovalles y *La esposa del doctor Thorne* (1988) de Denzil Romero.

[16] El fenómeno del *best-seller* ha tenido en las últimas décadas mucha más vigencia en los Estados Unidos que en la América Latina a causa del tamaño enorme de la clase media que sabe leer pero que no pertenece a la *élite* cultural. En cambio, el porcentaje relativamente pequeño de lectores en la América Latina se asocia tradicionalmente con la *élite* cultural.

actual en la cultura popular, jamás se incluiría en un curso de literatura en la universidad. Teniendo en cuenta sus destinatarios, *Sinfonía desde el Nuevo Mundo* es una novela histórica melodramática, llena de acción, con un espadachín francés, ex oficial de Napoleón, de protagonista. Éste, después de la derrota de Waterloo en 1815, se junta con Bolívar en Jamaica y en Haití y participa en la invasión de Venezuela. Los capítulos son brevísimos (una página o dos); las oraciones son breves; lo más importante es la trama; y predomina el diálogo. El héroe francés Victorien Fontenier cae en manos de los españoles durante el sitio de Cartagena. Lo colocan dentro de un calabozo en las bóvedas subterráneas de los muros. Lo rescata un pirata francés disfrazado de fraile. En Haití, mientras Fontenier se defiende en la calle del mismo pirata francés, la carreta llevada por mulas donde viajaba Fontenier con su bella amante mulata, llamada Marie Antoinette, se desboca por las peñas del mar y ella muere, muerte soñada antes por Fontenier. En la Cuarta Parte, Fontenier le salva la vida a Bolívar en dos ocasiones; primero impidiendo que se suicide (135), y luego, tirándose en la trayectoria de una bala disparada contra Bolívar (137). Con claras reminiscencias de *Amalia* (1845), el héroe herido se recupera gracias a la ayuda de María Antonia (no hay que confundirla con Marie Antoinette), ahijada del general Páez. En contraste con el amor casto de *Amalia*, Fontenier y María Antonia nadan desnudos en el río y "con ademanes lúbricos, ella atrae al francés hacia sí, lo tumba sobre su cuerpo y, en la vasta soledad de esas barrancas salitrosas, se anuda con él en el juego ansioso del amor" (147). En otra variante de *Amalia*, los dos acaban por casarse con la bendición de Páez. La falta de pretensiones artísticas de esta novela[17] confirma la existencia de una frontera entre la literatura elitista y la po-

[17] En el epílogo, el autor afirma que escribió la novela en menos de dos meses y como un proyecto de guión para el cine (155-156).

pular pese a la moda posmoderna de eliminarla.[18] Lo que es aún más asombroso del epílogo es que Espinosa elogia su propia creatividad identificando su *novela* con las de Stefan Zweig para criticar la *historiografía novelada* de *El general en su laberinto* de Gabriel García Márquez: "En ella sí es exigible una fidelidad minuciosa a los hechos reales, fidelidad que algún novelista comercial se impuso a sí mismo en cierto libro hoy muy en boga, cuyo protagonista es Simón Bolívar, y que hace de él no una *novela*, sino una *historiografía novelada*" (154). Lo que hace tan paradójica esta crítica gratuita es que el mismo Germán Espinosa es el autor de la Nueva Novela Histórica bastante compleja, *La tejedora de coronas* (1982), que contrasté con el *best-seller Los pecados de Inés de Hinojosa* (1986) de Próspero Morales Pradilla, precisamente para comprobar que todavía rige la distinción entre "novela culta" y "novela popular"... a pesar de las afirmaciones de aquellos críticos que gozan teorizando sobre la novela posmoderna y la del pos*boom*.[19]

---

[18] Jean Franco pregonó la muerte de la cultura elitista en el Congreso "Translating Latin America" celebrado el 19 de abril de 1990 en la State University of New York, Binghamton, y en congresos anteriores remontándose, por lo menos, al verano de 1983, fecha del congreso de la Asociación Internacional de Hispanistas celebrado en la Brown University. En octubre de 1990 el Museo de Arte Moderno de Nueva York presentó una exposición titulada "High and Low: Modern Art and Popular Culture". Véase *Los Angeles Times*, Calendar Section, 28 de octubre de 1990, pp. 3, 4, 93.

[19] En noviembre de 1989 presenté en el congreso de la Asociación de Colombianistas Norteamericanos, celebrado en la University of Kansas, un trabajo (todavía inédito) titulado: "Dos novelas seductoras: la culta y la popular, o Genoveva e Inés".

VI. CUESTIONANDO LAS DEFINICIONES O EL ARTE DE LA SUBVERSIÓN

"Respiración artificial" de Ricardo Piglia

DE ACUERDO con los aspectos dialógicos y paródicos de algunas de las Nuevas Novelas Históricas, me toca subvertir mi propia definición de la novela histórica para comentar una de las NNH más originales: *Respiración artificial* (1980) de Ricardo Piglia (1940), novelista argentino muy elogiado por los críticos y, sobre todo, por los críticos izquierdistas; Piglia era "activista marxista en la década de los sesenta" (75), según Kathleen Newman. Desmintiendo mi definición de la novela histórica, la mayoría de los diálogos y de las cartas intercambiadas de *Respiración artificial* están ubicados a fines de la década de los setenta. Uno de los narradores principales es Emilio Renzi,[1] quien nació, igual que el autor, en 1940. Renzi es un escritor neófito que viaja en 1979 a Concordia, Entrerríos, en busca de su tío (el hermano de su madre), Marcelo Maggi, profesor de historia. Sin embargo, la actualidad de 1979 resulta aparentemente "desaparecida", junto con el padre de Renzi, quien ni siquiera se menciona, para reflejar la desaparición de Maggi y para ceder el paso a una reconstrucción compleja de la historia y de la literatura

---

[1] La selección del apellido Renzi puede interpretarse como homenaje al líder gremial Renzi, quien acompañó en 1922 a los huelguistas de Patagonia y luego peleó en la Brigada Internacional durante la Guerra Civil española. Figura como personaje en el cuento "Un poeta en el asilo", publicado en la colección *La mulata y el guerrero* (1986) de Pedro Orgambide. Sin embargo, el Renzi histórico no se menciona en varios libros sobre la historia del sindicalismo argentino que he consultado.

argentina que culmina en el descubrimiento de una relación entre Hitler y Kafka, que a su vez se liga con la junta militar argentina de 1976-1979. La estructura laberíntica que va y viene entre el pasado y el futuro y el grupo de narradores encapsulados al estilo de las muñecas rusas,[2] tienen la meta aparente de engañar a los censores. Sin embargo, si Piglia hubiera deseado engañar de veras a los censores, ¿por qué explicó el sentido del título de la novela en la contraportada: "Tiempos sombríos en que los hombres parecen necesitar un aire artificial para poder sobrevivir"?

Mientras Abel Posse disfraza en *Los perros del Paraíso* su crítica de la dictadura argentina con una elaboración carnavalesca, muy poco argentina, del descubrimiento del Caribe por Cristóbal Colón, la novela de Piglia cabe muy bien dentro de la tradición argentina y podría considerarse como la novela borgeana que Borges nunca llegó a escribir. Como *El mal metafísico* (1916) de Manuel Gálvez, *La bahía de silencio* (1940) de Eduardo Mallea, *Adán Buenosayres* (1948) de Leopoldo Marechal, *Sobre héroes y tumbas* (1962) de Ernesto Sábato y *Rayuela* (1963) de Julio Cortázar, *Respiración artificial* es una novela ensayística en que escasea la acción y predominan los monólogos, diálogos y cartas intelectuales. Renzi critica a la mayoría de los escritores argentinos, desde Sarmiento a Borges (una verdadera paradoja puesto que se siente la presencia de Borges en toda la novela). Desprecia a Lugones y hasta llega al extremo de proclamar que "ya no existe la literatura argentina" (160) desde la muerte de Roberto Arlt[3] en 1942. Borges se caracteriza como un escri-

[2] Por ejemplo, en la segunda parte de la novela, Tardewski le cuenta a Renzi cómo Marconi le habló acerca de una mujer que había elogiado sus sonetos (de Marconi): "En cuanto a ella, se apasionaba por la literatura desde siempre, pero no se sentía capaz de dedicarse a escribir porque, dijo la mujer, contó Marconi, me dice Tardewski: ¿sobre qué puede un escritor construir su obra si no es sobre su propia vida?" (203).

[3] Para otro ejemplo de la obsesión de Piglia por Roberto Arlt, véase el artículo de Ellen McCracken: "Metaplagiarism and the Critic's Role as

191

tor del siglo XIX y el nombre de Cortázar sólo aparece una vez (170), probablemente para mantener el énfasis de la novela en el pasado.

La búsqueda eterna de la identidad argentina, normalmente representada como el conflicto esquizofrénico entre la "civilización" europeizante de Buenos Aires y las tradiciones criollas del interior "bárbaro", se refleja en la estructura dualista de la novela. La Primera Parte, narrada por el escritor neófito Emilio Renzi, es una saga familiar muy enredada cuyo protagonista es Enrique Ossorio, secretario particular del dictador Juan Manuel Rosas, pero que se remonta al abuelo de Enrique, quien se hizo de una fortuna comprando esclavos enfermos, curándolos y vendiéndolos a un precio mayor. La verdadera redacción de la saga se define a la manera de la novela autoconsciente (metaficción) como una empresa colaborativa entre Renzi y Maggi: "Ahora bien, ¿construiremos a dúo la gran saga familiar? ¿Volveremos a contarnos toda la historia?" (22). El dúo, por supuesto, de acuerdo con la moda dialógica, tiene que constar de dos personas con puntos de vista opuestos: Maggi está obsesionado con la historia, mientras Renzi afirma que no se interesa ni en la historia ni en la política: "Después del descubrimiento de América no ha pasado nada en estos lares que merezca la más mínima atención" (21).

La Segunda Parte, narrada por Tardewski, el amigo polaco de Marcelo Maggi, es una conversación peripatética joyceana entre Tardewski y Renzi que perdura desde las 10 de la mañana hasta el amanecer siguiente, mientras esperan en vano la reaparición de Maggi en Concordia. No obstante, Tardewski expresa su predilección por Kafka por encima de Joyce porque considera que éste era demasiado virtuosista. Aunque Piglia se distingue de Carpentier, Lezama Lima, Carlos Fuentes, Abel Posse o Fernando del Paso al no seguir

Detective: Ricardo Piglia's Reinvention of Roberto Arlt", *PMLA*, 106, 5 (octubre de 1991), 1071-1082.

el modelo de Joyce en cuanto al adorno neobarroco y los juegos de palabras, *Respiración artificial,* por la complejidad de la cronología y del punto de vista narrativo, dista mucho de ser accesible a las masas de lectores y no cabe dentro de lo que Marta Morello-Frosch llama la nueva biografía ficticia que "da por tierra con la ficción 'carnavalesca' de la novela latinoamericana precedente, esa polifonía de voces que signaban con la hipoglosia más aberrante, un vacío central de significado" (Morello-Frosch, "Biografías ficticias", 70).

Si la Primera Parte representa las raíces históricas más tradicionales de la Argentina, entonces su título, "Si yo mismo fuera el invierno sombrío", puede interpretarse —pese a los teóricos recepcionistas—[4] como una imagen negativa a la vez que enigmática de la nación. Al mismo tiempo, la selección de apellidos italianos —Renzi, Maggi, Ossorio— para los protagonistas de la parte "argentina" de la novela revela un mayor grado de complejidad que el conflicto muy claro entre los criollos argentinos y los inmigrantes italianos en *La gringa* de Florencio Sánchez, por ejemplo. El epígrafe de la Primera Parte que proviene de T. S. Eliot —"We had the experience but missed the meaning, and approach to the meaning restores the experience" ("teníamos la experiencia pero perdimos el sentido, y el acercamiento al sentido restaura la experiencia")— refuerza la imagen negativa de la historia patria y reafirma la obsesión de los intelectuales argentinos con la cultura europea. La Segunda Parte, en

---

[4] En la introducción al conjunto de artículos sobre la teoría de la recepción en la revista *PMLA* (octubre de 1991), Constance Jordan se refiere al credo recepcionista que rechaza "any recourse to notions of interpretive objectivity" ("cualquier recurso a la idea de la objetividad de interpretación") y "dispels the illusion that the act of reading is a discovery of what is, objectively, in the text" ("acaba con la ilusión que el acto de leer es un descubrimiento de lo que se encuentra objetivamente dentro del texto") (1037). A mi juicio, acepto que es difícil conseguir una objetividad del ciento por ciento, pero de todos modos el crítico honrado debería tratar de alcanzar una objetividad del 99.44%.

cambio, se titula "Descartes", reflejo de la racionalidad francesa y posiblemente europea, concepto totalmente subvertido por la importancia dada al encuentro apócrifo en 1909-1910 entre Hitler y Franz Kafka en Praga. Como buena novela autoconsciente, el historiador Maggi le escribe a su sobrino Renzi que "todo es apócrifo" (18).

Tal vez la mejor justificación para encasillar *Respiración artificial* como NNH es la ausencia casi total de la recreación del espacio histórico. Aunque todos los personajes están ubicados específicamente en periodos cronológicos y espacios geográficos, y aunque muchos políticos históricos se mencionan de nombre desde Rosas hasta Yrigoyen, no hay ningún intento de captar el sabor de esas épocas. Más bien la novela tiene como meta la exposición de las ideas filosóficas de Borges sobre la historia en general. Como en "Tema del traidor y del héroe" e "Historia del guerrero y de la cautiva", la historia se repite. Maggi abandonó a su esposa Esperanza seis meses después de la boda para vivir con la bailarina cabaretista Coca, mayor que él, tal como Enrique Ossorio vivió en Nueva York con Lisette, la prostituta negra de Martinica, y tal como el abuelo de Enrique abandonó a su familia a la edad de 70 para vivir con una jamaicana negra de 14 años que él llamaba *La Emperatriz*. Los tres casos constituyen una protesta contra el matrimonio burgués, tema frecuente en la obra del Cortázar ausente. Maggi, quien fue encarcelado por unos cuantos años hacia 1940, aparentemente por estar afiliado con el ala de Amadeo Sabattini del Partido Radical o por haberse robado el dinero de su esposa, critica la procedencia oligárquica de ésta en términos que recuerdan a Fernanda del Carpio de *Cien años de soledad*: "No ves que es loca, siempre cagó de parada, me consta, porque alguien le dijo que era más elegante" (19).

La historia se repite también en la dedicación multigeneracional a la literatura, o por lo menos, a la escritura. Emilio Renzi publicó en 1976 su primera novela que describe como una especie de parodia de Onetti con el estilo de *Las palmeras salvajes* de Faulkner, según la tradujo Borges (16). Renzi le cuenta después a Tardewski que está convencido de que "ya no existían ni las experiencias, ni las aventuras. Ya no hay aventuras, me dijo, sólo parodias. Pensaba, dijo, que las aventuras, hoy, no eran más que parodias [...] el centro mismo de la vida moderna" (137). Poco después de la publicación de su novela, Renzi recibió la primera de una serie de cartas de su tío Marcelo Maggi, quien está escribiendo un libro acerca de Enrique Ossorio, compañero de Juan Bautista Alberdi en la Facultad de Leyes y después secretario particular del dictador Rosas. El mismo Ossorio está escribiendo su autobiografía y planea una novela ubicada en 1837-1838 y una enciclopedia de ideas americanas. El padre de Ossorio, quien participó en las guerras de independencia, apuntó una serie de máximas antibélicas que llamó *Máximas sobre el arte de la guerra* (89).

Hay otros dos ejemplos de cómo se repite la historia. Enrique Ossorio se suicidó; a Emilio Renzi le fascina considerarse "un suicida que camina" (45); y el propio Maggi *puede* haberse suicidado también. Tanto el hijo de Enrique Ossorio como Luciano Ossorio eran hijos póstumos en el sentido de que fueron abandonados por su padre antes de nacer; el de Luciano muerto en un duelo.

Siguiendo por el camino borgeano y también junguiano, si la historia se repite, entonces todos los seres humanos nos convertimos en uno, unidos por la inconsciencia colectiva. En 1850 escribió Enrique Ossorio: "ahora ya soy todos los nombres de la historia. Todos están en mí, en este cajón donde guardo mis escritos" (83).

Si todos los seres humanos somos uno, entonces no hay diferencias entre héroes y traidores. En "Tres versiones de Judas" de Borges, Judas puede ser el verdadero (?) Cristo; el traidor Kilpatrick es un héroe y mártir irlandés para todos los que *no* leen "Tema del traidor y del héroe" de Borges; y

195

Moon, el traidor comunista de "La forma de la espada", narra el cuento desde la perspectiva de su víctima heroica. De una manera semejante, el personaje Enrique Ossorio de *Respiración artificial* proclama: "Compatriotas, yo soy aquel Enrique Ossorio que luchó incansablemente por la Libertad y que ahora reside en la ciudad de New York" (83), pero que también "he sido un traidor y un espía y un amigo desleal y seré juzgado tal por la historia, como soy ahora juzgado así por mis contemporáneos" (91).

Si la historia se repite y si todos los seres humanos somos uno, entonces todo es previsible, concepto que contradice otros dos conceptos borgeanos: la importancia de la casualidad y la imposibilidad de averiguar la verdad. Maggi le escribe a Renzi: "Estoy convencido de que nunca nos sucede nada que no hayamos previsto, nada para lo que no estemos preparados" (29). Más específicamente, Enrique Ossorio, en el año de 1850, imagina "la Argentina tal cual va a ser dentro de 130 años" (97)... "Preveo: disensiones, divergencias, nuevas luchas. Interminablemente. Asesinatos, masacres, guerras fratricidas" (84). La previsibilidad del futuro se simboliza por el motivo recurrente borgeano del partido de ajedrez donde están predeterminadas las pautas de las jugadas. Sin embargo, Tardewski propone un cambio en los reglamentos del juego "en el que las posiciones no permanezcan siempre igual, en el que la función de las piezas, después de estar un rato en el mismo sitio, se modifique" (26-27) para que sea menos previsible el desenlace. En efecto, la casualidad es la clave para comprender el gran descubrimiento de Tardewski acerca de las reuniones de Kafka y Hitler en 1909-1910 en Praga. Si Tardewski hubiera recibido los escritos del sofista griego Hiparco en el Museo Británico que había pedido, nunca habría descubierto la conexión Hitler-Kafka, pero por equivocación, por casualidad, le entregaron un ejemplar de *Mein Kampf* de Hitler.

La imposibilidad de llegar a la verdad incontrovertible, trátese de la historia o de la realidad contemporánea, se anuncia por Piglia como el tema de la novela en la dedicación irónica a Elías y a Rubén "que me ayudaron a conocer la verdad de la historia". Maggi expresa la misma idea, sin ironía, en sus comentarios sobre el anacrónico género epistolar del siglo XVIII cuando "los hombres que vivían en esa época todavía confiaban en la pura verdad de las palabras escritas" (38). Si no hay ninguna realidad que se pueda averiguar, entonces, según Tardewski, "todo lo que nos rodea [...] es artificial" (38), alusión obvia al título de la novela.

El concepto borgeano de la interacción entre la literatura y la realidad que se presenta en "Tema del traidor y del héroe" (el *Julio César* de Shakespeare y los asesinatos de Kilpatrick y Abraham Lincoln) también aparece en la novela de Piglia. Para reforzar la imagen negativa de Esperancita, esposa de Maggi, sus últimas palabras antes de morir son "Buenos Aires, Buenos Aires" (22), imitación artificial y afectada de José Hernández, autor de *Martín Fierro*. Renzi afirma que le interesa más el estilo que la política y se sorprende que nadie haya descubierto que los escritos de Macedonio Fernández se inspiraran en los discursos del presidente Yrigoyen.

Además de inspirarse *Respiración artificial* en los conceptos filosóficos de Borges respecto a la historia, hay que constatar la presencia intertextual de por lo menos cinco cuentos específicos de Borges. El apellido materno de Maggi era Pophan y, por lo tanto, Maggi se describe como "caballero irlandés al servicio de la reina. El hombre que en vida amaba a Parnell" (20): el oxímoron irlandés-inglés, que es un motivo recurrente predilecto de Borges, aparece en "El jardín de senderos que se bifurcan", "Tema del traidor y del héroe" y "La forma de la espada". Luciano Ossorio, suegro de Maggi y uno de los fundadores de la Unión Conservadora y senador de 1912 a 1916, fue herido en 1931 por un borracho o por un radical y desde entonces ha quedado paralizado. Su encierro en la casa con la única posibilidad de ver el mundo exterior por la ventana (57) es una alusión al paralítico Recabarren en "El fin" de Borges. Sin embargo, Luciano es más que un observador; en una de las muchas metáforas de la novela, es la Argentina: "Estoy paralítico, igual que este país, decía. Yo soy la Argentina, carajo" (24). Cuando el padre anónimo de Luciano (quien es también el hijo de Enrique Ossorio), el que "jamás había manejado una pistola" (61) muere en el lance de 1879, prefigura la muerte de Juan Dahlmann, protagonista de "El sur". Ese hijo de Enrique Ossorio había utilizado el dinero que su papá había acumulado en la época del descubrimiento del oro en California para convertirse en uno de los estancieros más pudientes de la Argentina de 1860. Partidario del presidente Bartolomé Mitre, su lance fatal marcó un hito en la historia de la Argentina porque su contrincante fue procesado, simbolizando el fin de las luchas internas entre los miembros de la oligarquía y el descubrimiento de que tenían que unirse "para matar a quienes no se resignaban a reconocerles su condición de Señores y de Amos. Como por ejemplo [...] a los inmigrantes, a los gauchos y a los indios" (63), preparando el camino para el ascenso a la presidencia en 1880 del general Roca.

La muerte de Dahlmann en "El sur" fue precedida de su viaje en tren hacia el Sur, viaje hacia el pasado, evocado irónicamente por el viaje en tren de Renzi hacia el Norte, a Concordia: "Unos tipos que jugaban a los naipes sobre una valija de cartón me convidaron con ginebra. Para mí era como avanzar hacia el pasado y al final de ese viaje comprendí hasta qué punto Maggi lo había previsto todo" (21). En la segunda mitad de la novela, Renzi comenta la predilección de Borges por "El sur", atribuyéndola al entrelazamiento e integración de las dos corrientes literarias de la

Argentina en el siglo XIX: la erudición europea y el naciona-
lismo gauchesco populista (163-164).

Aunque la Segunda Parte de *Respiración artificial* transcurre en Concordia en menos de 24 horas en el año de 1979,
ese presente resulta desaparecido porque una serie de personajes —Renzi, Tardewski y los amigos locales de éste:
Antón Tokray, hijo de un noble ruso, el ex nazi Rudolph von
Maier y Bartolomé Marconi, de habla lunfarda— conversan
acerca de la totalidad de la literatura argentina lo mismo que
sobre periodos específicos de la historia europea. En una
especie de contrapunto a la saga familiar de la Primera
Parte, Tardewski narra la "saga familiar" de dúos literarios
elaborada por el profesor Marcelo Maggi, dúos que constan
de intelectuales europeos radicados en la Argentina que
servían de modelos para sus amigos argentinos. El progeni-
tor fue Pedro de Angelis, especialista en Vico y Hegel, agre-
gado cultural en San Petersburgo, colaborador en la *Revue
Enciclopédique*, que llegó a ser el consejero más importante
del dictador Juan Manuel Rosas: "Frente a él, Echeverría,
Alberdi, Sarmiento, parecían copistas desesperados, dile-
tantes corroídos por un saber de segunda mano" (138-139).
El "árbol genealógico" siguió en la década de 1880-1890 con
Paul Groussac y Miguel Cané; en la primera década del siglo
XX con Charles de Soussens, una especie de Verlaine, y Leopoldo Lugones; en 1920-1930, con William Henry Hudson y
Ricardo Güiraldes; en los cuarentas con Witold Gombrowicz
y Borges; y en los setentas con los protagonistas ficticios
Tardewski y Marcelo Maggi respaldados por los personajes
secundarios, también ficticios, el frenólogo ex nazi Rudolph
von Maier y su amigo y admirador argentino Pedro Arregui.
Para que el laberinto se complique aún más, los modelos
europeos estaban basados en otros modelos europeos. Así es
que Charles de Soussens provenía de Verlaine, y Tardewski
se inspiró mucho en el dialógico Wittgenstein, "el único en
la historia que produjo dos sistemas filosóficos totalmente

diferentes en el curso de su vida, cada uno de los cuales dominó por lo menos una generación y generó dos corrientes de pensamiento, con sus protagonistas, sus comentadores y sus discípulos absolutamente antagónicos" (207).

El servilismo de los intelectuales argentinos a sus modelos europeos se subraya en la década de los setenta por la fascinación argentina con las últimas modas europeas de la teoría crítica.[5] Marconi le pregunta a Renzi si todavía están "jodiendo con la lingüística" (177). Renzi parece estar contento con responder que la lingüística ha sido reemplazada por el psicoanálisis. Sin embargo, cerca de Concordia, según Marconi, Antuñano le ha dicho que un informe sobre el folklore regional podría titularse *Hjelmsley entre los gauderios entrerrianos o un ejemplo de gauchesca semiológica* (178) y en la pulpería rural, varios de los gauchos conversan acerca de temas relacionados con la escritura y la fonética.

En otro plano más serio se postula a Hitler como antecedente del régimen militar argentino de 1976-1979. Aunque la conexión Hitler-Kafka puede parecer un poco estrafalaria, es de gran importancia en la novela. Después de unas 100 páginas de meandro laberíntico en la Segunda Parte, el narrador Tardewski liga el nombre de Kafka con los nazis por primera vez en la página 227: "me decidí a escribir un artículo con la intención de asegurarme la *propiedad* de esa idea que yo tenía sobre las relaciones entre el nazismo y la obra de Franz Kafka". Durante las siguientes 30 páginas, el autor va aumentando el suspenso al no revelar el punto de contacto. Cuando por fin lo revela, el lector se da cuenta de lo bien que está integrado este episodio dentro del tema principal de la novela: la denuncia de la dictadura militar de

[5] El novelista y crítico brasileño Silviano Santiago también aludió en 1990 al desprecio que sentían los autores brasileños para los teóricos: "Los grandes escritores del país, en general, tienden a despreciar completamente la discusión teórica académica en virtud de una jerga, según ellos, impenetrable" (55).

1976-1979. El descubrimiento de Tardewski es que en 1909-1910 Hitler desapareció de Viena para evitar el servicio militar y se refugió en Praga, donde frecuentaba el café Arcos. En dos cartas dirigidas a amigos, Kafka menciona a un exiliado austríaco, "ese extraño hombrecito que dice ser pintor y que se ha fugado de Viena por un motivo oscuro. Se llama Adolf" (259). Kafka, a través de Tardewski, hasta transcribió una conversación entre él y Hitler sobre los planes de éste para el futuro, que influyeron en las novelas de Kafka, las cuales, a su vez, prefiguraron la realidad del Tercer Reich, y que se parece algo a la visión que proyecta Enrique Ossorio en 1850 sobre la Argentina de 1980:

[...] Inmediatamente, en el renglón siguiente, Kafka transcribe esto: Discusión A. No quería decir eso, me dice, lee Tardewski. Usted ya me conoce, doctor. Soy un hombre completamente inofensivo. Tuve que desahogarme. Lo que dije no son más que palabras. Yo lo interrumpo. Esto es precisamente lo peligroso. Las palabras preparan el camino, son precursoras de los actos venideros, las chispas de los incendios futuros. No tenía intención de decir eso, me contesta A. Eso dice usted, le contesto tratando de sonreír. Pero, ¿sabe qué aspecto tienen las cosas realmente? Puede que estemos ya sentados encima del barril de pólvora que convierta en hecho su deseo [...]. Adolf Hitler sabía planear tan maravillosamente bien lo que pensaba hacer con el futuro del mundo, sabía exponer de un modo tan fascinante sus planes y sus proyectos, leyó Tardewski en su cuaderno de citas, que habría uno podido escucharlo indefinidamente, tal era el encanto y la seducción de sus palabras y el carácter desmesurado y a la vez meticuloso y prolijo de sus descripciones de lo que el mundo iba a recibir de él en el futuro [...]. La utopía atroz de un mundo convertido en una inmensa colonia penitenciaria, de eso le habla Adolf, el desertor insignificante y grotesco, a Franz Kafka, que lo sabe oír, en las mesas del café Arcos, en Praga, a fines de 1909. Y Kafka le cree [...]. El genio de Kafka reside en haber comprendido que si esas palabras podían ser dichas, entonces podían ser realizadas (260-261, 264).

Kafka puede imaginar la transformación del pintor frustrado en el Führer. Como la palabra "transformación" en la cita siguiente sugiere obviamente el título de la novela *Metamorfosis* de Kafka, y como el uso algo ambiguo del pronombre "su" funde la identidad de los hombres, entonces, al estilo borgeano, Kafka es Hitler:

> Con su estilo, que ahora nosotros conocemos bien, el insignificante y pulguiento pequeñoburgués austríaco que vive semiclandestino en Praga porque es un desertor, ese artista fracasado que se gana la vida pintando tarjetas postales, desarrolla, frente a quien todavía no es pero ya comienza a ser Franz Kafka, sus sueños gangosos, desmesurados, en los que entreví su transformación en el Führer, el Jefe, el Amo absoluto de millones de hombres, sirvientes, esclavos, insectos sometidos a su dominio, dice Tardewski (263).

Los nazis empleaban la palabra *"Ungeziefer"* ("sabandijas") para referirse a los internados en los campos de concentración: la misma palabra usada por Kakfa para referirse a la transformación de Gregor Samsa al despertarse una mañana en *Metamorfosis*. Los planes de Hitler para el futuro, que Kafka creía realizables, servían de modelo para *El proceso*.

> Usted leyó *El proceso*, me dice Tardewski. Kafka supo ver hasta en el detalle más preciso cómo se acumulaba el horror. Esa novela presenta de un modo alucinante el modelo clásico del Estado convertido en instrumento de terror. Describe la maquinaria anónima de un mundo donde todos pueden ser acusados y culpables, la siniestra inseguridad que el totalitarismo insinúa en la vida de los hombres, el aburrimiento sin rostro de los asesinos, el sadismo furtivo. Desde que Kafka escribió ese libro el golpe nocturno ha llegado a innumerables puertas y el nombre de los que fueron arrastrados a morir *como un perro*, igual que Joseph K., es legión (265).

Las 30 páginas anteriores a esta revelación están llenas de suspenso entretejiéndose la conexión Hitler-Kafka con el tejido de toda la novela. El lustro de 1905-1910 en la vida de Hitler, descrito como "increíble y patética" (251), tenía un interés especial para Tardewski durante su propio lustro de 1940-1945 en Buenos Aires. Al llegar a la capital de la Argentina, Tardewski se hospedó en el hotel Tres Sargentos, cuyo nombre, además de ser apropiado, es auténtico. Allí escribió Tardewski su ensayo sobre las relaciones entre Kafka y los nazis. Un día, sin embargo, volvió a su habitación y descubrió que unos ladrones habían entrado en ella y se lo habían llevado todo, incluso las obras de Kafka. Como excelente ejemplo del uso de la metáfora, la cual se elogia en términos de metaficción en distintas partes de la novela,[6] Tardewski compara su propia situación con la de Europa en el verano de 1940: "cuando llegué al hotel y subí y entré en mi pieza me encontré con una reproducción en miniatura, pero real, de la Europa arrasada por la guerra" (229). Tardewski encuentra trabajo como empleado en el Banco Polaco de Buenos Aires. El hecho de que renunciara sin explicación poco después de haber sido trasladado en 1945 a la sucursal de Concordia puede provenir de su deseo de escaparse del mundo de Gregor Samsa. Se gana la vida dando lecciones particulares de lenguas extranjeras y cultiva el ajedrez. Su amistad con el profesor de historia Maggi se explica en términos de "la unidad de los contrarios" (237): "yo, el escéptico, el hombre que vive fuera de la historia; él, un hombre de principios, que solamente puede pensar desde la historia" (237).

Esa teoría de "la unidad de los contrarios" también se ejemplifica por el descubrimiento de Tardewski de que *Mein Kampf* era una suerte de reverso perfecto o de apócri-

[6] Por ejemplo, Maggi escribe a Renzi acerca de Luciano: "Al verlo uno tenía tendencia a ser metafórico y él mismo reflexionaba metafóricamente" (24).

fa continuación del *Discurso del Método*" (241), que Valéry había llamado la primera novela moderna, "porque se trata de un monólogo donde en lugar de narrarse la historia de una pasión se narra la historia de una idea" (244) (obsérvese la evocación de la obra de Eduardo Mallea, *Historia de una pasión argentina*). En otro ejemplo de la metaficción, Tardewski recuerda que Maggi le decía frecuentemente que sufría del mismo entusiasmo por "la misma avidez digresiva" (250) que el general Lucio Mansilla. Este comentario se debe a las dos minianécdotas que cuenta Tardewski para respaldar su creencia en la gran importancia de la casualidad. Si Tardewski no hubiera recibido *Mein Kampf* por equivocación del bibliotecario del Museo Británico, no se habría dado cuenta de que ya no quería seguir estudiando la filosofía y no habría podido escaparse a Buenos Aires. De un modo parecido, si Hitler hubiera sido admitido en la Academia de Bellas Artes de Viena, un escritor de ciencia ficción podría haberse inventado una trama muy interesante. De acuerdo con la teoría ya comentada de la influencia ejercida sobre los argentinos por los escritores e intelectuales europeos, mediatizados por otros europeos, Hitler sacó sus teorías racistas de su tocayo, el ex fraile Adolfo Lenz von Liebenfels (253), cuyos escritos se publicaban en la revista *Ostara*, que Kafka también conocía. Teniendo en cuenta el título de una de las novelas más famosas de Kafka, *El proceso*, la alusión a la junta militar argentina de 1976-1979 no es nada disimulada: Proceso de Reorganización Nacional.

Si las dos últimas páginas de este capítulo parecen demasiado detalladas y prolongadas, se debe a mi deseo de captar el método que emplea Piglia para esconder su verdadera meta: la denuncia de los abusos cometidos bajo la dictadura militar, pero de una manera borgeana, laberíntica, a la manera de "El jardín de senderos que se bifurcan", para confundir a los censores.

En realidad, el tema de la censura aparece en la novela

en la forma de interceptar y descifrar cartas escritas por individuos vigilados. En el segundo capítulo de la Primera Parte (56), el ex senador Luciano Ossorio le revela a su nieto Renzi que un hombre llamado Francisco José Arocena le está amenazando por carta a la vez que intercepta y trata de descifrar —igual que Luciano— otras cartas destinadas a éste. Sólo se describe brevemente cómo Arocena examina toda la correspondencia, pero lo bastante para crear la impresión de que sus responsabilidades no se limitan a la correspondencia Renzi-Maggi-Luciano Ossorio: "Revisó los sobres y estableció rápidamente un primer sistema de clasificación. Caracas. Nueva York. Bogotá; una carta a Ohio, otra a Londres; Buenos Aires; Concordia; Buenos Aires. Numeró las cartas: eran ocho. Dejó a un costado la carta de Marcelo Maggi a Ossorio que poco antes había leído" (92). Después el narrador se burla de los intentos torpes de Arocena (118) de descifrar una carta incestuosa firmada Juana, la loca destinada a su hermano, estudiante posdoctoral de física en Oxford. La importancia de esta carta y del papel de Arocena como censor empleado por el gobierno se refuerza por su reaparición al final de la Primera Parte donde está trabajando mucho para descifrar con códigos numéricos el breve mensaje de *"Raquel llega a Ezeiza el 10, vuelo 2203"* (125), probablemente una alusión a la tan esperada vuelta de Juan Perón a Buenos Aires desde Madrid para ocupar la presidencia el 20 de junio de 1973 y una anticipación de *La novela de Perón* (1985) de Tomás Eloy Martínez que, como *Respiración artificial*, utiliza una saga familiar, la de Perón, para explicar la violencia del presente, la masacre de Ezeiza en junio de 1973. A pesar de las alusiones a Perón, éste no aparece en la novela, igual que el padre de Renzi, para reforzar la imagen de los 10 000 o 30 000 desaparecidos históricos.

El papel oficial de Arocena en la creación de un ambiente de terror por parte del gobierno en toda la Argentina se complementa con una carta que recibe de Echevarne Angélica Inés, cuyos tres nombres parecen estar escritos en orden inverso para sugerir el arte de descifrar. Ella explica cómo le "colocaron un aparato transmisor disimulado entre las arborescencias del corazón" (98) que le permitió ver cómo mataron a los judíos en Polonia con alambre de enfardar. También vio los hornos crematorios en el norte de la Argentina: "Al Norte, bien al Norte, en Belén, provincia de Catamarca" (99), que prefigura la aparición de Hitler en la Segunda Parte. Ella se ha convertido en la "Cantatriz oficial" (99), eufemismo por "espía" lo mismo que alusión a las dos esposas cantantes de Perón, Evita e Isabelita. Echevarne se ha hecho cantante para evitar enloquecerse como resultado de ver tanta miseria y tanto sufrimiento en este mundo.

De todos modos, la novela termina con una nota positiva, o por lo menos, una nota dialógica. Tardewski admite a Renzi que Maggi no va a aparecer pero implica que a pesar de todo no hay que ser cínico. Cita a Emmanuel Kant, quien, mientras agonizaba, dijo: *"El sentido de la Humanidad todavía no me ha abandonado"* (273). Luego Tardewski comenta extensamente el sentido de la palabra *Humanität* en alemán y se lo aplica a Maggi. En cambio, Tardewski luego le entrega a Renzi tres carpetas de Maggi, llenas de documentos y notas. Al abrir una de ellas, Renzi encuentra la breve nota de suicidio de Enrique Ossorio y así se cierra la novela insinuando que posiblemente Maggi también se ha suicidado, lo que sería una contradicción de la *Humanität* de Kant.

¿Debería haberse incluido el estudio de *Respiración artificial* en este libro dedicado a la NNH? Obviamente que no, puesto que desmiente mi propia definición de una novela histórica: una obra en la cual la acción transcurre antes del nacimiento del autor. En la novela de Piglia, los personajes escriben cartas y conversan entre 1976 y 1979. Además, el tema principal es la denuncia de la dictadura militar, sobre todo durante esos tres años. Sin embargo, el autor, nacido en 1940, era demasiado joven para experimentar el periodo de Hitler y la segunda Guerra Militar, y tampoco pudo experimentar el mundo político y literario de la Argentina antes de 1942 (Roberto Arlt murió en 1942 y Perón subió al poder en 1943). Además, como *El reino de este mundo* y otras muchas de las NNH, en *Respiración artificial* se subordina la recreación de cierto periodo histórico a la presentación de una visión filosófica de la historia en general, que proviene en gran parte de Borges. También se puede alegar que la novela capta la totalidad o gran parte de la historia de la Argentina; que es muy dialógica; que contiene mucha intertextualidad y metaficción; e incluso puede ser una parodia de la novela que Borges nunca escribió.

VII. MÁS DE DOS MIL AÑOS DE EXILIO Y DE MARGINACIÓN: LA NOVELA HISTÓRICA JUDÍA DE LA AMÉRICA LATINA

"Aventuras de Edmund Ziller en tierras del Nuevo Mundo" de Pedro Orgambide, "A estranha nação de Rafael Mendes" de Moacyr Scliar, "1492: vida y tiempos de Juan Cabezón de Castilla" de Homero Aridjis y "Tierra adentro" de Angelina Muñiz

> "Usted percibe a su pueblo como esclavos; mi raza es la más perseguida de la historia." (Palabras de Ludwig Wittgenstein dirigidas al revolucionario irlandés James Connolly en la novela histórica *Saints and Scholars* ["Santos y eruditos"], 1987, de Terry Eagleton, p. 114.)

EN EL año 721 a. C. el reino norte de Israel y su capital Samaria fueron destruidos por los asirios y deportados los hebreos que después llegaron a conocerse como las 10 tribus perdidas. En el año 586 a. C. la ciudad de Jerusalén fue destruida por el rey babilonio Nabucodonosor y los habitantes del reino del sur, Judá, fueron deportados a Babilonia. Aunque sus descendientes volvieron 50 años después y reconstruyeron el templo, la mayoría siguió viviendo en la Diáspora: Babilonia y las ciudades a orillas del Mediterráneo. La Diáspora se perpetuó con las conquistas subsiguientes de la región por Alejandro Magno en 333 a. C., por los romanos en 70 d. C., por los árabes en el siglo séptimo, por los turcos selyúcidas en 1071, por los cruzados en los dos siglos siguientes y por los turcos otomanos en 1453. Dondequiera que los judíos hayan vivido en los últimos 2713 años, a excepción del Estado de Israel desde 1948, han sido, según Alan Dershowitz en su libro *Chutzpah* (1991), "expelled, pogromed, crusaded, inquisitioned, jihaded, and holocausted ('expulsados, pogromados,* cruzadados, inquisicionados, jihadados** y holocaustados') de países a cuya grandeza contribuimos" (8). Aun en los Estados Unidos, según Dershowitz, "a pesar de nuestro éxito aparente, en el fondo nos vemos como ciudadanos de segunda clase, como invitados en una tierra ajena" (3).

Aunque algunos judíos sefarditas llegaron al Nuevo Mundo durante los 300 años del régimen colonial de España y de Portugal, la mayoría de los habitantes judíos actuales de la América Latina, concentrados en la Argentina y en el Brasil, descienden de los judíos del este de Europa que llegaron entre 1881 y 1930.[1] Tenidas en cuenta la historia trágica y la supervivencia milagrosa a través de los siglos, no es nada sorprendente que los judíos en general nos sintamos fascinados y obsesionados con la historia. Tampoco sorprende que, en el periodo 1979-1992, años de auge de la novela histórica en la América Latina, los escritores judíos también se sienten atraídos por este subgénero. Las cuatro novelas que se van a comentar caen dentro de dos temas distintos y relacionados a la vez: el judío errante[2] y la Inquisición española.

* Neologismo de Dershowitz; "pogromo" se refiere a los ataques contra los pueblos judíos, sobre todo en Polonia y Rusia, durante el siglo XIX.

** Neologismo de Dershowitz; "jihad" significa "guerra santa de los musulmanes".

[1] Consúltese Judith Elkin, *Jews of the Latin American Republics* (1980), 56.

[2] Nora Glickman, en su disertación doctoral de la New York University, "The Image of the Jew in Brazilian and Argentine Literature" ("La imagen del judío en la literatura brasileña y argentina") (1977), ofrece el origen siguiente de la frase "judío errante": "El origen del judío errante es el circunstante de Jerusalén quien se burlaba de Jesús cuando iba hacia el Calvario para la crucifixión. Jesús se detuvo a descansar un momento, pero el zapatero, lleno de ardor religioso, le dijo que continuara. Jesús contestó: 'Seguirás vagando sin descanso en la muerte hasta el último día'" (186). El

Tanto el argentino Pedro Orgambide en *Aventuras de Edmund Ziller en tierras del Nuevo Mundo* (1977) como el brasileño Moacyr Scliar en *A estranha nação de Rafael Mendes* (1983) tratan de captar de una manera experimental la historia total de los judíos[3] en la América Latina, pero de modos muy distintos. Los protagonistas representan dos tipos de judíos errantes: el inmortal y ubicuo Edmund Ziller, quien adopta distintas identidades desde el profeta Jonás del Antiguo Testamento hasta el filólogo y hebraísta argentino del siglo XX que aboga por una variedad de causas revolucionarias, incluso las de 1976; y Rafael Mendes, el descendiente brasileño del mismo Jonás, de Habacuc ben Tov y de Maimónides, todos cuyos descendientes portugueses y brasileños hasta 1975 llevan exactamente el mismo nombre. En realidad, ninguna de estas dos novelas obedece mi definición de la novela histórica puesto que en cada caso más o

"judío errante" legendario llegó a ser conocido por todo el mundo gracias a la novela folletinesca de Eugene Sue, *Le Juif errant* ("El judío errante") (1844-1845) y hasta aparece en *Cien años de soledad*.

[3] Entre las novelas que tratan de captar la historia de los judíos a través de los siglos, tal vez la mejor sea *Le Dernier des justes* ("El último de los justos") (1959) del francés André Schwarz-Bart, que todavía no ha llegado a apreciarse entre los críticos tanto como debía a pesar de haber ganado el prestigioso Premio Goncourt. Aunque es principalmente una novela sobre el Holocausto, la novela empieza con el suicidio-martirio del rabino Yom Tov Levi en 1185 en la ciudad de York, Inglaterra. Luego se trazan brevemente, con un estilo conciso, borgeano, la historia trágica de varias generaciones de los "Lamed-Vov", los 36 Hombres Justos, antes de concentrarse con más detalles en la odisea de la familia Levy que comienza en un pueblito de Polonia en el siglo XIX y termina con su muerte en los campos de concentración de los nazis.

La Mémoire d'Abraham ("El libro de Abraham") (1983) también es una saga familiar de los judíos, pero más directo y con menos pretensión artística. Comienza con la fuga de Jerusalén en 70 d. C. y termina con la sublevación de 1943 en Varsovia. La historia de cada generación se cuenta más o menos el 30-40% de la acción transcurre durante la vida del autor. Sin embargo, igual que *Respiración artificial*, las dos novelas tienen un ingrediente histórico muy fuerte, y la de Orgambide en particular contiene muchos de los rasgos de la *Nueva* Novela Histórica.

Aventuras de Edmund Ziller (1977) de Pedro Orgambide, tres veces problemática, merece mayor divulgación y fama como una de las primeras de las NNH.[4] Evocando una parte de la ceremonia de la Pascua judía, ¿cómo se distingue esta novela de todas las otras novelas estudiadas en este libro? En términos muy sencillos, no es lo que podría llamarse una novela tradicional. No tiene una trama continua; no tiene personajes que evolucionen psicológicamente; 67 de las 317 páginas están dedicadas a la lectura varias veces interrumpida de una obra teatral en verso del año 1791; y 31 páginas están dedicadas a una enciclopedia antiimperialista, en orden alfabético. Como buena novela autoconsciente, el autor-narrador argentino critica la novela a través de Ziller como un género burgués (182, 228) y proclama la imposibilidad de "un discurso narrativo lineal" (217). El narrador argentino, que participa en el texto como personaje con el nombre de Pedro o P. O. o Piotrer, acepta la sugerencia de su amigo mexicano Santiago Santillán para que escriba "una novela fragmentaria" (254) acerca de Ziller, y en Madrid, su amigo

menos con el mismo número de páginas e incluye el panorama geográfico de Alejandría, Toledo, Constantinopla, Amsterdam, Strasburgo, etcétera.

[4] Los críticos que han escrito sobre el fenómeno de la NNH no mencionan la novela de Orgambide y la bibliografía de la Modern Language Association, ya instalada en las computadoras; sólo se incluye un estudio de la novela, escrito por Saúl Sosnowski y publicado en la revista mexicana *La Semana de Bellas Artes*, que no se divulga mucho fuera de México. Otras dos fichas que aparecen en la bibliografía son una reseña de Francisco Hinojosa en la revista mexicana *Nexos* y un breve artículo de Humberto Constantini en la revista literaria israelí *NOAJ*. Sorprende la ausencia de las obras de Orgambide en general, tanto en el estudio bastante completo de Leonardo Senkman, *La identidad judía en la literatura argentina* (1983) como en *La orilla inminente. Escritores judíos argentinos* (1987) de Saúl Sosnowski.

el profesor Jesús de la Fuente y Mira le consagra la empresa con "una teoría de la novela fragmentaria" (313).

Otra pista para encontrar la etiqueta más apropiada para la novela de Orgambide se ofrece con la repetición de la frase "cantaba boleros" (254, 255, 260) que hace pensar inmediatamente en *Tres tristes tigres* (1965) de Guillermo Cabrera Infante. En esta novela renombrada del *boom* hay varias secciones tituladas "Ella cantaba boleros" protagonizadas por la enorme cantante mulata Estrella. Las dos novelas se parecen en la falta de un discurso narrativo lineal, lo mismo que en su tono carnavalesco y la preeminencia de la parodia. En *Tres tristes tigres*, Cabrera Infante narra el asesinato de Trotsky siete veces, remedando el estilo de José Martí, José Lezama Lima, Virgilio Piñera, Lydia Cabrera, Lino Novás Calvo, Alejo Carpentier y Nicolás Guillén. En el primer capítulo de *Aventuras de Edmund Ziller*, la carta de Edmund Ziller dirigida al emperador Carlos V es una parodia extravagante de las cartas de Hernán Cortés. En un estilo arcaizante del siglo XVI, Ziller describe el Río de la Plata, sin nombrarlo directamente. Luego pinta con grandes detalles un banquete suntuoso imaginario que se transforma bruscamente en la realidad del canibalismo desesperado. Para sentar las bases del juego en la novela entre la Argentina y México, la carta lleva la firma de don Edmundo de Ziller y Sigüenza, evocando el primer apellido de Carlos de Sigüenza y Góngora, contemporáneo y amigo de Sor Juana Inés de la Cruz. Sólo dos capítulos más adelante Orgambide parodia la "Historia del guerrero y de la cautiva", de Borges, con la narración de "la increíble historia" (21) del pirata sefardita del siglo XVII que fue a vivir entre los indios chilenos y llegó a ser su jefe. Borges, como ya se ha señalado a través de todo este libro, está presente en muchas novelas argentinas de las dos últimas décadas y comparte con Carpentier la distinción de haber engendrado la NNH. En el capítulo 2 Ziller cuenta a su amigo alemán Alberto Durero que "está repitiendo las palabras de un poeta azteca, de ese hombre que, como usted, como yo, es todos los hombres" (18), concepto junguiano-borgeano que concuerda totalmente con las múltiples reencarnaciones del judío errante.

Aventuras de Edmund Ziller también podría compararse con una novela anterior del propio Orgambide, *Los inquisidores* (1967). Con una ideología semejante, se van alternando varios hilos novelescos en que los "inquisidores" son: los oficiales de la Inquisición colonial en el Perú; la policía rural argentina del siglo XIX y los tacuaras fascistas de 1960; el KKK y los racistas de Selma, Alabama, Nueva York y Watts; el senador Joseph McCarthy, anticomunista por antonomasia; los nazis; y los estalinistas soviéticos. Las víctimas en las dos novelas de Orgambide son en gran parte judíos y negros que se ligan amorosa y sexualmente: Ziller y Yembá, Francisco Maldonado de Silva y María Martínez, y Efraín Azevedo y Zenobia. La diferencia principal entre las dos novelas es que *Los inquisidores* está escrita de una manera realista, directa, sin la parodia y las otras técnicas carnavalescas de la NNH.

Ya que se ha resuelto la cuestión de la etiqueta genérica, podemos continuar con la segunda pregunta de la Pascua judía, por cierto, más difícil: ¿cómo se distingue esta novela dialógica de todas las otras novelas dialógicas que se estudian en este libro? La pregunta más específica es hasta qué punto se trata de una novela marxista revolucionaria y hasta qué punto subvierte la causa marxista. La reseña muy negativa de Francisco Hinojosa la llama maniquea, monolítica, proselitista y retóricamente militante: "un resumen innecesario de la literatura dogmática que la novela latinoamericana ha empezado a olvidar" (25). Desde una perspectiva ideológica distinta, el análisis muy positivo de Saúl Sosnowski elogia a Orgambide por haber incluido al Brasil en el movimiento de liberación latinoamericano (9), por haber utilizado el humor para combatir la enajenación y por haber transmitido "el pleno significado de la integración efectiva de la praxis literaria y la militancia que la abarca" (11). O sea que, los dos críticos, desde ideologías opuestas, afirman la ideología revolucionaria monológica de la novela.

Sin embargo, una lectura detenida de la novela provoca dudas, y *Aventuras de Edmund Ziller* puede ser tan dialógica como las otras NNH. Por una parte, no cabe ninguna duda de que la historia de la América Latina se presenta desde un punto de vista revolucionario, marxista y antiimperialista. Ziller, en su caracterización como el pirata judío Subatol Deul, denuncia a los orgullosos conquistadores españoles por el genocidio de los mayas, los aztecas y por haber destruido sus templos, sus códices... su cultura (26). A fines del siglo XVIII, Ziller vive con su amiga negra Yembá entre los indios de Mato Grosso y se identifica con el escultor brasileño lisiado, "O Aleijadinho", y el dentista revolucionario Tiradentes. Más adelante encabeza la lucha de los argentinos contra los invasores ingleses a principios del siglo XIX. De acuerdo con los historiadores marxistas revisionistas, Ziller critica al "civilizado" Bernardino Rivadavia (71) y a los "cajetillas" unitarios (102) y parece apoyar a Rosas y sus "bárbaros" gauchos. Luego Ziller se dirige al sur del Brasil, donde llega a ser el jefe de un ejército guerrillero, sin que se identifique específicamente con la Guerra das Farroupilhas (1835-1845), guerra civil entre los republicanos y los federalistas de Rio Grande do Sul contra el gobierno central imperialista de la Regencia. Ubicando esa guerra dentro de la visión de mundo antiimperialista, Ziller arenga a sus tropas en términos internacionales y anacrónicos: "es la guerra contra el orgullo, decía, e imaginaba al adolescente Alejandro, el griego, y a las legiones romanas y a las naves de la Flota Invencible de los españoles y a los orgullosos británicos en la isla de Java, a todos esos señores del miedo, príncipes, ladrones, cardenales, papas, encomenderos de Indios, comerciantes holandeses [...]" (79-80).

Dos décadas después, Ziller se encuentra al lado de los paraguayos en su lucha contra las fuerzas imperialistas del Brasil, de la Argentina y del Uruguay. A fines del siglo XIX y a principios del XX, la nación imperialista contra la cual había que luchar eran los Estados Unidos: "Del Norte viene la tempestad" (103). Aunque Ziller y el narrador parecen totalmente antiimperialistas, hay indicaciones de que Orgambide puede estar parodiando la literatura antiimperialista. Un informe oficial de los Estados Unidos revela que uno de los consejeros de Ziller es Manuel Ugarte, quien está a punto de publicar una "*'Enciclopedia Antiimperialista' (22 tomos) [...] bajo el cuidado de un tipógrafo enfermo de anarquismo*" (107). Es posible interpretar el resumen en 31 páginas de la Enciclopedia como una parodia, una crítica del antiimperialismo dogmático.

Santiago Santillán, amigo mexicano del narrador criado en el barrio pobre de Tepito, dice que se interesa desde hace muchos años en los problemas raciales de los Estados Unidos. Sin embargo, sus amistades con "profesores, gente liberal" (194) y sus recuerdos de haber sido "hostigado por una pandilla" (194) en Harlem no concuerdan con la actitud antiimperialista de un revolucionario radical. Hay que recordar que en los años sesenta los radicales despreciaban a los liberales y que la evocación de la violencia de las pandillas en Harlem no ayuda a la causa radical. Además, si la novela critica tanto al imperialismo estadunidense, ¿por qué Santillán va a Houston después para una intervención quirúrgica que le salva la vida?

Hacia 1910 Ziller aparece en México como fotógrafo para retratar a Zapata, a Villa y "a otro extranjero, un tal Reed,[5] que, como él, amaba la justicia y la aventura" (146). Des-

[5] John Reed (1887-1920), periodista, escritor y revolucionario que estuvo en México en 1914 durante la Revolución. Ayudó a formar el Partido Comunista en los Estados Unidos, llegó a ser buen amigo de Lenin y presenció la Revolución bolchevique de 1917 en Rusia.

pués de la primera Guerra Mundial, Ziller participa en los conflictos gremiales, descritos en el discurso de los anticomunistas fanáticos: "'[…] la conjura judeomarxista aliada con la sinarquía, tiene su precursor: Edmund Ziller. Este miserable renegado, vendepatria y mercenario, a quien el Santo Oficio condenó a la hoguera, hoy ha ganado nuevos adeptos: maricas, delincuentes ideológicos y drogadictos […]'" (159). Otros nombres y sucesos revolucionarios del siglo XX que aparecen son: los marxistas peruanos José Carlos Mariátegui y César Vallejo y el chileno Luis Emilio Recabarren; la larguísima marcha de la Columna Prestes en el Brasil; el político revolucionario Francisco Julião del noreste del Brasil, hacia 1960; la masacre de Tlatelolco en 1968; la masacre de junio de 1973 en el aeropuerto de Ezeiza llevada a cabo por los peronistas partidarios de López Rega contra los Montoneros revolucionarios mientras esperaban la vuelta de Juan Perón de Madrid; el golpe militar chileno contra el presidente Allende en septiembre de 1973, y en 1976 la intervención violenta del gobierno mexicano en el periódico *Excélsior*.

Si he enumerado las hazañas revolucionarias de Ziller con demasiados detalles es para evitar que mis comentarios sobre sus deslices ideológicos se interpreten como un intento de rebajar su imagen revolucionaria. En cambio, lo que sí quisiera demostrar es que la novela es más heterodoxa de lo que parece a primera vista. Después de participar en la Guerra de la Triple Alianza (1865-1870), Ziller se casa con una rica estanciera argentina y goza de la buena vida de la oligarquía, que se describe dos veces en la novela. En el capítulo 12 de la Primera Parte, titulado "De los placeres de la música", Ziller se entusiasma tanto con los programas de música clásica presentados en el famoso Teatro Colón de Buenos Aires que se olvida de los problemas actuales de la injusticia social y el movimiento revolucionario. Sin embargo, vuelve a concientizarse cuando su esposa y sus primos oligárquicos condenan fuertemente el "peligro rojo, una peste que, según ellos, terminaría por devastar el planeta" (89). La música clásica pierde su importancia para Ziller frente a la imagen que tiene de un pelotón, en el cual figuran su esposa y sus primos, que se prepara a disparar contra los obreros y los estudiantes que llevaban el cadáver de Mozart al cementerio. En vez de oír la música tocada en el Teatro Colón, Ziller "oye" "al músico leproso de la India, a los juglares de Provenza, a un violinista ciego de un suburbio de Londres, a otro de Cuernavaca, a los tañidores de cítara, al tamboril del África […]" (90). ¿Se debe tomar en serio esta oposición entre la cultura elitista y la popular en una novela en que predomina un tono paródico, carnavalesco desde el primer capítulo? ¿Es posible que Orgambide esté parodiando la literatura de los marxistas ortodoxos? Sin embargo, hay que constatar que esta misma etapa de la vida de Ziller vuelve a aparecer hacia finales de la novela en forma de una carta dirigida al autor de un ex ministro del gobierno oligárquico. La carta describe a Ziller como un "bonvivant" que frecuentaba el Jockey Club, que se congeniaba con los estancieros más ricos gozando de la vida con la esgrima, los juegos de naipes, los amores extramatrimoniales y las apuestas en los hipódromos. El hecho de que Ziller haya desaparecido de la Argentina en 1910, según esa carta, podría confirmar la interpretación revolucionaria monológica de la novela, "leyendo" esas experiencias de Ziller como una infiltración en la oligarquía argentina para subvertirla y su salida en 1910 como una decisión de participar en la Revolución mexicana.

Más dialógicos son los papeles marxistas de Ziller y del narrador. "Un tal Edmund Ziller" (47) parece ser el autor del *Manual de Revoluciones*, publicado en el Ecuador hacia 1920. En 1943, durante el golpe militar en la Argentina, que señala el comienzo del primer régimen peronista, Ziller se explica a sí mismo por qué entró en el Partido Comunista: "Ellos tienen su lugar en el mundo, saben lo que quieren"

(230). Sin embargo, se siente incómodo al escuchar la reacción oficial del Partido a la incapacidad de un compañero polaco de aguantar la tortura de la policía: "las preguntas y consiguientes respuestas que Edmund Ziller comparaba a las preguntas y respuestas del catecismo en el colegio de curas y que, imprevistamente, había vuelto a encontrar en los informes del Partido" (232). Esta tercera parte de la novela lleva el título cargado de crítica anticomunista "Las leyes del juego" (225). Cuando Julio González, jefe de la célula, cita el aforismo de Lenin de que "el extremismo es la enfermedad infantil del comunismo" (232), Nino, el amigo idealista de Ziller, anuncia que va a dejar la célula para entrar en la Brigada de Choque. Esa misma noche Nino muere "baleado" (234) y González cae preso. Ziller recuerda con poco énfasis cómo él reemplazó a González como jefe de la célula: "[…] yo tuve que ocupar su lugar. Han pasado más de 30 años […]" (234). Más adelante, Plinio Bandeira, artista brasileño amigo del narrador, critica a Ziller: "ese hombre extraño que prefería la cábala al marxismo, diletante de mierda" (248), pero la sección termina con la descripción de la acción positiva de Ziller: "ocultando a los compañeros, proveyéndolos de pasaportes, de fe en lo inmediato (una casa, un arma, un plato de comida, un avión, un país amigo)" (249-250).

La postura ideológica de la novela en cuanto al marxismo se aclara aún más en el capítulo subsiguiente titulado "Vindicación de la escuela de la sabiduría". El tono del capítulo es obviamente irónico y se burla del marxismo dogmático a través del personaje Tito, quien "aboga por la teoría de Pavlov (reflejos condicionados)" (287), y la obsesión de Urrutia: "se calentaba con la tesis y la antítesis y la síntesis y la negación de la negación" (288). Teniendo en cuenta los muchos ejemplos de intertextualidad en la novela, el apellido Urrutia puede ser una alusión al director del Partido Comunista de Guatemala en la novela de Mario Monteforte Toledo, *Una manera de morir* (1957), una de las novelas más desaparecidas de la América Latina[6] por su denuncia muy fuerte del Partido Comunista cuyo dogmatismo se identifica con aquel de la Iglesia católica.

El narrador afirma, sin ironía, que él, Ziller y el poeta Raúl González Tuñón constituían el ala disidente de la Escuela de la Sabiduría y que proponían "una Poesía Total, una poética que abarcara diferentes disciplinas del pensamiento y la acción" (290). Raúl estaba afiliado al peronismo; Ziller era miembro del Partido Comunista que había luchado en la Brigada Internacional durante la Guerra Civil española; y el narrador había entrado en la Juventud Comunista a los 14 años, después de haber leído la poesía de González Tuñón.

[6] Durante el verano de 1955 conversé con mucha frecuencia con Monteforte Toledo en la ciudad de Guatemala, donde había fundado el semanario antiimperialista *Lunes* que criticaba valientemente al gobierno de Castillo Armas. Al mismo tiempo estaba escribiendo *Una manera de morir* que, según él mismo, le iba a ganar muchos enemigos entre sus propios amigos izquierdistas. En junio de 1956 Monteforte fue secuestrado de su casa y, junto con otros enemigos de Castillo Armas, fue llevado a la frontera con Honduras, amenazado de muerte. Lo dejaron en la frontera sin dinero y sin pasaporte. Monteforte, de alguna manera, llegó a Costa Rica donde el presidente José Figueres lo ayudó a conseguir un pasaporte que le permitió viajar a México donde radicó por muchos años. Cuando yo llegué a Guatemala, a fines de junio de 1956, la esposa mexicana de Monteforte me dijo que en dos ocasiones le habían registrado su persona y su equipaje con tanto detenimiento en el Aeropuerto Aurora que había perdido el vuelo a México. Ella tenía miedo de que le confiscaran el único manuscrito de la todavía inédita *Una manera de morir*. Como yo pensaba viajar en agosto por tierra a Costa Rica, ofrecí llevarle el manuscrito a Monteforte. El año siguiente fue publicado en México por el Fondo de Cultura Económica. Que yo sepa, la novela no fue reseñada en México ni en ningún otro país. Como Monteforte empezó a ganarse la vida publicando comentarios y análisis políticos en la revista izquierdista *Siempre!* y después consiguió un nombramiento de investigador de ciencias sociales en la Universidad Nacional Autónoma de México, no le convenía hacer ningún esfuerzo especial para que se divulgara más la novela. Hasta la fecha, lleva la distinción de ser tal vez la novela latinoamericana más ninguneada. Como Orgambide vivió en México entre 1974 y 1984, pudo haber conocido a Monteforte.

El capítulo titulado "Edmund Ziller, cartógrafo de la isla de utopía" refuerza la ideología heterodoxa o la postura dialógica de la novela cuestionando la fe de la Izquierda en la utopía de la Revolución cubana: "el ilustre intelectual mexicano D. Jesús Silva Herzog y el no menos ilustre escritor argentino D. Ezequiel Martínez Estrada, coinciden en que la Isla de Utopía y la Isla de Cuba son una y la misma cosa" (269). La colección de poemas de Ziller con su título ambiguo *Poemas lunares* —el doble sentido de la palabra "lunares"— se refiere a la Cuba revolucionaria disfrazada como mapa de fines del siglo XV. En vísperas de la salida de Santiago Santillán para Cuba, el narrador le advierte: "—Espero que las imágenes de la Revolución no le impidan encontrar ese mapa" (271).

Para resumir la respuesta a esta segunda pregunta ceremonial, *Aventuras de Edmund Ziller* es una novela revolucionaria pero de ninguna manera se podría llamar una novela marxista ortodoxa, lo que podría explicar su poca divulgación. El narrador, él mismo, conforme al estilo de las novelas autoconscientes, describe su propia interpretación de lo que es una novela revolucionaria. Los varios episodios amorosos de Ziller, incluso su matrimonio en la Nueva España con la gordísima Genoveva (quien podría haberse inspirado en los cuadros de Fernando Botero) no se consideran obstáculos a sus actividades revolucionarias. Los versos dedicados a Yembá "aluden tanto al placer erótico como al cálido y peligroso amor por la libertad y la justicia" (47). Inspirándose en el grabador mexicano José Guadalupe Posada, Ziller da una conferencia bajtiniana titulada "Teoría de lo Popular y de lo Cómico", en que

[...] las verdades absolutas, las leyes, las estatuas, la pompa, la represión, caen destruidas ante el embate de lo Cómico. La Muerte Cómica de Posada, la muerte de carnaval y fiesta, se burla de las jerarquías, aparece como un ex abrupto entre las buenas costumbres. Y, sin duda, quien maneja así la comicidad es un rebelde. Como Aristófanes, Rabelais, Defoe o Sade. Y nada importa que Posada desconociera a esos parientes de la Subversión. Él era uno de ellos. ¡Viva Posada, carajo! (281).

Después, Ziller expresa una actitud semejante frente a los marxistas ortodoxos en la Escuela de la Sabiduría:

> Ziller defendía, por decir así, una posición humanista, nada beligerante, proponía una apertura a diversas formas del conocimiento, reivindicaba a François Villon y a Enrique Santos Discépolo, a Agustín Lara y la poesía hermética. Esta heterodoxia, que Raúl y yo considerábamos la sal de la vida, era combatida por Tito de la manera más enérgica. Cada semana pedía nuestra inmediata expulsión [...] (290).

Hacia el fin de la novela, Ziller elabora, al estilo de Borges, una "Teoría de la Contradicción", tal vez con un toque de ironía, "donde el asesino de gauchos (Sarmiento) es también el Poeta del Porvenir, donde Guido y Spano pudo ser Homero, Matraca [podría ser] Hernández, Hernández [podría ser] Martín Fierro, y todos de algún modo [podrían ser] Ziller" (314).

Conforme con la actitud heterodoxa de esta novela frente a los marxistas ortodoxos, la tercera pregunta expresada en forma ritual es: ¿cómo se distingue esta novela histórica judía de todas las otras novelas históricas judías que se comentan en este libro? La respuesta es relativamente sencilla: Edmund Ziller, al igual que su creador Orgambide, no es más que medio judío. Mientras un apellido como Ziller parece judío en la América Latina, el nombre Edmund es más anglosajón, como el estadista inglés del siglo XVIII Edmund Burke. El carácter judío de Ziller proviene de su asociación con el judío errante legendario (142); de su identificación con todos los pueblos oprimidos y perseguidos del mundo cualquiera que sea su religión y su raza; y de su independencia, su heterodoxia intelectual. Por otra parte, no se les da mucha importancia a sus orígenes judíos y apenas si se mencionan las costumbres o las tradiciones judías. En efecto, la ausencia del costumbrismo judío se hace más obvia durante la descripción de cómo los mexicanos celebran el "Día de los Muertos" (261, 279) o cómo Ziller se pasea en el centro turístico de Xochimilco (161).

La novela empieza con un volante ilustrado donde se acusa en letras medio góticas al buscado Edmund Ziller de ser, entre otras cosas, salteador de caminos, pirata, cirujano, poeta y mercader. Su origen judío aparece sólo en la palabra "converso", que no se destaca por hallarse entre palabras más dramáticas como "hechicero de las macumbas i el vudú" y "hereje, chamán huichol" (9).

Aunque Ziller es el autor de "Proceso a Francisco Maldonado de Silva", proceso de un cirujano chileno acusado en 1626 de ser judío por la Inquisición,[7] y aunque el narrador cree que Maldonado de Silva y Ziller son casi la misma persona, Ziller, autor del texto de 1971 o 1791 (169), es llamado jesuita por el narrador (159) y "cristiano viejo" (173) por Santillán. Después el narrador pregunta: "¿No le parece curioso que elija como personaje a un judío que no es del todo judío, a un cristiano que no es del todo cristiano? Es un mestizo [...]. Ni judío ni cristiano, ni blanco ni indio" (191).

Sin embargo, hacia el fin de la novela se hace más hincapié en el origen judío tanto de Ziller como del narrador. Ziller recuerda su niñez en una colonia judía de Entrerríos (256) y el narrador cierra la novela con una página titulada "IN MEMORIAM" en que reconoce el gran parecido entre Ziller y su abuelo loco quien desfiló en las manifestaciones laborales como secretario del Socorro Rojo Internacional; su

[7] El doctor Francisco Maldonado de Silva figura como protagonista de dos novelas históricas tradicionales muy buenas: *Camisa limpia* (1989) del chileno Guillermo Blanco (1926) y *La gesta del marrano* (1991) del argentino Marcos Aguinis (1935).

abuelo, "que salió indemne de los sablazos de la caballería durante la Semana Trágica" (317) de 1919; y su abuelo, quien se crió en Odessa a fines del siglo XIX, igual que mi propia abuela materna.

Para cerrar el análisis de la novela de Orgambide, necesito obviamente una cuarta pregunta ceremonial. ¿Cómo se distingue esta NNH de todas las otras NNH analizadas en este libro? La respuesta es sencilla. No es distinta. Comparte con éstas los rasgos más importantes de la NNH. Además de sus características bajtinianas de lo dialógico, lo carnavalesco, la intertextualidad, la parodia y la metaficción, *Aventuras de Edmund Ziller* concede más importancia a los conceptos filosóficos borgeanos de la historia que a la recreación realista de los distintos periodos históricos. A pesar de no tener protagonista histórico, sí tiene algunos personajes históricos que desempeñan papeles secundarios en la novela con las consabidas distorsiones juguetonas.

Antes de la publicación de *El arpa y la sombra* (1979) de Carpentier y de *Los perros del Paraíso* (1983) de Posse, Orgambide incluyó en *Aventuras de Edmund Ziller* (1977) una ópera cómica titulada *Don Cristóbal,* montada por Ziller en el teatro de Manaos ante un público de empresarios caucheros y sus esposas. El Colón apócrifo se presenta como hijo de Américo Vespucci y de una mujer que podría haber procedido de Italia, España, Inglaterra, Portugal u Holanda. En la corte real de España, "los sirvientes [inclusión de la picaresca] insinúan un posible amorío entre la soberana y el forastero" (99). Las distorsiones históricas, sin embargo, no llegan a los extremos de las distorsiones musicales. Junto con las arias típicas del siglo XIX, el montaje de Ziller incluye la *Danza de los ratoncitos* y un cancán. Lo más ingenioso de este capítulo de solamente cuatro páginas es que se narra como un resumen de cada acto, en orden lineal, en el discurso de un crítico de música profesional, otro ejemplo más de la heteroglosia de la novela.

Ziller también es Jonás y Jesús. El narrador cuenta cómo vio a Ziller en la cruz como actor en la presentación callejera de *La Pasión* durante Semana Santa, alusión a las presentaciones anuales en Iztapalapa, D. F., en la ciudad de México. Para mayor sorpresa todavía, Ziller se convierte en el "verdadero" Jesús, se escapa de la cruz y va a la India donde uno de los santos le enseña la humildad y luego muere a los 76 años en Roma (257). En un capítulo anterior, Ziller había adoptado otra reencarnación de Jesús, el gaucho Buenaventura (posible alusión al dramaturgo colombiano revolucionario Enrique Buenaventura) llamado *el Nazareno,* quien logra sobrevivir gracias a los esfuerzos de su ejército de oprimidos indios, negros, mestizos y mulatos (50) contra las fuerzas del capitán general de la provincia del Río de la Plata. En otro ejemplo de lo dialógico, se presentan dos versiones de lo ocurrido. Las hazañas de *el Nazareno* son cantadas por su cantor folklórico, mientras el capitán general va acompañado de Jiménez Toledo, "autor de comedias y poemas e historias fantasiosas, empleado a la sazón como cronista" (49), quien "vio caer un meteoro, vio cómo se quemaba en la atmósfera un ángel colérico" (50) y sueña una obra teatral sobre la fuga de *el Nazareno* perseguido por el capitán general.[8]

Pese a la falta de una trama coherente y la falta de personajes claramente definidos y desarrollados; pese a su incursión en la historia contemporánea (el golpe militar chileno de 1973 y el escándalo mexicano de *Excélsior* de 1976), y

[8] Además de las dos interpretaciones de Orgambide, hay por lo menos otras cuatro versiones de Jesús las NNH y otras novelas históricas a partir de 1975, inspiradas probablemente en el cuento de Borges "Tres versiones de Judas". En *Terra nostra* (1975) de Carlos Fuentes, la versión cristiana de la crucifixión de Jesús (694-698) se complementa con otra apócrifa: no fue Jesús el crucificado sino su discípulo Simón de Cirene, mientras Jesús siguió viviendo oculto en Alejandría por muchos años antes de ir a Roma donde presenció las persecuciones de sus discípulos por Nerón (202-203, 217-219). Fuentes da énfasis a los aspectos judíos de Jesús. En cambio, en *La piedra que era Cristo* (1984), del venezolano Miguel Otero Silva, el Jesús

pese a la ambigüedad de la identidad judía del protagonista, *Aventuras de Edmund Ziller* (1977) merece mayor atención de los críticos. Aunque no estoy insinuando que merece colocarse en el mismo nivel que las NNH de Vargas Llosa, Posse, Del Paso, Piglia y Fuentes, sí comparte con ellas muchos de los rasgos de la NNH y figura entre las primeras, aun precediendo a *El arpa y la sombra* (1979) de Carpentier.

A estranha nação de Rafael Mendes, podría haberse titulado *Aventuras de Rafael Mendes no Brasil*, pero las diferencias entre la NNH de Orgambide y la novela histórica magicorrealista de Moacyr Scliar son mucho más grandes que las semejanzas. Las dos novelas se basan en el concepto del judío errante; las dos abarcan más de 2 500 años desde el profeta Jonás hasta 1975-1976; y las dos incluyen entre sus personajes a Jonás, Jesús, Cristóbal Colón y Tiradentes. Sin embargo, *A estranha nação de Rafael Mendes* se aproxima mucho más a una novela tradicional que a una "novela fragmentaria"; es más realista que carnavalesca, y es más una novela judía que *Aventuras de Edmund Ziller*. Como novela tradicional, las primeras 67 páginas de *A estranha nação de Rafael Mendes*, más o menos el 25% de la novela, y las últimas 37 páginas transcurren en 1975 en Porto Alegre, Brasil,

cristiano se separa claramente de los hebreos, israelitas y judíos, quienes se retratan negativamente. De acuerdo con la afiliación marxista del autor, la novela termina con una nota revolucionaria: "vivirá por siempre en la música del agua, [...] en la paz de los pueblos, en la rebelión de los oprimidos, sí, en la rebelión de los oprimidos, en el amor sin lágrimas" (162).

En *El signo del pez* (1987) del colombiano Germán Espinosa, la figura de Jesús se funde con la de Saúl/Pablo y la mayor parte de la novela está dedicada a éste y a sus esfuerzos por reconciliar las creencias judías con el helenismo. Por casualidad, el mismo año, el mexicano Gerardo Laveaga publicó *Valeria*, que retrata a Ieshúa (Jesús) como un renegado de los celotas que quisiera restaurar la gloria anterior de los judíos cultivando la amistad de los romanos. El título de la novela proviene de su amante Valeria, hija de un alto oficial romano durante el régimen de Tiberio. Después de haber vivido en Roma, Ieshúa vuelve a Israel, donde vaga en el desierto y comienza a predicar como el Mesías.

con una trama dramática y personajes realistas. El protagonista, Rafael Mendes, católico, es socio ingenuo en una empresa de inversiones corrupta dirigida por Boris Goldbaum, cuyo apellido, "árbol del oro", refleja su carácter de negociante falto de escrúpulos. Además, es mujeriego. La preocupación principal de Mendes es su hija rebelde y bohemia. Sin embargo, si la obra comienza como novela psicológica realista con algo de protesta social, se insinúa desde el principio un toque magicorrealista con las pesadillas del protagonista: manoplas de hierro de los cruzados, las hogueras de la Inquisición y la cabeza cortada de Tiradentes. O sea que, por asimilado que esté Rafael Mendes, su herencia judía no puede borrarse de su subconciencia.

El puente entre el presente y el pasado se establece por la aparición inesperada de una caja en la puerta del departamento de Mendes, caja que contiene libros de historia, un cuaderno y una foto de Mendes de niño con sus padres, del año 1938. Resulta que la caja fue dejada allí por el profesor Samar-Kand, genealogista que conocía al padre de Rafael y que le había trazado su genealogía desde Jonás. La mayor parte de la novela, más o menos el 60%, está dedicada a las historias, en orden cronológico, de los antepasados del protagonista Rafael Mendes desde Jonás hasta su padre, quien abandonó a su familia en 1938 para pelear en la Guerra Civil española contra Franco. Irónicamente, el Rafael Mendes protagonista está obsesionado con la condición comatosa del dictador español en 1975 .

La novela termina con un ritmo acelerado que hace pensar en las películas de tipo *thriller*. Mendes descubre que su hija se está escapando con su socio embaucador Boris. A toda velocidad se dirige al aeropuerto y llega a tiempo para impedir que aborden el avión. Boris y Rafael van a la cárcel acusados de desfalco. Boris escapa con la ayuda de un médico; Franco acaba por morir; Rafael termina por aceptar su herencia judía y evoca los recuerdos de todos sus antepasados.

En las 164 páginas dedicadas a la elaboración de la genealogía de Rafael Mendes, las historias de las 10 generaciones de sus antepasados (con algunos saltos), todos nombrados Rafael Mendes, se narran en un estilo conciso poco adornado pero salpicado de realismo mágico. La historia de cada generación ocupa entre siete y 14 páginas, a excepción de la del padre del protagonista, cuya historia se narra con más detalles ocupando unas 55 páginas.

Antes de las historias individuales de los 10 Rafael Mendes, el "Primer Cuaderno del Cristiano Nuevo" narra las historias de tres antepasados importantes: el profeta Jonás, el de la ballena; el esenio Habacuc ben Tov[9] en los tiempos de Jesús, y el gran médico y filósofo del siglo XII, Moisés Maimónides.

El vagar de los judíos, lo mismo que la dicotomía entre los judíos buenos, los perplejos, y los judíos malos, codiciosos y llenos de confianza en sí mismos, comienza con Jonás. En efecto, la sección sobre Jonás empieza con la palabra *"perplexo"*: "Perplexo, recebeu Jonas do Senhor a missão de profetizar contra a corrupta cidade de Nínive" ("Perplejo, recibió Jonás del Señor la misión de profetizar contra la corrupta ciudad de Nínive") (77). Por una parte, Jonás rechaza la insinuación de su padre de que debería intervenir con Dios para encontrar el árbol del oro tanto como rechaza las tentaciones del bandido siniestro y de la lujuriosa sacerdotisa de Astarté dentro del vientre de la ballena. En cambio, Jonás no comprende por qué Jehová no lleva a cabo las profecías con las cuales él ha amenazado a los pecadores de Nínive. Con un lenguaje sencillo, común, lenguaje típico de toda la novela, Jonás decide abandonar su misión: "Não podemos trabalhar juntos: eu, perplexo e Tu enigmático, isto não vai dar certo. Chega" ("No podemos trabajar juntos: yo

___

[9] Elena Garro utiliza una variante del nombre Abacuc para el héroe legendario de los cristeros en *Recuerdos del porvenir*.

perplejo, y Tú, enigmático, esto no va a resultar. Basta")
(84). Jonás sale de Nínive y vaga delirando en el desierto
hasta que ofende a Dios confundiendo un árbol de sombra,
colocado allí por Dios para ayudarlo, con el árbol del oro.

Habacuc ben Tov también empieza como judío bueno rechazando las disputas entre los saduceos y los fariseos,
abandonando a su mujer infiel en Jerusalén, rechazando a
Jesús como el mesías a pesar de haberlo visto caminar sobre
el agua y juntándose con los esenios. Sin embargo, mientras
huye con Noemí después de haber matado a su rival, comete
el error de preguntarle si llevaba las semillas del árbol del
oro. Allí termina su amor idílico: "a cobiça envenenou-lhes a
vida. Como Adão e Eva depois do fruto da Arvore da Ciência
do Bem e do Mal, não mais terão descanso" ("La codicia les
envenenó la vida. Como Adán y Eva después de la fruta del
Árbol del Conocimiento del Bien y del Mal, ya no tendrán
descanso") (92). Dios condena a los descendientes de Habacuc a vagar por todo el mundo, "até que a palavra dos Filhos
da Luz seja ouvida" ("hasta que la palabra de los Hijos de la
Luz sea oída") (93), otra versión del origen de la leyenda del
judío errante.

Sin embargo, Habacuc y Noemí llegan a España y pros-
peran. Sus descendientes viven en Toledo bajo los romanos,
los visigodos y los moros. En el siglo XII vuelve a aparecer el
tema del judío errante con la expulsión de Maimónides y su
familia por los fanáticos almohades. Van a El Cairo donde se
manifiesta el primer ejemplo de los muchos pares maniqueos
de judíos (como el actual Rafael Mendes y su socio Boris
Goldbaum): Maimónides llega a ser el médico y filósofo ge-
neroso y abnegado, mientras su hermano David se obsesiona
con el negocio de la joyería y la búsqueda del árbol del oro.
Maimónides es obligado a aceptar el nombramiento de médico en la corte del sultán Saladino y justifica su abandono de
los enfermos pobres, tratándolos en su imaginación. La manera muy sencilla en que se presenta esta actividad bastante

extraña cae dentro de la corriente magicorrealista y recuerda las cartas de Fernanda del Carpio dirigidas a los médicos imaginarios en *Cien años de soledad:* "Maimónides dedica-se a tratar doentes fictícios" ("Maimónides se dedica a tratar enfermos ficticios") (100). Además de escribir su obra maestra *Guía de los perplejos*, él mismo se enfrenta perplejo a una situación muy difícil: o curar a Saladín del cólera cumpliendo con su responsabilidad profesional o dejarlo morir porque Saladín piensa firmar un tratado con el cruzado Ricardo, que afectaría negativamente tanto a los musulmanes como a los judíos. Por casualidad, Maimónides se libra de la decisión porque Saladín muere pronto y los descendientes de Maimónides vuelven a España.

Una vez establecido el modelo dualista, el espacio se cambia a Portugal y al Brasil. El nombre de Rafael Mendes proviene de Maimónides: "Rafael" significa, en hebreo, "médico de Deus" (108) y Mendes es una forma abreviada de Maimónides. Los hijos se nombran con el mismo nombre de su padre para despistar a los oficiales de la Inquisición en el norte de Portugal, puesto que la religión judía prohíbe que los niños se nombren por un pariente vivo. Antes de proceder con la historia de la familia Rafael Mendes, el narrador resume en media página los orígenes medievales del antisemitismo.

Os judeus despertavam inveja e temor. Eles eram médicos e poetas, astrônomos e filósofos; mas eram sobretudo comerciantes e financistas.

Durante toda a Idade Média os judeus eram os únicos intermediários comerciais entre o Ocidente e o Oriente. Falavam todas as línguas importantes: o persa, o latim, o árabe, o francês, o espanhol, os idiomas eslavos. Saindo da Espanha e da França levavam para a India e a China peles, espadas e eunucos; voltavam com almíscar, aloés, cânfora; cravo e canela; tecidos orientais. Mas, para comprar todas estas preciosidades —e mais, para montar as freqüentes expedições guerreiras— os senhores feudais precisavam de dinheiro. A usura sendo proibida aos christãos, tal atividade foi reservada aos judeus, que aliás, se prestavam às maravilhas para isto; se os barões não podiam pagar as dívidas contraídas, tudo o que tinham a fazer era desencadear um massacre (108-109).

(Los judíos despertaban envidia y temor. Ellos eran médicos y poetas, astrónomos y filósofos; pero eran sobre todo comerciantes y financieros.

Durante toda la Edad Media los judíos eran los únicos intermediarios comerciales entre el Occidente y el Oriente. Hablaban todas las lenguas importantes: el persa, el latín, el árabe, el francés, el español, los idiomas eslavos. Saliendo de España y de Francia llevaban para la India y la China pieles, espadas y eunucos; regresaban con almizcleña, áloes, alcanfor; clavo y canela; tejidos orientales. Pero, para comprar todas estas preciosidades —y más, para montar las frecuentes expediciones guerreras— los señores feudales necesitaban dinero. Siendo prohibida la usura a los cristianos, tal actividad fue reservada a los judíos, quienes además se prestaban a las mil maravillas para esto; si los barones no podían pagar las deudas contraídas, lo único que tenían que hacer era desencadenar una masacre.)

A causa de la naturaleza picaresca de *Aventuras de Edmund Ziller* y a causa de su énfasis en los conflictos históricos entre las fuerzas hegemónicas y una variedad de grupos marginados y perseguidos (negros, mulatos, indios, anarquistas, comunistas y otros), no resalta tanto el carácter judío del protagonista. En cambio, en *A estranha nação de Rafael Mendes* el tema principal de la novela no es la denuncia de los enemigos de la democracia o del socialismo, sino la sobrevivencia asombrosa de los judíos, con énfasis en los casi 500 años de la historia del Brasil, junto con el carácter dualista del judío arquetípico: el negociante falto de escrúpulos y obsesionado por el dinero que se simboliza con el árbol del oro y el filósofo moral y perplejo que desdeña las riquezas materiales y se identifica con los oprimidos. El mismo Scliar, judío practicante cuyos abuelos emigraron al

Brasil desde Rusia, ha descrito su propia relación con el judaísmo como dialéctico. En la reseña de la traducción de la novela, que publicó Mark Day en *Los Angeles Times*, se cita a Scliar: "Judaism itself is dialectical [...]. Within it there is a Marx and a Rothschild, the philosopher Martin Buber and the gangster Meyer Lanski" ("El judaísmo mismo es dialéctico [...]. Dentro de él caben un Marx y un Rothschild, el filósofo Martin Buber y el gángster Meyer Lanski") (2, 9). Aunque Goldbaum y sus antepasados materialistas se retratan en forma negativa, afortunadamente los dos arquetipos no se presentan siempre en términos maniqueos.

El primer Rafael Mendes es un cartógrafo portugués quien no puede participar en el primer viaje de Cristóbal Colón al Nuevo Mundo a causa de la oposición de su padre y porque pierde el partido de ajedrez[10] con Colón en el monasterio de La Rábida. En esa época, la quinta parte de la población portuguesa es de origen judío y, por lo tanto, sujeto a la persecución por la Inquisición. Aunque el hijo del cartógrafo y su amigo Afonso Sanches son encarcelados y torturados y aunque las generaciones siguientes de los Rafael Mendes también son perseguidos por la Inquisición hasta 1773, cuando queda abolida por el marquês do Pombal la distinción entre los cristianos viejos y los nuevos, la novela de Scliar insiste más en la "extraña nación" que en la "nación sufrida", sobre todo, en la sobrevivencia de esta "extraña nación". Aunque el nieto del cartógrafo es bautizado en 1591, sigue practicando secretamente la religión judía, lo mismo que sus descendientes en los próximos dos siglos.

[10] Abundan los partidos de ajedrez a través de la novela, muchas veces como una manera de resolver una disputa pero también como simple juego. El hijo del cartógrafo y su amigo Afonso Sanches aguantan las horribles condiciones en el calabozo de la Inquisición jugando ajedrez... con piezas y tabla imaginarias (116), que evocan los nuevos reglamentos para el ajedrez propuestos por Tardewski en *Respiración artificial* y constituyen todavía otra prueba de la influencia de Borges en las NNH.

Una excepción a la persecución constante es la extraña ocupación de Pernambuco entre 1630 y 1654 por los holandeses más tolerantes y la conversión de Recife en "a Jerusalem do Novo Mundo, a cidade onde as glórias da fé mosaica podiam ser proclamadas numa belíssima sinagoga, toda ornamentada em jacarandá e ouro" ("la Jerusalén del Nuevo Mundo, la ciudad donde las glorias de la fe mosaica podían ser proclamadas en una bellísima sinagoga, toda adornada en jacaranda y oro") (132). Con la reconquista portuguesa de Pernambuco, vuelve la persecución de los judíos por la Inquisición. Con la llegada del llamado Siglo de las Luces, un amigo de otro Rafael Mendes propone una solución verdaderamente ingeniosa:

> Um refúgio seguro para as perseguições é o que ele imagina: a *Nova Sião*. Trata-se de uma gigantesca plataforma de madeira, medindo vinte léguas de comprimento, por outro tanto de largura. Sobre esta plataforma serão construídas casas, escolas, oficinas, uma sinagoga [...]. Cento e vinte Passarolas farão com que esta monumental estrutura se eleve no ar, até a altura de légua e meia, mais ou menos; e, ao sabor das correntes aéreas percorrerão o Brasil, de norte a sul, de leste a oeste. Lá em cima, os judeus estarão mais próximos a Deus (159).
>
> (Un refugio seguro para las persecuciones es lo que él imagina: el *Nuevo Sión*. Se trata de una gigantesca plataforma de madera que mide 20 leguas de largo y otras tantas de ancho. Sobre esta plataforma se construirán casas, escuelas, talleres, una sinagoga [...]. Ciento veinte Passarolas servirán para que esta monumental estructura se eleve en el aire, hasta la altura de legua y media, más o menos; y, al sabor de las corrientes aéreas recorrerán el Brasil, de norte a sur, de este a oeste. Allá arriba, los judíos estarán más próximos a Dios.)

Los 120 "Passarolas" o globos constituyen una alusión intertextual a *Memorial do convento* (1982), novela muy elogiada del portugués José Saramago que se ubica en el Portugal de principios del siglo XVIII.

Los nuevos cristianos siguen practicando secretamente el judaísmo hasta fines de la década de 1840, cuando el ex compañero de Garibaldi en la Guerra das Farroupilhas se casa, engendra un hijo y no le dice que es judío... pero sí le adormece con la canción de cuna ladina, que se menciona por primera vez en la descripción de los descendientes españoles de Maimónides: "Duerme, duerme, mi angelico / Hijico chico de tu nación... / Criatura de Sión, / no conoces la dolor" (106). La canción de cuna sobrevive de generación en generación hasta llegar al padre del Rafael Mendes actual, quien la canta sin darse cuenta de su significado ni de su origen. Sin embargo, este hombre es el médico quien, en 1936, en la tradición de Maimónides, prefiere ayudar a los pobres indios en las zonas rurales del estado de Rio Grande do Sul, que sufren de una epidemia causada por el agua contaminada, que colaborar con el gobierno de Getulio Vargas y los ricos terratenientes. Éste también es el hombre quien, gracias al genealogista, descubre sus raíces judías, abandona a su familia para pelear en la Guerra Civil española, pero nunca llega a España, porque muere en alta mar, probablemente a causa de la epidemia de los indios.

La extraña sobrevivencia de los judíos en el Brasil se refuerza por su contacto con los indios y los negros. Cuando el hijo del cartógrafo y su amigo Afonso Sanches llegan al Brasil a principios del siglo XVI, unos indios los llevan presos a su pueblo donde el jefe, en buen estilo magicorrealista, los saluda en hebreo: "Bruchim habaim" ("Benditos los que vienen") (124). El jefe explica que desciende de uno de los hijos del rey Salomón quien, como castigo por su rebeldía en contra de su padre, fue colocado, junto con sus colaboradores y familiares, en un barco sin timón, "para que vagassem à deriva: sábio castigo para quem havia perdido o rumo" ("para que vagaran a la deriva, sabio castigo para quien había perdido el rumbo") (124). Han mantenido por más de 2 500 años su conciencia de sus orígenes judíos gracias al hecho de que en cada generación "um é encarregado da guarda da Torá, trazida de Jerusalém" ("uno es encargado de guardar la Torá, traída de Jerusalén") (125).

Cuatro generaciones después, otro Rafael Mendes y su amigo Álvaro caen presos de un grupo de negros en el interior de la provincia de Bahía. Llevados al pueblo, el jefe los salva porque recuerda haber conocido a un negro judío en África quien afirmaba ser descendiente del rey Salomón y la reina de Saba, alusión a la sobrevivencia extraña, magicorealista pero auténtica, de los falashim, los judíos etíopes de la actualidad.

Aunque la palabra *nação* en la novela siempre se refiere a los judíos, también podría aplicarse al Brasil. Las varias generaciones de los Rafael Mendes proporcionan un resumen geográfico e histórico del país (sobre todo, desde el punto de vista económico). El hijo del cartógrafo y su hijo viven entre los indios del norte del Brasil y siembran caña de azúcar. Luego Rafael Mendes se traslada hacia el sur a Olinda, establece un negocio y en 1593 se hace amigo del primer poeta brasileño Bentos Teixeira. Durante la ocupación holandesa, otro Rafael Mendes llega a ser dueño de una óptica muy próspera en Recife. El siguiente Rafael Mendes se instala en Maranhão, se hace profesor y, junto con el padre Antonio Vieira, defiende a los indios contra los abusos de los dueños de las fincas de caña y de tabaco. Las siguientes generaciones viven en Bahía, Río de Janeiro y Minas Gerais. A fines del siglo XVIII, Rafael Mendes por poco muere cuando su amigo dentista, el prócer Tiradentes, le saca una muela. Después de reponerse a tiempo para presenciar la ejecución de Tiradentes, Mendes viaja a São Paulo, donde los judíos han gozado de prestigio durante varias generaciones como médicos, farmacéuticos y negociantes que costean las expediciones de los "bandeirantes" que buscan en el interior de la provincia oro, otros metales preciosos e indios para esclavizar. Al buscar el árbol del oro, Rafael

Mendes y su compañero perplejo Bentos Seixas topan con lo que llaman un cafetal inútil, "esse veneno tropical" (174). Completando el resumen brasileño, ese Mendes sigue su camino hacia el Sur, hasta Rio Grande do Sul, donde él y sus descendientes se quedan, participando en la Guerra das Farroupilhas y trabajando de ingeniero en el ferrocarril de la familia francesa Rothschild a mediados del siglo XIX y de oficial de salubridad pública en el gobierno de Getulio Vargas en la década de los treinta.

La imagen de la nación judía dentro de la nación brasileña que se proyecta en la novela puede ser dualista pero en general predomina la imagen positiva por dos motivos. En primer lugar, los judíos buenos y perplejos son normalmente los Rafael Mendes con quienes el lector se identifica, mientras los buscadores del árbol del oro suelen ser los otros, aunque sean amigos. En segundo término, el tono magicorrealista de toda la novela refleja una visión de mundo optimista, o sea que a pesar de las persecuciones y la asimilación, la extraña nación de Rafael Mendes seguirá sobreviviendo gracias a una variedad de factores entre los cuales figura la vieja canción de cuna ladina.

Para cerrar con broche de oro magicorrealista estos comentarios sobre la novela de Scliar, el 26 de enero de 1993 se publicó en *Los Angeles Times* (H/2) un reportaje sobre la Sociedad Hebraica para el Estudio del Marranismo, fundada hace dos años en el Brasil. Según esa sociedad, ¡hasta 15 millones de brasileños son de ascendencia judía y algunos de ellos están reconvirtiéndose actualmente al judaísmo!

Dos versiones poco parecidas de la vida de los judíos
bajo la Inquisición: las novelas de Homero Aridjis
y de Angelina Muñiz

Aunque la Inquisición desempeña un papel importante en las novelas de Orgambide y de Scliar, su persecución inexorable de los judíos no deja una impresión muy fuerte en el lector tanto por el enfoque muralístico como por el tono carnavalesco. En cambio, en *1492: vida y tiempos de Juan Cabezón de Castilla* (1985) de Homero Aridjis y en *Tierra adentro* (1977) de Angelina Muñiz, los narradores son, respectivamente, un converso y un judío cuya vida entera está casi totalmente entretejida con la Inquisición: "Mi abuelo nació en Sevilla a seis días de junio del año del Señor de 1391, el mismo día en que el arcediano de Écija, Ferrán Martínez, al frente de la plebe cristiana, quemó las puertas de la aljama judía, dejando tras de su paso fuego y sangre, saqueo y muerte" (Aridjis, 11); "Mi nombre es Rafael. Nací en Toledo, un día de otoño de 1547. Desde niño, mi abuelo me sentaba a su lado y sacaba con cuidado y con respeto una Biblia en hebreo y me enseñaba las letras [...]. Años atrás, la Inquisición lo había enjuiciado, había sufrido torturas y su mente quedó trastornada" (Muñiz, 9-10). Sin embargo, a pesar de los comienzos semejantes, sería difícil encontrar dos novelas sobre el mismo tema tan diferentes como éstas.

Como indica el título de la novela de Aridjis, la recreación de los tiempos de Juan Cabezón tiene por lo menos la misma importancia que la narración de la vida del protagonista. En realidad, la caracterización de Juan Cabezón está subordinada al montaje de un amplio panorama de la España de 1391-1492, pero con mayor énfasis en los últimos 11 años: entre el establecimiento de la Inquisición en España en 1481 y la expulsión de los judíos en 1492.

Aunque Juan Cabezón es el único narrador de toda la novela, tiene dos funciones. Es simultáneamente y a veces alternativamente protagonista de una novela picaresca o *Bildungsroman* y narrador omnisciente muy bien documentado. Su niñez está mediatizada a través del *Lazarillo de Tormes* y él sigue ligado al converso ciego Pero Meñique a través de gran parte de la novela hasta que a éste lo matan por haber asaltado a un escribano de la Inquisición, confundiéndolo con el infame Torquemada. La parte más lograda y más íntima de la vida de Juan Cabezón consta de su amor y su iniciación sexual con Isabel de la Vega, una conversa refugiada quien, junto con su hermano, han sido quemados en efigie en Ciudad Real. A diferencia de la mayoría de las Nuevas Novelas Históricas, las escenas de amor no se describen con el exagerado erotismo carnavalesco. Como Ernie Levy y su novia Golda de *El último de los justos* de Schwarz-Bart, Juan e Isabel hacen su propia ceremonia matrimonial, solos en la cama, mientras los perseguidores los van asediando. Al darse cuenta de que está encinta, Isabel huye sola. Toda la historia de amor sólo ocupa unas 50 páginas —la novela tiene 410—, pero la búsqueda de Isabel durante años por Juan da la ocasión al autor de ampliar su visión muralística de España con descripciones detalladas de Zaragoza, Calatayud, Teruel, Toledo, Ávila y Cádiz. Juan acaba por encontrar a Isabel, pero sólo a tiempo para despedirse de ella. Acompañada de su hijo, ella sube al barco de los judíos expulsados después de decirle a Juan que los busque en Flandes. De un modo poco convincente él le indica que los buscará pero sólo después de buscar su fortuna en el Nuevo Mundo.

Los defectos de la trama y de la caracterización del protagonista se compensan en parte por la recreación de la vida española del siglo XV: los reinados de Juan II, Enrique IV y Fernando e Isabel; la geografía; el poder de la Inquisición; los varios ladrones, pordioseros, prostitutas y otros tipos sacados del *Lazarillo de Tormes* y otras novelas picarescas; y, sobre todo, la variedad de discursos (heteroglosia) que incluye los pregones oficiales, la jerga salaz de las prostitutas y

237

sus amigos, el dialecto arcaico de los judíos y los conversos y el lenguaje legalista de los documentos de la Inquisición.

Aunque *1492* no tiene los requisitos para ser clasificada como Nueva Novela Histórica, ha sido una de las recientes novelas históricas de mayor éxito, a pesar de sus defectos. Además de sus cualidades intrínsecas, la obra de Aridjis ha gozado de una serie de circunstancias muy distintas de las que atendían la publicación de *Tierra adentro.* Mientras ésta se publicó en 1977 antes de que se estableciera la moda dominante de la novela histórica, *1492* se publicó en 1985, cuando algunas de las obras claves de la NNH ya se habían publicado y cuando los críticos ya empezaban a reconocer la importancia de la tendencia. El título de la novela de Aridjis se identificaba obviamente con la celebración del quinto centenario colombino, mientras el título de la novela de Muñiz no daba ninguna indicación ni de época ni de espacio. Aunque las dos novelas se publicaron con la edición limitada y normal de los 3 000 ejemplares, la fama de *1492* ha crecido gracias a la gran propaganda que acompañó a la publicación de su obra complementaria, *Memorias del Nuevo Mundo,* que traza las aventuras de Juan Cabezón en el primer viaje de Colón lo mismo que en la conquista de México. *Memorias del Nuevo Mundo* recibió el premio internacional Novedades-Diana para 1988 y fue repartida, junto con una segunda edición de *1492,* en una caja de cartón bastante atractiva. Aun antes de la publicación de *1492,* Homero Aridjis (1940) era un poeta bien conocido quien figuró en el *Diccionario de Escritores Mexicanos* de 1967 como "uno de los jóvenes poetas mexicanos con personalidad más definida" (22). Además de su fama literaria, Aridjis logró una fama política nacional e internacional como fundador del Grupo de los Cien, una organización ecológica que cuenta con Carlos Fuentes y otros intelectuales y artistas importantes del mundo entero. *1492* fue traducida al inglés por Betty Ferber y publicada en 1991 por Summit Books. En el *New York Times Book Review*

238

del 28 de julio de 1991 se publicó un anuncio comercial de media página con las acostumbradas citas exageradas de los periódicos de París, Bruselas, Madrid, Boston y Nueva York. En letras más grandes aparece una cita de Carlos Fuentes consagrando la novela de Aridjis como "an epic novel that comes to life with both historical and poetic resonance" ("una novela épica que cobra vida con resonancia tanto histórica como poética") (13). El mes anterior, el mismo periódico publicó una reseña muy entusiasta de Allen Josephs. Sin embargo, éste reconoce en el siguiente párrafo la evocación excesiva de los nombres de calles de fines del siglo XV (y de apellidos, yo agregaría) y la incapacidad del protagonista Juan Cabezón de compartir el sufrimiento de su querida Isabel y de los otros judíos y conversos perseguidos.

If this richly textured novel has any defect, it is the author's relentless desire to re-create late fifteenth-century Spain in all its myriad, horrific detail, down to every sight, scent and street name. Yet Mr. Aridjis's meticulous research and painstaking reconstruction have a deep and resonating appeal for devotees of revisionist history. True to this epoch, Cabezón usually limits himself to witnessing events, however complex, witholding judgment.
(Si esta novela ricamente tejida tiene algún defecto, es el deseo implacable del autor de re-crear a la España de fines del siglo XV con todos sus detalles horribles, hasta cada vistazo, cada olor y cada nombre de calle. Sin embargo, la investigación meticulosa y la reconstrucción laboriosa del señor Aridjis tienen un encanto profundo y resonante para los aficionados a las revisiones históricas. De acuerdo con su época, Cabezón suele limitarse a presenciar los sucesos, por complejos que sean, sin emitir juicios [16 de junio de 1991, p. 11].)

La relativa falta de identificación del narrador Cabezón con el mundo que describe puede atribuirse a los antecedentes no judíos del propio Aridjis. Aunque su padre era inmi-

239

grante griego que simpatizaba con sus amigos sefarditas, la madre del poeta era mexicana y Homero nació y se crió en el pueblo de Contepec, Michoacán, donde la presencia de cultura judía era mínima para no decir inexistente.

En contraste con los factores extrínsecos que han contribuido a la fama de *1492*, Angelina Muñiz y su novela *Tierra adentro* han sido, hasta hace poco, relativamente marginadas. En efecto, dan ganas de decir que como judía sefardita que traza su genealogía hasta los tiempos de la Inquisición,[11] Angelina Muñiz fue tres veces marginada. Como española, como judía y como mujer, no se aceptaba en los grupos principales del mundo literario mexicano de los años setenta. Sin embargo, una entrevista de 1984 revela que en realidad no estaba tan marginada. Habiendo llegado a México a la edad de cinco, su formación escolar era completamente mexicana y sus profesores, tanto en la Escuela Preparatoria como en la Facultad de Filosofía y Letras de la UNAM, la animaban a escribir. Participaba en el grupo de jóvenes exiliados españoles que incluían al cuentista José de la Colina y sus propios cuentos primerizos se publicaron en revistas literarias dirigidas por literatos mexicanos como Huberto Batis, Beatriz Espejo y Margarita Peña. Una explicación más verosímil por el desconocimiento de su novela es que el tema de la Inquisición probablemente no llamaba mucho la atención de los lectores mexicanos de 1977, durante la década posTlatelolco. Es más, el presidente Luis Echeverría (1970-1976), a fines de su sexenio, lanzó una campaña para hacerse elegir secretario general de la ONU. Cultivó la amistad de los países del Tercer Mundo hasta el punto de votar con ellos en 1975 condenando el sionismo como una forma de racismo. Esto provocó un boicot turístico de parte

[11] Angelina Muñiz me dijo en abril de 1991 en México que su propia familia y otras en España habían continuado practicando secretamente el judaísmo desde el siglo XV hasta la actualidad, incluso durante el periodo más difícil del franquismo.

de los judíos norteamericanos que, a su vez, estimuló los sentimientos antisemitas en México.

Cualesquiera que sean las razones, *Tierra adentro*,[12] una de tres novelas históricas líricas de Angelina Muñiz,[13] puede ser la menos conocida de todas las novelas históricas comentadas en este libro. También tiene poco que ver con la Nueva Novela Histórica. El protagonista no es un personaje histórico bien conocido y tampoco figuran personajes históricos aun en el fondo.[14] La única fecha que se menciona en toda la novela es 1547, año del nacimiento del protagonista que coincide con el de Cervantes. Aunque la novela versa más sobre la recreación de la España del siglo XVI que sobre la presentación de las ideas filosóficas de Borges respecto a la historia, la ausencia de alusiones históricas específicas y de un lenguaje arcaizante ofrece la posibilidad de una interpretación alegórica. Por otra parte, a diferencia de muchas de las NNH, la historia no se distorsiona conscientemente a través de anacronismos exagerados; el tono dista mucho de ser carnavalesco; y rige una sola voz narrativa, a diferencia de la heteroglosia tan cultivada en *Noticias del imperio* y otras de las NNH.

Lo que se destaca en *Tierra adentro* es precisamente su aparente sencillez. En contraste con la complejidad muralística de las Nuevas Novelas Históricas y de sus antecedentes del *boom*, *Tierra adentro* no exige varias lecturas para identificar y evaluar sus técnicas estructurales y estilísticas y sus

---

[12] Como el tema de la novela es el viaje a la Tierra Prometida, un título mejor para la novela, a mi juicio, hubiera sido "Artzah", palabra hebrea que quiere decir "hacia la Tierra" o "hacia la tierra de Israel".

[13] Las otras dos son *Morada interior* (1972), sobre la mística española santa Teresa, y *La guerra del unicornio* (1983), ubicada vagamente en el siglo XIV con el tema de la amistad entre cristianos, musulmanes y judíos.

[14] Los únicos personajes históricos que se mencionan en la novela son El Greco y Velázquez y sólo en el conjunto de caballeros, místicos y pícaros para describir el carácter nacional de los españoles (50).

bases arquetípicas. El problema para el crítico es más bien identificar y evaluar los distintos aspectos de su carácter minimalista.

Como novela lírica, *Tierra adentro* da énfasis a las reacciones mentales y sentimentales del protagonista frente a los sucesos del mundo exterior. No hay ninguna descripción detallada de un auto de fe y, sin embargo, los comentarios delicados de Rafael sobre la quema de sus propios padres conmueven profundamente a los lectores:

> Mañana habrá una quema de herejes, y mis padres estarán entre ellos. Ya no importarán el dolor, ni la tortura, ni la sangre. El fuego subiendo al cielo, purificado con las almas de mis padres. Y yo solo. Para siempre solo. Sin que le importe a nadie y nadie me importe a mí. La columna de humo, recta, hacia arriba. Nada vale para mí: tengo el derecho de burlarme de todo, a no creer en nada. Ni Dios, ni rey, ni pueblo. La columna de fuego no camina delante de mí, como lo hizo para Moisés; la columna de fuego se eleva al cielo. (54)

Como se nota en esta cita, la cualidad lírica de la novela se mantiene por el uso constante del presente y del futuro (a excepción de las siete primeras páginas); la prosa contemporánea relativamente sencilla; la brevedad de las oraciones, a veces sin verbos; y un ritmo suave establecido por un uso discreto de la repetición y de frases paralelas normalmente bimembres o trimembres. La cualidad poética de la prosa también se enriquece con la intercalación poco enfática de un pequeño número de palabras hebreas sacadas de oraciones e impresas en bastardillas: *Shemá Israel* ("Escucha, oh Israel") (54). *Adonai ejad* ("Dios es uno") (103) y *Lejá dodí* ("Ven, mi amigo") (176). Aunque Rafael, igual que Juan Cabezón de *1492*, viaja por toda España, las únicas ciudades que se identifican de nombre son Toledo y Madrid. La pequeña ciudad con sus casas de muros blancos donde Rafael encuentra al alquimista probablemente se halla en

Andalucía pero la descripción poética se hace con base en la repetición anafórica de la palabra genérica "ciudad" (61-62).

El carácter lírico *sui generis* de la novela culmina en el inusitado fin armonioso. El protagonista y su novia Miriam llegan a su destino de "Eretz Israel", a pesar de los múltiples peligros del viaje; logran contemplar "la ciudad de oro" (172) que es Jerusalén; y se integran rápidamente en el pueblo de Safed cuyos habitantes son judíos exiliados de España. Las últimas palabras de la novela captan la tranquilidad tan largamente deseada y rinden homenaje al ángel custodio del protagonista, el misterioso arriero:

> Cada día y cada noche. El ciclo que empieza y el ciclo que acaba. El recuerdo y el olvido. Las palabras que suenan y los sueños del silencio. Las ráfagas y la calma. La lluvia, cuando cae. El viento, cuando sopla.
> A lo lejos, contra el horizonte, pasa el arriero con su carreta. Tierra adentro (177).

Las apariencias y desapariencias frecuentes y algo mágicas del arriero a través de toda la novela confirman su papel del viejo sabio en el viaje del héroe arquetípico. Al comienzo de la novela, Rafael cruza el umbral arquetípico, escapándose de la casa poco tiempo antes de cumplir los 13 años porque su padre, por miedo a la Inquisición, se niega a darle instrucción necesaria para el bar mitzvah. En el proceso de madurarse, Rafael se inicia sexualmente con la musulmana Almudena y la griega Helena y tiene encuentros intelectuales importantes con el rabino Josef el-Cohen y con el alquimista. Su descenso al infierno se representa con su pérdida de fe: "¿De qué me sirvió estudiar la Biblia con el rabino? ¿Y la alquimia? Locura tras locura [...]. Más vale hundirse de una vez en el barro [...]. Me atrae el abismo y al abismo iré" (84-85). El infierno arquetípico consta de la sociedad de los ladrones y los pordioseros donde un viejo se hace su amigo advirtiéndole que debe desconfiarse de Santo, el guía arquetípico falso quien le ofrece "la absoluta felicidad" (94) del burdel: el amor, las drogas y los ritos extraños. Al escaparse Rafael del infierno, vuelve a aparecer el arriero para darle la carta de Miriam, la cual lo convence de que debe emprender el viaje larguísimo a la Tierra Prometida: "Sí, por fin sonríes. Tu rostro se ha despejado, es como si volvieras a ser niño y a creer en una aventura. Yo guardaba la carta de Miriam como remedio secreto, sabía que renacerías" (105).

Tal vez el aspecto más extraordinario de *Tierra adentro* es la fusión bien equilibrada de tres elementos: el miedo judío de la persecución, la determinación judía de guardar fidelidad tanto a la religión como a la nación —"un judío español que ama a España y que ama a Sión" (49-50)— y la posibilidad de la coexistencia armoniosa con los cristianos y con los musulmanes. Rafael y Miriam se encaminan a la Tierra Santa dentro de una procesión de monjas y frailes sin revelarles su identidad judía. Sin embargo, la participación en una serie de episodios peligrosos establece lazos entre ellos, y el director de la peregrinación, don Álvaro, resulta ser un noble español de ascendencia judía cuya esposa judía murió en la hoguera de la Inquisición. La ruta de los peregrinos los lleva a través de los Pirineos, a Francia y luego a Alemania, donde las guerras entre católicos y protestantes han arrasado el país. Se describen dramáticamente la muerte, la destrucción y la pestilencia, pero la ausencia de datos históricos específicos convierte las descripciones en una representación arquetípica de los horrores de la guerra "como si fueran un grabado de la muerte" (153). En cambio, el paseo por Italia está totalmente libre de peligro, lleno de luz y belleza: "*Post tenebras lux*" ("Después de las tinieblas la luz") (153). Los peregrinos cruzan el Mediterráneo sin percances, desembarcan en el norte de África y siguen caminando hacia el Oriente cruzando montañas, atravesando desiertos y pueblos inhóspitos. Muchos mueren asesinados por los jinetes moros armados de alfanjes. Los pocos que sobreviven se refugian en un monasterio ubicado en un acantilado a orillas del mar. Cuando por fin llega un barco para recoger a don Álvaro, a su paje, a Rafael y a Miriam, un fraile les hace señas de despedida desde lejos y Rafael se da cuenta de que es el arriero, quien se había calificado antes como "de cara cambiante" (58). Una vez que llegan a Turquía, por poco caen en la esclavitud, pero escapan en una caravana en el camino a Damasco, que no puede menos que evocar la conversión de Saulo al cristianismo. Sin embargo, Rafael y Miriam siguen fieles a su destino final.

De las cuatro novelas analizadas en este capítulo, más otras cuatro novelas históricas y parcialmente históricas sobre las experiencias de los inmigrantes judíos de Europa oriental a fines del siglo XIX y en el primer tercio del XX,[15] *Tierra adentro* es la única que tiene un final feliz, y la única que termina en la Tierra Prometida. El mensaje ideológico es que la única manera de lograr la felicidad para los judíos es guardar la fidelidad a su religión y a su nación sin guardar resentimiento contra sus enemigos. Sin embargo, la razón por la cual esta novela es digna de ser más conocida no es su mensaje sino, como en todas las obras de arte, la manera en que se expresa ese mensaje.

---

[15] *O ciclo das águas* (1977) del brasileño Moacyr Scliar, *Nada que perder* (1981) del argentino Andrés Rivera, *Hacer la América* (1984) del argentino Pedro Orgambide y *El rumor del astracán* (1991) del colombiano Azriel Bibliowicz.

VIII. CRÓNICA DE UNA GUERRA DENUNCIADA
"La campaña" de Carlos Fuentes

EL TÍTULO de este capítulo que alude a *Crónica de una muerte anunciada*, de Gabriel García Márquez, refleja el carácter intertextual, paródico, lúdico (y serio a la vez) de la última novela de Carlos Fuentes. Su complejidad desmiente la sencillez de su título, *La campaña*. Dentro de sus escasas 240 páginas de lectura aparentemente fácil caben holgadamente los seis códigos siguientes:

1. la novela neocriollista;
2. la novela arquetípica;
3. la novela dialógica, carnavalesca… bajtiniana;
4. la novela intertextual;
5. la parodia de la novela histórica popular;
6. en fin, la *Nueva* Novela Histórica.

El hecho de que no haya enumerado más que seis aproximaciones a *La campaña* se debe al producto matemático de dos por tres.[1] Por extraño que parezca, la novela está estructurada con base en un ritmo tanto binario como trinario para reflejar la ideología pregonada de flexibilidad y de pluralismo. O sea que Fuentes aboga por el fin del maniqueísmo, el fin de encuentros violentos entre fuerzas contradictorias como posible solución de los problemas de Hispanoamérica: los encuentros violentos entre españoles e insurgentes du-

[1] Fuentes afirma su fascinación con la numerología en *Terra nostra*, donde en la sección titulada "Dos hablan de tres" dedica tres páginas a la explicación del sentido simbólico de los números dos a 11 (535-537).

rante las Guerras de Independencia; las guerras civiles interminables entre liberales y conservadores, sobre todo en el siglo XIX; y las luchas más recientes entre las guerrillas y las tropas del gobierno. No es por casualidad que en la serie de conferencias dada en la Universidad de Harvard y publicada bajo el título de *Valiente mundo nuevo* (1990) Fuentes haya abogado por

la tradición erasmista,[2] a fin de que el proyecto modernizante no se convierta en un nuevo absoluto, totalitarismo de izquierda o de derecha, beatería del Estado o de la empresa, modelo servil de una u otra "gran potencia", sino surtidor relativista, atento a la presencia de múltiples culturas en un nuevo mundo multipolar (272).

Entrando ya en la novela propia, el título se refiere a las dos campañas del ficticio joven protagonista argentino Baltasar Bustos: la campaña entre 1810 y 1821 por la causa de la independencia de toda Hispanoamérica y la campaña amorosa de probarse digno de su Dulcinea, la bella Ofelia, esposa chilena del presidente de la Audiencia rioplatense. El ritmo binario se refuerza por sus dos amores chilenos, Ofelia y Gabriela, y por el doble fusilamiento en Veracruz de la Virgen de Guadalupe, partidaria de los insurgentes, efectuado por el capitán realista Carlos Saura (cineasta español de fines del siglo XX) del quinto regimiento de granaderos de la Virgen de Covadonga (197), de modo que la Guerra de Independencia en México se reduce a una lucha entre dos vírgenes nacionales:

El comandante del fuerte de San Juan de Ulúa volvió a repetir la orden, apunten, fuego, como si un solo fusilamiento de la imagen de la virgen independentista no bastase y apenas dos ejecuciones diarias mereciese la efigie venerada por los pobres

2 En *Terra nostra*, Fuentes lamenta que el erasmismo no haya llegado a ser la "piedra de toque" (774) de la cultura hispanoamericana.

y los alborotadores que la portaban en sus escapularios y en las banderas de su insurgencia (195).

A la vez, Baltasar forma parte de un trío de amigos argentinos dedicados a los tres principios de la Revolución francesa: libertad, igualdad y fraternidad, pero que se distinguen entre sí por su adhesión respectiva al apasionado romántico Rousseau, al cínico racionalista Voltaire y al flexible Diderot. La estructura trinaria se refuerza por otro trío de amigos (Baltasar, el padre Francisco Arias y el teniente Juan de Echagüe) que cruzan los Andes para incorporarse en Mendoza al ejército de San Martín. Para citar otro elemento lúdico de la novela, la agrupación trinaria se refuerza en México con los tres curas insurgentes: Miguel Hidalgo en Guanajuato, José María Morelos en Michoacán y, en Veracruz, Anselmo Quintana (desde luego, apócrifo): mujeriego, gallero y jugador, a quien sus consejeros, abogados macondinos que ni en la campaña se quitaban "la chistera negra y el levitón fúnebre" (211),[3] le aconsejan que se adelante a Iturbide proclamándose "Alteza Serenísima" (210), alusión obvia a Santa Anna.[4]

El ritmo binario/trinario se refuerza estilísticamente a través de toda la novela con series de dos o tres sustantivos, adjetivos y verbos paralelos. En el primer capítulo, como reflejo de los tres principios revolucionarios y los tres amigos, predomina el ritmo trinario:

[3] Las citas de *La campaña* provienen de la primera edición en español; Madrid: Mondadori, fines de 1990. La edición en alemán salió a luz unas semanas antes; Hamburgo: Hoffmann und Campe Verlag, 1990. La primera edición hispanoamericana fue publicada en diciembre de 1990 por la editorial mexicana Fondo de Cultura Económica… ¡en Buenos Aires!, y la edición mexicana no apareció en las librerías de México hasta marzo de 1991.

[4] En *Valiente mundo nuevo* Fuentes revela su fascinación por la figura de Santa Anna: "¿Quién puede inventar un personaje más pintoresco que Antonio López de Santa Anna, el dictador mexicano que ocupó la presidencia de la república 11 veces entre 1833 y 1855, llegando a darse golpes de Estado a sí mismo: el tenorio, gallero y jugador […]?" (194).

248

Quieren ser abogados en un régimen que los detesta, acusándolos de fomentar continuos pleitos, odios y rencores [...]. ¡La seducción! ¿Qué es, dónde empieza, dónde acaba? (12) [...] nuestra máxima atracción son los relojes, admirarlos, coleccionarlos y sentirnos por ello dueños del tiempo [...] (13). Ardía la hiedra, ardían las gasas, ardía la recámara (29). [...] van a tener que decidirse entre abrir las puertas al comercio o cerrarlas [...]. Si las cierran, protegerán a todos esos vinicultores, azucareros y textileros de las provincias remotas (30).

En cambio, en el capítulo 2, como reflejo de la relación entre padre e hijo, el ritmo es binario. Después de que el narrador menciona la doble fundación de Buenos Aires por los dos Pedros, Pedro de Mendoza en 1535 y Pedro de Garay en 1575, la prosa adopta el ritmo binario:

Estaba una ciudad soñada para el oro y ganada para el comercio. Una ciudad sitiada entre el silencio del vasto océano y el silencio de este mar interior, igualmente vasto, por donde Baltasar Bustos corría al tranco, arrullado por el paso largo y firme de los caballos, soñando, soñándose en medio de este retrato del horizonte que era La Pampa, con la impresión de no avanzar (38).

En el capítulo 6, tal vez por casualidad, los ritmos binario y trinario se funden en la descripción de la campaña de San Martín al cruzar los Andes:

[...] una empresa que en Buenos Aires era comparada a las de Aníbal, César o Napoleón: ahí van, desde la capital porteña, los despachos de los oficiales, los vestuarios y las camisas. Van 2 000 sables de repuesto y 200 tiendas de campaña. Van, en un cajoncito, los dos únicos clarines que se han encontrado. Y basta ya, escribió Pueyrredón: "Va el Mundo. Va el Demonio. Va la Carne" (155).

Para rematar el juego numerológico, los nueve capítulos

están subdivididos, la mayoría de ellos, en seis, tres o dos secciones numeradas para facilitar la lectura; Baltasar tiene un total de seis consejeros arquetípicos; y hay seis caudillos rebeldes en el Alto Perú.[5]

1. LA NOVELA NEOCRIOLLISTA

En 1969, en *La nueva novela hispanoamericana*, Carlos Fuentes proclamó eufóricamente la superioridad de las novelas de Alejo Carpentier, Julio Cortázar, Gabriel García Márquez, Mario Vargas Llosa e, implícitamente, las suyas sobre las novelas "geográficas" no sólo de los novelistas criollistas[6] de 1915-1945, sino de todos los novelistas hispanoamericanos anteriores. Con esta proclamación, coincidía con la famosa declaración de Vargas Llosa de 1967 en

[5] Los caudillos históricos son: José Vicente Camargo, Miguel Lanza, Juan Antonio Álvarez de Arenales, el padre Ildefonso de las Muñecas, Ignacio Warnes y Manuel Ascencio Padilla con su esposa (74).

[6] En mi ponencia "En busca de la nación: la novela hispanoamericana del siglo XX", presentada en 1954 en el congreso de la Modern Languages Association, señalé que la meta principal de los autores criollistas era la búsqueda de la identidad nacional a través de una síntesis de las distintas regiones geográficas, de los distintos periodos históricos y de los distintos grupos étnicos con sus dialectos. Si las obras completas de Rómulo Gallegos constituían un compendio paradigmático de todos esos aspectos de Venezuela, en otros países había ciertos autores que trataron de captar la totalidad de la nación en una sola novela: *Cholos* (1938) de Jorge Icaza para el Ecuador, *El mundo es ancho y ajeno* (1941) de Ciro Alegría para el Perú, *El luto humano* (1943) de José Revueltas para México, y *Entre la piedra y la cruz* (1948) de Mario Monteforte Toledo para Guatemala. Además, en otra ponencia, de 1985, titulada "La obertura nacional" analicé una serie de obras narrativas que captan la totalidad de la nación con una especie de obertura operática, al estilo del prólogo (1938) y del epílogo (1936) de *U.S.A.* de John Dos Passos, pero sin haberse dejado influir en cada caso por Dos Passos; *Leyendas de Guatemala* (1930) de Miguel Ángel Asturias, *Canaima* (1934) de Rómulo Gallegos, *La ciudad junto al río inmóvil* (1936) de Eduardo Mallea; y en el periodo poscriollista, *La región más transparente* (1958) de Carlos Fuentes, y *De donde son los cantantes* (1967) de Severo Sarduy.

Caracas de que la década de los sesenta representaba la frontera entre la novela primitiva y la de creación:

> "¡Se los tragó la selva!", dice la frase final de *La vorágine* de José Eustasio Rivera. La exclamación es algo más que la lápida de Arturo Cova y sus compañeros: podría ser el comentario a un largo siglo de novelas latinoamericanas: se los tragó la mina, se los tragó el río. Más cercana a la geografía que a la literatura, la novela de Hispanoamérica había sido *descrita* por hombres que parecían asumir la tradición de los grandes exploradores del siglo XVI (9).

En 1990, un Carlos Fuentes más maduro y arrepentido modificó su desprecio excesivo por la novela criollista revalorizando *Canaima* de Gallegos en *Valiente mundo nuevo* e incorporando elementos de la novela criollista en *La campaña*. Igual que muchas novelas criollistas, *La campaña* evoca una gran variedad de detalles geográficos, históricos, étnicos y lingüísticos. Dividida en nueve capítulos titulados, la novela recorre gran parte de Hispanoamérica desde Buenos Aires hasta Orizaba, México, con escalas en la pampa, el altiplano hoy boliviano, Lima, Santiago de Chile, Mendoza, Guayaquil, Panamá, Maracaibo y Mérida (la de Venezuela). Tal vez[7] parodiando las novelas criollistas, Fuentes evoca los

---

[7] Digo "tal vez" porque la parodia parece teñida de una verdadera fascinación con esos nombres de parte de un autor nostálgico de 62 años de edad que nació en Panamá, pasó la adolescencia en Chile y en la Argentina y que ha viajado extensamente por todo el continente. En su ensayo sobre Gallegos, en *Valiente mundo nuevo*, Fuentes establece el paralelismo entre el novelista venezolano y los cronistas del siglo XVI: "Para Gallegos, el primer paso para salir del anonimato es bautizar a la naturaleza misma, nombrarla. El autor está cumpliendo aquí una función primaria que prolonga la de los descubridores y anuncia la de los narradores conscientes del poder creador de los nombres. Con la misma urgencia, con el mismo poder de un Colón, un Vespucio o un Oviedo, he aquí a Gallegos bautizando: '¡Amanadoma, Yavita, Pimíchin, el Casiquiare, el Atabapo, el Guainía! [...]'" (111-112). En *La campaña*, Julián Ríos, el primer profesor de Baltasar, le había enseñado la importancia de los nombres: " 'Por algo la fascinación con el nom-

251

nombres más pintorescos de toda América desde Jujuy y Suipacha hasta Oruro y Cochabamba; desde Belem a Paysandú; desde Cojedes hasta el río Chachalacas, Xoxotitlán y el pico de Citlaltépetl. Fuentes también salpica cada capítulo con un surtido discreto de regionalismos, pero sin acudir a las transcripciones fonéticas: los pagos, los pingos y los pibes argentinos; los damascos chilenos; las lechosas venezolanas, y los tejocotes mexicanos. El aspecto tragicómico de la historia de Hispanoamérica se ejemplifica por la derrota de Bolívar en la batalla del Semen y la derrota de Páez en la batalla de Cojedes, "estas palabras cómicas" (174).

En cuanto a la historia, Fuentes también sigue el modelo de aquellas novelas criollistas que intentan captar la totalidad de la historia nacional. Por una parte sigue muy de cerca, año por año como una crónica, los sucesos políticos en la Argentina desde la noche del 24 de mayo de 1810 hasta la vuelta de Baltasar en 1821, o sea, desde Mariano Moreno hasta Bernardino Rivadavia... simbolizados por los relojes que colecciona Dorrego:[8]

> Suenan los relojes de las plazas en estas jornadas de mayo y los tres amigos confesamos que nuestra máxima atracción son los relojes, admirarlos, coleccionarlos y sentirnos por ello dueños del tiempo o por lo menos del misterio del tiempo, que es sólo la posibilidad de imaginarlo corriendo hacia atrás y no hacia adelante o acelerando el encuentro con el futuro, hasta disolver esa noción y hacerlo todo presente (13).

En contraste con la cronología newtoniana,[9] es decir, el

bre propio da origen al primer tratado de crítica literaria, que es el *Cratilo* de Platón'" (188).

[8] Aunque Dorrego el voltairiano es el más relojófilo de los tres amigos, Rousseau, el ídolo de Baltasar Bustos, era hijo de un relojero suizo.

[9] La fascinación ejercida por el tiempo sobre Fuentes también está presente en *Valiente mundo nuevo*, en el capítulo sobre *Paradiso* de José Lezama Lima (238). En *Aura*, una vez que el protagonista Felipe Montero entra

tiempo lineal y muy preciso de los sucesos porteños, la novela se proyecta de una manera menos precisa tanto hacia el pasado como hacia el futuro:[10] la conquista de México por Cortés; las dos fundaciones de Buenos Aires; las reformas de Carlos III; y los pronósticos sobre la anarquía de la época posindependentista hasta la actualidad.

El afán totalizante étnico comienza al principio de la novela cuando Baltasar secuestra al niño blanco de Ofelia para reemplazarlo en la cuna con un niño negro (esto para simbolizar la igualdad racial). El panorama racial se completa con los indios del Alto Perú (hoy Bolivia) y una variedad de mestizos y de mulatos a través de toda la novela culminando en el burdel de Maracaibo. Además de la mención y de la representación de los grupos raciales, la igualdad racial es una de las metas constantes de las guerras de independencia. El sacerdote veracruzano Anselmo Quintana está orgulloso de la ley que él auspició en el Congreso de Córdoba, "que dice que de ahora en adelante ya no habrá ni negros ni indios ni españoles, sino puros mexicanos" (208). "En cambio, los militares criollos prometían proteger los in-

en la casa fantástica/infernal de la calle Donceles, su reloj ya no sirve: "No volverás a mirar tu reloj, ese objeto inservible que mide falsamente un tiempo acordado a la vanidad humana, esas manecillas que marcan tediosamente las largas horas inventadas para engañar el verdadero tiempo, el tiempo que corre con la velocidad insultante, mortal, que ningún reloj puede medir" (57).

[10] En su ensayo sobre *Los pasos perdidos* de Alejo Carpentier en *Valiente mundo nuevo*, Fuentes observa que "cuando el misionero Fray Pedro habla del 'poder de andarse por el tiempo, al derecho y al revés', éste no es un espejismo: es simplemente la realidad de otra cultura, de una cultura distinta [...]. La otra cultura es el otro tiempo. Y como hay muchas culturas, habrá muchos tiempos. Como posibilidades ciertamente —pero sólo a condición de reconocerlos en su origen, de no deformarlos *ad usum ideologicum* para servir al tiempo progresivo del Occidente, sino para enriquecer al tiempo occidental con una variedad que es la de las civilizaciones en la hora— previstas por Carpentier, por Vico, por Lévi-Strauss, por Marcel Mauss, por Nietzsche [...]" (127-128).

tereses de las clases altas e impedir que las razas malditas, indios, negros, zambos, mulatos, cambujos, cuarterones y tentenelaires, se apoderasen del gobierno" (196).

Además de captar la totalidad geográfica, histórica, étnica y lingüística de América, Fuentes problematiza el tema más frecuente de las novelas criollistas: el de civilización y barbarie. El encuentro entre el ciudadano ilustrado Baltasar Bustos y su padre estanciero exige una comparación con *Los caranchos de la Florida* (1916) de Benito Lynch. Sólo que en esta novela neocriollista, el estanciero, a diferencia de su precursor criollista, no es ningún representante de la barbarie: "Si el hijo debía ser implacable en la ciudad, el padre, acaso[11] debía ser flexible en el campo" (44). La personalidad agradable, moderada, salomónica, flexible del padre y su "sexto sentido extraordinario[12] para enterarse de las cosas por inducción a veces" (45) se contrastan con el fervor revolucionario de su hijo urbano. El padre no sólo se dedica a la ganadería sino que también absorbió bastantes ideas del siglo XVIII para iniciar de joven "una pequeña industria de textiles y metales" (46).

La predilección del estanciero por la evolución en vez de la revolución, es una actitud menos bárbara que la de Baltasar, para el Fuentes de 1990. Con un simbolismo digno de Rómulo Gallegos, el padre le dice a Baltasar que si lo encuentra muerto "con una vela en la mano" (37), esto querrá decir que murió aceptando las ideas revolucionarias de Baltasar. En cambio, si lo encuentra "con las manos cruzadas sobre el pecho y enredadas en un escapulario", esto querrá decir que murió aferrado a sus propias ideas evolucionarias: "una confederación de España y sus colonias, soberanas

[11] Dentro del ambiente argentino, el uso de la palabra "acaso" es una alusión intertextual a Jorge Luis Borges.

[12] Para reforzar la importancia del número seis, en la misma página que aparece la mención del "sexto sentido extraordinario", el narrador repite anafóricamente seis veces la palabra "necesitaba".

pero unidas" (61). De acuerdo con la ideología dialógica de la novela, Baltasar, después de pelear entre los montoneros, encuentra el cadáver de su padre "con las manos dobladas, los dedos enrollados en un escapulario y una vela, erguida como un falo negro" (110).

Siendo *La campaña* la primera novela de Fuentes con esta visión continental, surge la pregunta: "¿por qué?" La explicación reside en las reservaciones actuales de Fuentes frente al plan de los presidentes Carlos Salinas y George Bush de establecer un tratado de libre comercio entre México, Estados Unidos y el Canadá. En un artículo publicado en el *New Perspectives Quarterly* del invierno de 1991, Fuentes aboga por un federalismo iberoamericano basado en una continuidad cultural de 500 años (16) con la exclusión de los Estados Unidos. En otras palabras, mientras Fuentes escribía *La campaña*, también estaba recreando el sueño de Bolívar de una Hispanoamérica unida. Al mismo tiempo, bajo el título de *El espejo enterrado*, Fuentes escribía el guión y narraba para la televisión una serie de programas documentales que entretejen la cultura precolombina, la española y la hispanoamericana.

2. La novela arquetípica

Una segunda manera de analizar *La campaña* es a través del código arquetípico:[13] la aventura del héroe y la imagen negativa de la Madre Terrible, las cuales resultan algo subvertidas por Fuentes de acuerdo con la ideología de la novela de cuestionarlo todo. Aunque Baltasar y su padre no concuerdan ideológicamente, a diferencia de los protagonistas de las novelas criollistas, sus diferencias políticas no afectan sus relaciones personales, su amor mutuo. Sin embargo, para

[13] La familiaridad y la fascinación de Fuentes con los arquetipos junguianos se revelan explícitamente en su ensayo "Juan Rulfo: el tiempo del mito" en *Valiente mundo nuevo*.

que Baltasar pueda llegar a madurar, tiene que independizarse tanto de su padre como de sus dos amigos porteños: un doble cruce del umbral en términos de *The Hero with a Thousand Faces* ("El héroe de mil rostros") (1949) de Joseph Campbell. Vagando solo por toda Sudamérica y luego llegando hasta México, Baltasar se encuentra con el número extraordinario de seis consejeros sabios: desde su preceptor ex jesuita Julián Ríos hasta el cura insurgente mexicano Anselmo Quintana, que lo ayudan a pasar por ciertos ritos como la iniciación sexual y la prueba de valentía física y también a aclarar sus ideas políticas y filosóficas.

El histórico sacerdote insurgente Ildefonso de las Muñecas, uno de los caudillos de las republiquetas del Alto Perú, llama "pucelo" (76) a Baltasar, el equivalente masculino del término *pucelle* ("doncella") asociado con Juana de Arco. Luego facilita la iniciación sexual de Baltasar presentándolo a una de las viejas vírgenes indias del lago Titicaca.

El famoso Simón Rodríguez, ex maestro de Bolívar, le sirve de guía en el descenso arquetípico al infierno. Van bajando por una puerta del sótano del Ayuntamiento a orillas del lago Titicaca hasta desembocar en una caverna oscura donde se les revela "la visión de Eldorado, la ciudad de oro del universo indio [...]" (90) como la visión del futuro. En esa luz, Baltasar comienza a dudar tanto de su amor por Ofelia como de su fe en Rousseau y en la razón: "la unidad con la naturaleza no es necesariamente la receta de la felicidad; no regreses al origen, no busques una imposible armonía, valoriza todas las diferencias que encuentres [...]. No creas que al principio fuimos felices. Tampoco se te ocurra que al final lo seremos [...]" (90).

En los meses que siguen, Baltasar pasa por la prueba arquetípica de la hombría participando en todas las actividades guerrilleras de otro caudillo histórico, Miguel Lanza. Baltasar llega a convertirse en el hermano menor de Lanza, reemplazando a los dos verdaderos hermanos que habían muerto en la lucha por la independencia. El hermano mayor de Lanza había sido ahorcado en la plaza principal de La Paz, prefigurando el ahorcamiento cabeza abajo en 1946 del presidente derribado Gualberto Villarroel. El hermano menor había muerto en un combate singular arquetípico con un capitán español que recuerda el combate de Arturo Cova y Narciso Barrera en *La vorágine*, lo mismo que el combate de Galileo Gall y Rufino en *La guerra del fin del mundo*.

Al experimentar Baltasar, el porteño ilustrado, la violencia de la guerra de guerrillas de los montoneros, comienza a cuestionar su pasión revolucionaria: "¿nos hemos equivocado, tenía razón mi padre, pudimos ahorrarnos esta sangre mediante el compromiso, la paciencia, la tenacidad?" (107), preguntas que implican la denuncia de las Guerras de Independencia. Entusiasmado con la celebración el Quinto Centenario, Fuentes puede haberse permitido la ilusión de imaginar una Hispanoamérica todavía ligada políticamente a España.

A pesar de la creciente madurez de Baltasar y a pesar de la muerte de su padre, todavía le quedan a aquél tres encuentros más con los consejeros arquetípicos. En Lima, vuelve a encontrarse con su viejo tutor ex jesuita Julián Ríos, quien sigue guiándolo. De acuerdo con la visión de mundo prohispánica de la novela, Ríos pregunta: "¿entenderían los patriotas suramericanos que sin ese pasado nunca serían lo que anhelaban ser: paradigmas de modernidad?" (133-134).

En Venezuela, el penúltimo consejero es un viejo general mulato que vive en el futuro. Él sabe que Bolívar murió solo y que a San Martín lo obligaron a exiliarse. Es más: sus historias dan una visión pesimista del siglo XIX y tal vez del XX, con cierta especificidad mexicana: "Cada vez contaba más historias desconocidas, guerras contra los franceses y los yanquis, golpes militares, torturas, exilios, una interminable historia de fracasos y de sueños sin realizar, todo aplazado, todo frustrado, puras esperanzas, nada nunca se acaba y quizás es mejor así porque aquí, cuando todo se acaba, acaba mal [...]" (184).

El último de los seis consejeros arquetípicos es el ya mentado cura apócrifo Anselmo Quintana. Dentro de un ambiente epifánico,[14] el padre Anselmo se confiesa un jueves a Baltasar, a quien liga a Jesús porque "en Maracaibo se hizo cargo de la mujer caída y del enemigo herido" (215), lo que hace recordar al lector que uno de los tres reyes magos, el negro, también se llamaba Baltasar. El padre Anselmo afirma su fe en Dios, rechaza el racionalismo absoluto de Descartes[15] y pide dos cosas a Baltasar: la complejidad y el mantenimiento de la herencia cultural, con ciertas reminiscencias de *La raza cósmica* (1925) de José Vasconcelos:

O sea que yo te lo pido, por favor, Baltasar, sé siempre un problema, sé un problema para tu Rusó y tu Montescú y todos tus filósofos, no los dejes pasar por tu alma sin pagar derechos de aduana espiritual; a ningún gobernante, a ningún Estado secular, a ninguna filosofía, a ningún poder militar o económico, no les dés tu fe sin tu enredo, tu complicación, tus excepciones, tu maldita imaginación deformante de todas las verdades [...]. Lo que te estoy pidiendo es que no sacrifiquemos nada, mijo, ni la magia de los indios, ni la teología de los cristianos, ni la razón de los europeos nuestros contemporáneos, mejor vamos recobrando toditito lo que somos para seguir siendo y ser finalmente algo mejor (223-224).

[14] Empleo la palabra "epifánico" porque el mismo Fuentes habla de epifanías (aunque sea de un modo algo distinto) refiriéndose a Proust en *Valiente mundo nuevo:* "Doy a la epifanía, para hablar de Lezama y *Paradiso*, el mismo valor que James Joyce en *Stephen Hero:* 'Por epifanía entendía una súbita manifestación espiritual surgida en medio de los discursos y los gestos más ordinarios, así como en el centro de las situaciones intelectuales más memorables. Pensaba que al hombre de letras le correspondía notar esas epifanías con cuidado extremo, puesto que ellas representan los instantes más delicados y los más fugitivos'" (218).

[15] En *Terra nostra* el narrador se da cuenta de que ha leído mal a Descartes y ahora está dispuesto a moderar a Descartes con Pascal (774).

Con estos consejos Baltasar puede poner fin al viaje del héroe, volver a su punto de partida y comenzar a actuar porque, como les dice a los dos amigos porteños: "todavía hay un buen trecho entre lo que ya viví y lo que me falta por vivir. Se los [sic] advierto. No lo voy a vivir en paz. Ni yo, ni la Argentina, ni la América entera [...]" (239). O sea que a pesar de su mayor madurez, Baltasar no ha perdido su entusiasmo y, cuando lo pierda, al igual que Marcos Vargas en *Canaima*, el ciclo arquetípico volverá a empezar con su hijo adoptivo, quien no deja de jugar "a la gallina ciega, solo, con los ojos vendados" (240), motivo recurrente que acaso simbolice la historia de la América Latina.

Mientras el protagonista masculino de *La campaña* evoluciona más o menos de acuerdo con el viaje arquetípico del héroe, las mujeres de la novela se asocian a menudo con la imagen negativa de la Gran Madre junguiana[16] en la tradición de Circe, Lorelei, doña Bárbara y Zoraida Ayram (la antropófaga de *La vorágine)*. Al atravesar la pampa, el todavía virgen Baltasar, devoto de Rousseau, tiene ganas de consumar el matrimonio espiritual con los grandes llanos fecundos de la Argentina, imagen positiva de la Gran Madre arquetípica, pero "la presencia en el coche de los españoles quejosos y parlanchines" (40) no lo dejan. Una vez que llega a la estancia de su padre, se siente asediado de una imagen negativa de su Ofelia idealizada, quien se identifica con los Andes estériles e "impenetrables" (50). En la imagen, Ofelia, desnuda, le ofrece a Baltasar la espalda, "y entonces la mujer se volteaba y no le daba el sexo soñado, sino la cara temida: era una Gorgona, lo acusaba con ojos blancos como el mármol, lo convertía en piedra de injusticias, lo odiaba [...]" (50). Baltasar encuentra un odio parecido en los ojos de los gauchos de su padre —"otras Medusas" (50)— que se burlan de sus modales urbanos.

[16] Véase Erich Neumann, *The Great Mother: An Analysis of the Archetype* (1955).

La imagen negativa de Ofelia se reafirma con el bastón que regala a su marido: "la empuñadura de marfil de su bastón, que era una cabeza de Medusa, con la mirada inmóvil y aterrante y los senos duros [...] los antiguos pezones de la atroz figura mitológica" (118). Cuando Ofelia se sirve de su sexo para matar oficiales, tanto reales como insurgentes, se identifica con "una amazona a la que le faltaba una teta" (175) y con la Pentesilea, reina de las amazonas (179).

En cambio, de acuerdo con el aspecto dialógico de *La campaña*, Fuentes, en su caracterización de la hermana y de la madre de Baltasar, puede estar tratando de contestar a aquellos críticos que lo han acusado de representar a sus personajes femeninos de un modo negativo, ambiguo y equivocado.[17] Aunque Baltasar no recibe nada de afecto de su hermana amargada, "solterona antes de tiempo, nacida solterona, monja frustrada [...]" (45), Fuentes parece justificar su actitud. Ella le guarda rencor a Baltasar por sus ideas revolucionarias que a ella y a su padre les han quitado su refugio: "Tú y tus ideas nos han dejado a la intemperie. Teníamos un refugio: la colonia. Teníamos una protección: la corona. Teníamos una redención: la iglesia. Tú y tus ideas nos han dejado a la merced de los cuatro vientos" (45). Fuentes también indica que simpatiza con la envidia que siente Sabina —su nombre evoca la violación de las sabinas por los romanos— de la libertad de su hermano: "—Qué ganas de irme lejos, yo también" (54). Sabina refuerza su actitud feminista al denunciar a su padre por sus muchos hijos ilegítimos y al decirle que nada le consuela "salvo una idea maldita que yo me traigo, y es que mi madre debió ser capaz de una pasión, de una sola, de una sola infidelidad, de tener otro hijo [...]. Eso me consuela cuando veo a un gaucho salvaje con la cara de mi madre y el antebrazo cosido de puñaladas [...]" (66). Cuando su padre le responde tranqui-

17 Véase Will H. Corral, "Gringo Viejo/ruso joven o la recuperación dialógica en Fuentes" (130, nota 17).

lamente diciéndole que parece "hechizada" (66), ella se defiende echándole la culpa a la sociedad: "—Eso es, padre. El mundo me ha hechizado" (66).[18] Con la muerte de su padre, Sabina llega a ser la dueña de la estancia y tiene que enfrentarse al dilema de morir de soledad o de entregarse a los gauchos bárbaros (114). Su papel de mujer argentina rural no representa ningún progreso del papel de su madre miope a quien el narrador había identificado antes con la hormiga y la araña arquetípicas:

> Encorvada y ciega, la esposa de José Antonio Bustos dejó de hablar con sus semejantes, que se erguían lejanos, para mantener sólo largos monólogos con las hormigas en sus días prácticos y, en días soñados, con las arañas que se le acercaban, columpiándose ante su mirada, tentándola, haciéndola reír con sus subibajas plateados, obligándola a imaginar cosas, inventar fábulas, deseándose, a veces, enredada por esos hilos de humedad pegajosa, hasta quedar capturada en el centro de una red tan inconsútil como los tejidos que, en los talleres de su marido, fabricaban los ponchos y las faldas y las ropas gauchas (46).

Como los modelos arquetípicos se basan en la filosofía de que todos los seres humanos en todo periodo cronológico y en todo espacio son esencialmente iguales, esos modelos quedan desmentidos por la visión de mundo de *La campaña*, que consta del rechazo de todos los absolutos, de la promoción de la flexibilidad y de la gran importancia de las circunstancias específicas, todo relacionado al código bajtiniano.

---

[18] La mayor comprensión de la perspectiva femenina en la ficción más reciente de Fuentes también se observa en la relación ambigua entre Harriet Winslow y su padre en *Gringo viejo*, que se distingue bastante de la de Catalina y su padre don Gamaliel Bernal en *La muerte de Artemio Cruz*.

3. LA NOVELA DIALÓGICA, CARNAVALESCA... BAJTINIANA

La relación simbiótica entre praxis novelística y teoría literaria que se observó en las décadas de los cincuenta y los sesenta respecto al análisis arquetípico se observa en la proliferación en la última década de novelas posmodernas donde se luce el reconocimiento tardío de las teorías de Mikhail Bajtín. Como Fuentes lo ha llamado "tal vez el teórico más grande de la novela de nuestro siglo" ("Defend Fiction", 11), no es de extrañar que *La campaña* se distinga por sus elementos dialógicos y carnavalescos.

En el nivel teórico, Baltasar repudia su fe en la razón, en el progreso y en la meta suprema de la felicidad humana recordando la revelación que experimentó al lado de Simón Rodríguez en Eldorado:

> [...] donde la luz era necesaria porque todo era tan oscuro y por eso ellos podían ver con los ojos cerrados y revelar sus sueños en el cancel de sus párpados, advirtiéndole a él, a Baltasar Bustos, que por cada razón hay una sinrazón sin la cual la razón dejaría de ser razonable: un sueño que niega y afirma, al mismo tiempo, a la razón. Que por cada ley hay una excepción que la hace parcial y tolerable (217).

Baltasar, tanto en sus rasgos físicos y mentales como en su filosofía, representa lo dialógico. Aunque normalmente se considera gordo, baja muchos kilos mientras lucha al lado del caudillo insurgente Miguel Lanza (137), vuelve a engordar en Lima y en Santiago de Chile —"cegatón irremediable, pero regordete a voluntad, perdiendo la dureza del cuerpo ganada en la campaña del Inquisivi con una dieta de melindres, cremas, yemas de huevo y polvorones, obedeciendo la orden de regresar a su naturaleza natural, gorda y suave, perdiendo el orgullo de su virilidad esbelta" (156)—, baja de peso otra vez cruzando los Andes con San Martín (173) y seguramente subirá de peso en el futuro.

Como la mayor parte de la novela versa sobre el proceso arquetípico hacia la madurez de Baltasar, se retrata como un ingenuo. No obstante, en su búsqueda del sexto y último consejero sabio Anselmo Quintana, Baltasar comprueba su ingeniosidad o su alcance de la madurez identificando a Quintana por ser el único en el campamento militar que vacila en decidir entre dos botellas de vino y por ser el único que anda destocado porque su cofia blanca lo habría delatado (206). También las lecturas de Baltasar son dialógicas: "las lecturas apasionadas de Rousseau se mezclaron con las enseñanzas frías de la patrística, pues si el héroe intelectual de Baltasar Bustos, que era el ciudadano de Ginebra, nos pedía abandonarnos a nuestra pasión a fin de recuperar nuestra alma, el santo Crisóstomo condenaba los amores ideales que jamás se consumaban, porque así se inflamaban más las pasiones" (20).

La conversión de Baltasar en un personaje dialógico se pregona por su admiración hacia las personas que no se le parecen: "—Mi peligro es que admiro todo lo que no soy" (97); "—Admiro todo lo que no soy, sabes. La fuerza, el realismo y la crueldad" (100). En la estancia de su padre, Baltasar queda fascinado por su "gemelo atroz" (51), "un Baltasar sucio, barbado, hambriento, aunque saciado de vaca muerta" (51). Mientras Baltasar pelea al lado del caudillo Miguel Lanza en el Alto Perú, se encuentra con otro "gemelo", su tocayo, Baltasar Cárdenas. Un indio moreno, Cárdenas es el ayudante de Lanza y su apellido establece un eslabón entre el intelectual porteño y México. Aunque Baltasar Burgos había predicado a los indios sobre los ideales de la Independencia, en su primer combate mortal contra el enemigo se da cuenta de que está matando a un realista indio, no por ser realista sino por ser indio, "por débil, por pobre, por distinto" (108).

Un poco más adelante en la novela, Baltasar pregunta al cadáver de su padre: "¿Podemos ser al mismo tiempo cuanto hemos sido y cuanto deseamos ser?" (113). La respuesta contundente de Fuentes implica el elogio de la doble personalidad de Baltasar, en su reencuentro con Ofelia y su hijo: "[…] Baltasar, suspendido físicamente entre sus dos personalidades, la del joven gordo y miope y la del combatiente esbelto e hirsuto; el de los balcones de Buenos Aires y el de las campañas montoneras del Alto Perú; el de los salones de Lima y el de los burdeles febriles de Maracaibo […]" (227).

Los dos amigos francófilos de Baltasar, Dorrego y el narrador Varela, también se presentan dialógicamente. Dedicados a la independencia de la Argentina, se presentan primero de una manera muy positiva. Sin embargo, su afiliación con los ideales unitarios queda algo manchada por su adaptación constante a los cambios políticos (lo cual en realidad subvierte el ideal de la novela, la flexibilidad) y por su decisión de quedarse en Buenos Aires mientras Baltasar arriesga la vida peleando contra los españoles:

> […] Varela y Dorrego, jugando con nuestros relojes en Buenos Aires, ajustándolos como ajustábamos nuestras vidas políticas, acomodándonos a la dirección de Alvear cuando renunció Posadas, sin atrevernos a hacer la pregunta, ¿qué hacemos aquí mientras nuestro hermano menor, Baltasar Bustos, el más débil de los tres, el más torpe físicamente, el más intelectual también, se expone en las montañas contra los godos? (124).

Para el capítulo final de la novela, Dorrego y Varela han perdido, tal vez, su credibilidad revolucionaria: "pronto nos desilusionamos de la política revolucionaria y regresamos a nuestros hábitos heredados: él, rentista; yo, impresor […]. Pero ahora, Rivadavia reanimaba nuestras esperanzas […]" (235).

Todavía otro ejemplo de lo dialógico bajtiniano, fundido en este caso con lo carnavalesco, es la caracterización de Ofelia y el sentido de su nombre. Fuentes parece haber escogido el nombre de Ofelia por dos motivos. En primer lugar, evoca la obra *Hamlet*, identificada con el tema de la indecisión, el cual concuerda con la desconfianza de los ideales absolutos, mensaje ideológico de *La campaña*. Por otra parte, aunque la etimología de Ofelia sea la palabra griega "serpiente" o la palabra latina "oveja",[19] Fuentes prefiere jugar con su parecido con la fidelidad. En el plano superficial, la bella chilena le pone cuernos a su marido, nombrado apropiadamente el marqués de Cabra. En Lima, dicen los chismosos que "no era la perfecta casada, quizás, pero sí la perfecta tapada, ja, ja" (122).

En un plano más complejo, "la dulce Ofelia" (122) de Shakespeare lleva un peinado "'a la guillotina'" (21) y un moño rojo alrededor del cuello indicando tal vez su adhesión a la causa revolucionaria. Sin embargo, Ofelia se transforma en la Judit bíblica cuando corre la voz de que asesinó a un coronel insurgente "mientras fornicaban" (147), contribuyendo a la derrota de los insurgentes en la decisiva batalla de Rancagua (144). Dicen que es responsable por la muerte de otros oficiales patriotas pero también, inesperadamente, de un general realista (179). De acuerdo con el concepto bajtiniano de lo dialógico, y con el concepto borgeano de que es imposible conocer la realidad, en Orizaba el padre insurgente Anselmo Quintana le asegura a Baltasar que Ofelia "ha sido el agente más fiel de la revolución de independencia en la América" (228), y que ella utilizó una red de canciones para mantener las comunicaciones entre el padre Anselmo, Bolívar y San Martín. Al regresar Baltasar a Buenos Aires, cuestiona las palabras del padre Anselmo. Para el lector, posiblemente contagiado de la incredulidad de Baltasar, el narrador Varela asegura que el padre Anselmo tenía toda la razón porque Ofelia "noche tras noche" le pasaba datos útiles

[19] Según Charlotte Yonge, *History of Christian Names*, Ofelia proviene de la palabra griega "serpiente" (346). En cambio, según Harry A. Long, *Personal and Family Names*, Ofelia significa "pastora" (105) y proviene de la palabra latina "oveja", "ovis" (240).

"para la causa" (239) mientras hacían el amor; o sea que el mismo narrador estaba traicionando a su "hermano menor" permitiéndole idealizar a una mujer algo promiscua. Desde luego que el tema de la traición se entronca también con la campaña política: Baltasar traiciona al guerrillero Miguel Lanza, escapándose; tanto Bolívar como San Martín fueron traicionados (183); y según el padre Anselmo: "en esta Nueva España no hay salida más segura que la traición. Cortés traicionó a Moctezuma, los tlaxcaltecas traicionaron a los aztecas, Ordaz y Alvarado traicionaron a Cortés [...]" (211); tema mucho más elaborado por Fuentes en *La muerte de Artemio Cruz.*

En cuanto a lo carnavalesco, muchos de los ejemplos están relacionados con el próximo código de la intertextualidad. Sin embargo, conviene mencionar aquí que se destaca ese elemento en el capítulo 7, que transcurre en el puerto tropical de Maracaibo, pero sin olvidar la convivencia con los estragos de la guerra, con reminiscencias de *Las lanzas coloradas* de Arturo Uslar Pietri y *All Quiet on the Western Front* ("Sin novedad en el frente") (1929) de Erich Maria Remarque.[20]

4. LA NOVELA INTERTEXTUAL

Desde que García Márquez sorprendió a los lectores de *Cien años de soledad* con la introducción en su novela de perso-

---

[20] En el libro *Bolívar hoy*, Uslar Pietri describe las consecuencias desastrosas de la guerra de independencia para Venezuela: "La tercera parte de la población venezolana pereció, directa o indirectamente, en la guerra. La prosperidad alcanzada a fines del siglo XVIII desapareció. El arcaduz quedó sin agua, la tierra sin semillas, el arado sin brazos. Los campesinos se volvieron soldados y andaban por los pantanos de Guayaquil, o por el altiplano del Titicaca. El antiguo mayordomo era ahora general o magistrado. Los soldados que regresaban no sabían volver al campo. Preparaban golpes armados contra las autoridades o merodeaban las soledades como bandoleros" (26).

najes novelescos de Carpentier, Fuentes y Cortázar, la intertextualidad cobró una vigencia mayor tanto en la praxis novelística como en los escritos teóricos de Gérard Genette y Julia Kristeva. El mismo Fuentes, en las últimas páginas de *Terra nostra,* junta en un juego de póker a los protagonistas de Borges, Carpentier, Cortázar, Donoso, García Márquez, Cabrera Infante, Vargas Llosa y Severo Sarduy.

Desde el famoso congreso del *boom* (Caracas, agosto de 1967), algunos de los novelistas más distinguidos parecen haber seguido senderos paralelos. Incluso, durante ese congreso de Caracas, circulaba la noticia de que se estaba gestando una sola novela sobre el dictador arquetípico de la América Latina en la cual colaboraban Carlos Fuentes, Gabriel García Márquez, Augusto Roa Bastos y otros. El proyecto nunca se llevó a cabo, pero puede haber contribuido a la creación de obras tan sobresalientes como *Yo el Supremo* (1974) de Roa, *El recurso del método* (1974) de Carpentier y *El otoño del patriarca* (1975) de García Márquez.

Unos pocos años después, Fuentes, García Márquez y Vargas Llosa publicaron parodias de la novela detectivesca: *La cabeza de la hidra* (1978), *Crónica de una muerte anunciada* (1981) y *¿Quién mató a Palomino Molero?* (1986). Más recientemente, los mismos tres autores han publicado novelas históricas: *La guerra del fin del mundo* (1981) de Vargas Llosa, *El general en su laberinto* (1989) de García Márquez y *La campaña* (1990) de Carlos Fuentes, quien ya había publicado *Terra nostra* y *Gringo viejo* dentro del mismo género.

En cuanto a *La campaña*, no se puede dejar de observar su diálogo con *El general en su laberinto* (1989). En el último capítulo, el narrador porteño, Varela, afirma que tenía entre sus manos "una vida del libertador Simón Bolívar, cuyo manuscrito, manchado de lluvia y atado con cintas tricolores, me envió como pudo, desde Barranquilla, un autor que se firmaba Aureliano García" (234). De cierta manera se podría considerar *La campaña* una réplica de *El general en su laberinto.* En contraste con "la melancólica previsión de un Bolívar enfermo y derrotado como su sueño de unidad americana y libertad civil en nuestras naciones" *(La campaña,* 234), *La campaña* proyecta una visión más panorámica, más muralista y algo más optimista destacando a José de San Martín como libertador modelo. Enérgico, pragmático y excelente estratega, San Martín organiza el Ejército de los Andes, y sólo después de ganada la Guerra de la Independencia proclamará "los ideales de la Ilustración" (159) para no asustar a los criollos ricos. Insiste en que "no bastan las teorías o los individuos para lograr la justicia. Se necesita crear instituciones permanentes" (159). También señala los peligros del militarismo: "si triunfamos, en realidad habremos sido derrotados si le entregamos el poder al brazo fuerte, al militar afortunado" (160).

Además de su diálogo con *El general en su laberinto, La campaña* también evoca en el último capítulo el manuscrito de Melquíades de *Cien años de soledad* con la revelación de que "Baltasar sabía que otra crónica de esos años —la que tengo entre mis manos en estos momentos y algún día, tú, lector, también— la había escrito él con sus continuas cartas a 'Dorrego y Varela'" (234). Cuando Baltasar pregunta al viejo en los Andes venezolanos por la guerra, la respuesta de "¿Cuál guerra?, ¿de qué hablas?" (181), recuerda el episodio en la novela colombiana cuando nadie cree la historia de José Arcadio Segundo sobre la masacre de los 3 000 obreros de las fincas de la compañía frutera. En el pueblo venezolano tampoco han oído hablar de Bolívar, de Páez o de Sucre. Fuentes le da a la escena un toque más posmoderno convirtiéndola en una parodia de la versión musical de *Candide* de Leonard Bernstein. Cuando los niños rodean a Baltasar "en círculo, cantando: '¿Cuál guerra, cuál guerra?'" (181), el lector recuerda la canción de Bernstein "What a day, what a day, for an auto de fe" ("Qué día más maravilloso, que día más maravilloso, para un auto de fe").

Además de García Márquez, se podría analizar casi toda la novela con el código de la intertextualidad, desde la literatura española medieval hasta la Nueva Novela Histórica. Combinando *El libro de buen amor* (c. 1343) y *La Celestina* (1500), Fuentes describe con sonrisa disimulada el encuentro amoroso de Baltasar, no con su amada platónica Ofelia, sino con la otra chilena igualmente bella, Gabriela Cóo: "Una tarde se encontraron, el Hermano Menor y la Dueña Chica, sin necesidad de darse una cita, sencillamente. Él saltó la barda en el momento en que ella abría el zaguán que separaba las dos propiedades" (153).

Conocida la admiración que siente Fuentes por Cervantes, no es de extrañar la presencia de éste en una novela que aboga por la continuidad de la herencia cultural de Hispanoamérica. A Baltasar, por su impetuosidad y por su lectura voraz de los pensadores franceses del siglo XVIII, lo llaman "el Quijote de las Luces" (26). Más adelante Baltasar ve la llegada a mula del sacerdote insurgente Ildefonso de las Muñecas, "como una aparición cervantina" (76). La decisión del guerrillero Miguel Lanza de pelear hasta la muerte le merece el título de "héroe numantino" (107), alusión a *La Numancia*, obra teatral de Cervantes sobre el sitio romano de Numancia. Lo que es aún más genial es la fusión intertextual de *Don Quijote* (1605, 1615) con una novela reciente del puertorriqueño Luis Rafael Sánchez, *La importancia de llamarse Daniel Santos* (1989). Tal como don Quijote y Sancho descubren en la segunda parte de la novela que ya están impresas sus aventuras de la primera parte, Baltasar descubre al viajar hacia el Caribe que su búsqueda de Ofelia por todo el continente se ha convertido en canción, con la variedad musical de la novela de Luis Rafael Sánchez: cumbia en Buenaventura, tamborito en Panamá, merengue, zamba, valsecito peruano, cueca, vidalita (172-173, 177) y corrido (216).

Frente a su fama cantada, Baltasar se dice o más bien se exclama cuatro veces con cierto autodesprecio: "¡Vaya héroe!" (172) por ser "regordete, melenudo y miope" (172). Es decir que es un héroe inverosímil, inverosímil como héroe romántico lo mismo que como héroe insurgente. Mientras su aspecto de gordo cambia cuando está peleando al lado de los montoneros, lo miope nunca se le quita. Desde el primer capítulo (17) hasta el último (237), se le caracteriza como miope o cegatón usando espejuelos, gafas o anteojos. Cuando arroja los anteojos al río Guayas, ya no cabe la menor duda sobre su parentesco con el héroe inverosímil de Canudos, el periodista miope de *La guerra del fin del mundo* de Vargas Llosa. Por ser gordo, además de miope, evoca la figura de Pierre Besukhov en *La guerra y la paz* de Tolstoi.

En una lectura intertextual de una Nueva Novela Histórica de ninguna manera se podría pasar por alto la presencia de Jorge Luis Borges. El maravillarse Baltasar de cómo los detalles de su vida diaria, el "comer un sabroso queso parameño, un pan andino y un trago de guarapo de piña" (180) estaban prefigurados en las canciones populares, lleva al narrador a aludir al "Tema del traidor y del héroe" de Borges, en el cual las obras literarias prefiguran los sucesos históricos:

> Pensó, mascando, en Homero, en el Cid, en Shakespeare: sus dramas épicos ya estaban escritos antes de ser vividos: Aquiles y Ximena, Helena y el jorobado Ricardo, no hicieron en realidad sino seguir las instrucciones escénicas del poeta, actuar lo que ya estaba escrito. La inversión de la imagen se llamaba "historia": la fe crédula de que primero se actuó y luego se escribió. Era la ilusión, pero él ya no se engañaba (180-181).

Una variedad de otros contemporáneos de Fuentes también están presentes en *La campaña*. La frase algo extraña "al filo del sol" (180) es un reconocimiento juguetón de la primera de las novelas modernas de México, *Al filo del agua* (1947) de Agustín Yáñez. La decisión de Fuentes de cambiar su denuncia de las novelas criollistas puede reflejarse en su descripción de Miguel Lanza como "el cabecilla feroz" (151), frase inspirada en la novela mexicana *El feroz cabecilla* (1928) de Rafael Muñoz. Dentro de la tendencia más reciente de lo dialógico, la descripción de la cara de Anselmo Quintana como "el rostro de una vieja pelota de cuero pateada" (219) puede ser un tributo a uno de los últimos cuentos de José Revueltas, el dialógico "Hegel y yo".[21]

Tal vez el aspecto más asombroso de la intertextualidad de Fuentes sea sus conocimientos de las novelas hispanoamericanas más recientes.[22] La alusión hecha por el cafetero Menchaca, padre de Artemio Cruz, a la colaboración con los conquistadores españoles de los enemigos indios de los aztecas —"pues sin ellos los aztecas se hubieran merendado a Cortés y sus quinientos gachupines" (197-198)— es una variante de la escena de *Los perros del Paraíso* (1983) de Abel Posse cuando el *tecuhtli* azteca le dice al representante de Túpac Yupanqui: "—Señor, ¡mejor será que los almorcemos antes que los blanquiñosos nos cenen…!" (32). La descripción del baile de máscaras en Lima hace pensar en el baile de máscaras de Napoleón III en *Noticias del imperio* (1987) de Fernando del Paso. El canto del castrato en el mismo baile de Lima (126) proviene de *Canto castrato* (1984) del joven argentino César Aira.

La intertextualidad de *La campaña* también se extiende hacia el pasado, a la famosa carta de Jamaica (1815) de Bolívar: "Bolívar está exiliado en Jamaica y, en vez de organizar ejércitos, escribe cartas quejándose del infantilismo perenne de nuestras patrias, de su incapacidad para gobernarse a sí mismas, de la distancia entre las instituciones liberales y nuestras costumbres y carácter" (139). La visión del padre de Baltasar sobre el futuro de la tierra excesivamente fecunda de la Argentina también es pesimista: "Un país donde

[21] Véase Seymour Menton, "En busca del cuento dialógico" en *Narrativa mexicana desde "Los de abajo" hasta "Noticias del imperio"* (1990).

[22] Se confirman estos conocimientos en *Valiente mundo nuevo*.

basta escupir para que la tierra florezca, puede ser un país flojo, dormilón, arrogante, satisfecho de sí mismo, carente de crítica" (56).

Además de todas las alusiones a obras españolas, hispanoamericanas y mexicanas, Carlos Fuentes no puede menos que intercalar algunas alusiones a sus propias obras: la autointertextualidad. Ya se ha indicado la presencia en *La campaña* de *La muerte de Artemio Cruz* con el cafetero veracruzano Menchaca. El coro de voces anónimas en que Fuentes se burla del lenguaje exageradamente cortés de los limeños en *La campaña* (121-122) tiene sus antecedentes en *La región más transparente*: "¡Don Asusórdenes y doña Estaessucasa, Míster Besosuspies y Miss Damelasnalgas!" (449).

Como transición al código de la literatura popular, cierro esta sección de la intertextualidad señalando que Fuentes también se aprovecha en *La campaña* de la letra de la música popular mexicana. La frase "olía a tierra mojada" (199) para describir la ciudad de Orizaba se inspira en la canción "Guadalajara" ("hueles a pura tierra mojada") y la descripción de Gabriela Cóo al fin de la novela, "con sus ojos negros bajo esas famosas cejas fuertes" (241), es una variante de la letra de "Malagueña salerosa" ("¡Qué bonitos ojos tienes debajo de esas dos cejas!"). La identificación de todos estos elementos intertextuales no es para revelar influencias sino para indicar cómo *La campaña* se enriquece estéticamente con la presencia de tantas obras literarias (y musicales) de España y de Hispanoamérica, lo que refuerza uno de los temas principales de la novela: la unidad de la cultura hispánica.

5. LA PARODIA DE LA NOVELA HISTÓRICA POPULAR

Desde que se fundó el género de la novela histórica con las obras exitosas de Walter Scott, se ha seguido cultivando hasta nuestros días. La gran mayoría de esas novelas, tanto en

Hispanoamérica como en los Estados Unidos, aspiran a ser éxitos de librería sin grandes aspiraciones artísticas. La fórmula general es la fusión de un tema histórico con un tema amoroso con énfasis en la trama, es decir, la aventura y el suspenso; personajes planos, de poca complejidad psicológica, y predominio del diálogo sobre la descripción, con un lenguaje relativamente sencillo. La novela histórica del cubano Carlos Alberto Montaner hasta se titula *Trama* (1987), sugiriendo la posibilidad de una interpretación paródica.

Pues bien, el marco de *La campaña* exagera aparentemente la fórmula de la novela histórica popular. En el primer párrafo de la novela el narrador nos informa escuetamente que, la noche del 24 de mayo de 1810, Baltasar Bustos secuestró al hijo recién nacido de la marquesa de Cabra, poniendo en su lugar en la cuna a un niño negro, hijo de una prostituta. Unas nueve páginas más adelante el narrador nos cuenta cómo Baltasar se enamoró de Ofelia, la primera vez que la vio "espiando desde el balcón" (20) como ensayo del secuestro. Sigue adorándola a través de toda la novela pero Fuentes se burla del prototipo al alterar el final. *La campaña* no termina con la muerte de la amada ideal sino con la inesperada aparición de la otra belleza chilena, Gabriela Cóo, de quien Baltasar se enamoró, también espiándola desde un balcón. O sea que *La campaña* termina con la felicidad del protagonista. Muerta Ofelia, Baltasar podrá casarse con Gabriela y criar a su hijo adoptivo, el que secuestró 10 años antes.

6. La Nueva Novela Histórica

Todo lo que se ha comentado hasta este punto indica que *La campaña*, lo mismo que *Terra nostra* y *Gringo viejo* de Fuentes, merece encasillarse como una Nueva Novela Histórica, que por lo menos desde 1979 está en pleno auge. Igual que *El arpa y la sombra* de Carpentier, *Los perros del Paraíso* de

Abel Posse, *Noticias del imperio* de Fernando del Paso y otras varias novelas de gran renombre, *La campaña* muestra la mayoría de los seis rasgos siguientes, sin olvidar que los seis, en su totalidad, no son indispensables:

a. *Lo bajtiniano, es decir lo dialógico, lo heteroglósico y lo carnavalesco*

El baile de máscaras en Lima, las tertulias en Santiago de Chile y las escenas en el burdel de Maracaibo dan a la novela un tono carnavalesco que contrasta con los aspectos trágicos de las guerras de independencia y con la historia de Hispanoamérica en general. Esta imagen trágica y cómica a la vez es uno de los muchos ejemplos de la visión de mundo dialógica que se proyecta en *La campaña* y otras Nuevas Novelas Históricas. El tercer término bajtiniano que se emplea con abundancia para describir muchas novelas contemporáneas es la heteroglosia, o sea la multiplicidad de discursos, que no se destaca ampliamente en *La campaña*, mucho menos que en *Noticias del imperio* de Fernando del Paso, por ejemplo.

b. *La intertextualidad*

Las alusiones a las obras de García Márquez y a otras muchas, incluso las del propio Fuentes, contribuyen al tono carnavalesco de la novela.

c. *La metaficción o los comentarios del narrador sobre la creación de su propio texto*

Como toda la novela es de cierta manera una parodia de la novela histórica popular, no caben dentro de *La campaña* los autoanálisis filosóficos de *Tristram Shandy, Noticias del imperio* y *Cristóbal Nonato*. Sin embargo, sí hay que reconocer las múltiples alusiones del narrador Varela a las cartas de Baltasar y el comentario autorreferencial (totalmente inesperado) al comienzo de la tercera sección del capítulo cinco: "Sobran solamente un par de papeles antes de dar fin a este capítulo" (139).

d. *El protagonista histórico*

Aunque el protagonista Baltasar Bustos y sus dos amigos porteños son totalmente ficticios, hay por lo menos cuatro personajes históricos que desempeñan papeles significantes en la novela: San Martín, Simón Rodríguez y los caudillos guerrilleros de las *"republiquetas"* (74) del Alto Perú, Miguel Lanza y el padre Ildefonso de las Muñecas. Sin embargo, *La campaña* se distingue en este rasgo de las otras Nuevas Novelas Históricas en que lucen protagonistas como Cristóbal Colón, Magallanes, Lope de Aguirre, Francisco de Miranda, Bolívar, Maximiliano y Carlota y Juana Manuela Gorriti.

e. *La distorsión consciente de la historia por omisiones, exageraciones y anacronismos*

Recuérdese el papel importante del cura heroico Anselmo y su parecido con la figura histórica de Santa Anna.

f. *La subordinación de la reproducción mimética de cierto periodo histórico a conceptos filosóficos trascendentes*

En general, estos conceptos provienen de Borges: la imposibilidad de averiguar la verdad histórica; el carácter cíclico de la historia; y, a la vez, lo imprevisible de la historia: los sucesos más asombrosos e inesperados pueden ocurrir. Este rasgo es tal vez el más importante para distinguir la Nueva Novela Histórica de la tradicional. En *La campaña*, aunque se denuncian las guerras de independencia con cierta especificidad, la meta principal de la novela no es la recreación del mundo de 1810-1821 sino más bien la denuncia de cualquier tipo de dogmatismo, incluso el racionalismo. El triple mensaje es:

1) hay que cuestionar constantemente todas las ideologías dogmáticas; el modelo no debe ser ni el cinismo intelectual de Voltaire ni el romanticismo ingenuo de Rousseau, sino "la máscara sonriente de Diderot, la convicción de que todo cambia constantemente y nos ofrece, en cada momento de la existencia, un repertorio de dónde escoger" (25);
2) hay que apreciar, integrar y mantener todos los ingredientes de la cultura hispanoamericana;
3) hay que mantener con entusiasmo la esperanza de crear un mundo mejor a pesar de toda la destrucción de las guerras de independencia.[23]

[23] Se pregona el mismo mensaje en la conferencia dedicada a *El otoño del patriarca* en *Valiente mundo nuevo*: "Del otoño del patriarca pasamos a la falsa primavera del tecnócrata. Nos faltaba pasar por los inviernos del desarrollo sin justicia y por los infiernos de la deuda, la inflación y el estancamiento en todos los órdenes. La verdadera primavera democrática pasará por estas pruebas. No podrá ser, otra vez, una ilusión de bienestar para pocos aplazando el bienestar de la mayoría. Se han aprendido muchas lecciones. El nuevo modelo de desarrollo, como democracia política pero también como justicia social, será exigente para todos los actores de nuestra vida política: de derecha y de izquierda. Impondrá obligaciones a todos. Requerirá un esfuerzo sin antecedentes en nuestra historia. No habrá modernidad gratuita en la América Española. No habrá modernidad que no tome en cuenta la totalidad cultural de nuestros países. No habrá modernidad por decreto. Nadie cree ya en un país ideal divorciado del país real" (206).

Contagiándome del concepto bajtiniano de lo dialógico, ofrezco dos finales para el capítulo… y para el libro:

Aunque los sucesos de *La campaña* no justifican su optimismo final, ese optimismo coincide con el mensaje de la primera de todas las Nuevas Novelas Históricas, *El reino de este mundo* de Alejo Carpentier. "[…] el hombre nunca sabe para quién padece y espera. Padece y espera y trabaja para gentes que nunca conocerá, y que a su vez padecerán y esperarán y trabajarán para otros que tampoco serán felices, pues el hombre ansía siempre una felicidad situada más allá de la porción que le es otorgada. Pero la grandeza del hombre está precisamente en querer mejorar lo que es" (153).

Aunque la actitud de Fuentes es digna de admiración, los sucesos de *La campaña* no justifican su optimismo final. Las palabras dirigidas a Baltasar por el sexto consejero arquetípico, Anselmo Quintana, respecto a la guerra de independencia, pueden resultar más proféticas: "Después vendrán los que luchan por el dinero y el poder. Eso es lo que temo, ése será el fracaso de la Nación" (226).

BIBLIOGRAFÍA

Adorno, Rolena, "Arms, Letters and the Native Historian". En René Jara y Nicholas Spadaccini, comps., *1492-1992: Re/Discovering Colonial Writing*. Minneapolis: Prisma Institute, 1989.

Aguinis, Marcos, *La gesta del marrano*. Buenos Aires: Planeta, 1991.

Aínsa, Fernando, "La nueva novela histórica latinoamericana", *Plural*, 240 (septiembre de 1991), 82-85.

———, "La reescritura de la historia en la nueva narrativa latinoamericana". *Cuadernos Americanos*, nueva época, 4, núm. 28 (julio-agosto, 1991), 13-31.

Aira, César, *Canto castrato*. Buenos Aires: Javier Vergara, 1984.

———, *Moreira*. Buenos Aires: Achával Solo, 1975.

Alter, Robert, *Partial Magic: The Novel as a Self-Conscious Genre*. Berkeley: University of California Press, 1975.

Alter, Robert y Frank Kermode, comps., *The Literary Guide to the Bible*. Cambridge: Harvard University Press, 1987.

Anderson Imbert, Enrique, "Notas sobre la novela histórica en el siglo XIX". En Arturo Torres-Rioseco, comp., *La novela iberoamericana*, 1-24. Albuquerque: University of New Mexico Press, 1952.

Antillano, Laura, *Solitaria solidaria*. Caracas: Planeta, 1990.

Arenas, Reinaldo, *El mundo alucinante*. México: Diógenes, 1969.

———, *La loma del ángel*. Miami: Mariel, 1987.

Aridjis, Homero, *Memorias del Nuevo Mundo*. México: Diana, 1988.

———, *1492 vida y tiempos de Juan Cabezón de Castilla*. México: Siglo XXI, 1985.

279

Baccino Ponce de León, Napoleón, *Maluco, la novela de los descubridores.* La Habana: Casa de las Américas, 1989.

Bakhtin, M. M., *The Dialogic Imagination. Four Essays.* Tr. Caryl Emerson y Michael Holquist. Austin: University of Texas Press, 1986.

Bal, Mieke, *Narratology: Introduction to the Theory of Narrative.* Tr. Christine van Boheemen. Toronto: University of Toronto Press, 1985.

Balderston, Daniel, comp., *The Historical Novel in Latin America.* Gaithersburg, Md.: Ediciones Hispamérica, 1986.

————, "Latent Meanings in Ricardo Piglia's *Respiración artificial* and Luis Gusman's *En el corazón de junio*". *Revista Canadiense de Estudios Hispánicos*, 12, 2 (invierno de 1988), 207-219.

Barrientos, Juan José, "Aguirre y la rebelión de los marañones". *Cuadernos Americanos*, nueva época, núm. 8 (marzo-abril de 1988), 92-115.

————, "América, ese paraíso perdido". *Omnia*, México, junio de 1986, 69-75

————, "Colón, personaje novelesco". *Cuadernos Hispanoamericanos*, 437 (noviembre de 1986), 45-62.

————, "El grito de Ajetreo. Anotaciones a la novela de Ibargüengoitia sobre Hidalgo". *Revista de la Universidad de México*, julio de 1983, 15-23.

Barth, John, *The Sot-Weed Factor.* Nueva York: Bantam Books, 1975.

Benítez Rojo, Antonio, *El mar de las lentejas.* La Habana: Letras Cubanas, 1979.

Bensoussan, Albert, "Celui qui croyait au Paradis". *La Quinzaine Littéraire*, 16 de junio de 1986.

Bertrand, Marc, "Roman contemporain et histoire". *The French Review.* 16, núm. 1 (octubre de 1982), 77-86.

Bibliowicz, Azriel, *El rumor del astracán.* Bogotá: Planeta, 1991.

Bierman, John, *Napoleon III and his Carnival Empire*. Nueva York: St. Martin's Press, 1988.

Blanco, Guillermo, *Camisa limpia*. Santiago, Chile: Pehuén, 1989.

Bolinger, Dwight, *Language, the Loaded Weapon. The Use and Abuse of Language Today*. Londres: Longman, 1980.

Bona, Dominique, "Abel Posse: Un rêve de conquête". *Le Figaro,* 26 de mayo de 1986.

Borges, Jorge Luis, *Ficciones*. Buenos Aires: Emecé, 1968.

————, *Labyrinths*. Donald A. Yates y James E. Irby, comps. Nueva York: New Directions, 1964.

Bryce Echenique, Alfredo, "Una gran novela histórica". *El País,* Madrid, 26 de junio de 1983.

Burgess, Anthony, *Napoleon Symphony*. Londres: Cape, 1974.

Burns, E. Bradford, "Bartolomé Mitre: the Historian as Novelist, the Novel as History". *Revista Interamericana de Bibliografía*, 22, núm. 2 (1982), 155-166.

Campbell, Joseph, *The Hero with a Thousand Faces*. Nueva York: Pantheon Books, 1949.

Campos, Jorge, "Nueva relación entre la novela y la historia: Abel Posse y Denzil Romero". *Ínsula,* 440-441 (julio-agosto de 1983), 19.

Caparrós, Martín, *Ansay o los infortunios de la gloria*. Buenos Aires: Ada Korn Editora, 1984.

Carpentier, Alejo, *Concierto barroco*. México: Siglo XXI, 1974.

————, *El arpa y la sombra*. México: Siglo XXI, 1979.

————, *El recurso del método*. México: Siglo XXI, 1974.

————, *El reino de este mundo*. Santiago, Chile: Orbe, 1972.

————, *El siglo de las luces*. México: Compañía General de Ediciones, 1965.

————, *Guerra del tiempo* ("El camino de Santiago", "Viaje a la semilla", "Semejante a la noche" y "El acoso"). México: Compañía General de Ediciones, 1958.

Carpentier, Alejo, *La consagración de la primavera*. México: Siglo XXI, 1978.

Casanova, Eduardo, *La noche de Abel*. Caracas: Monte Ávila, 1991.

Chamberlin, Roy B. y Herman Feldman, *The Dartmouth Bible*. Boston: Houghton Mifflin Co., 1950.

Ciplijauskaité, Biruté, *La novela femenina contemporánea (1970-1985). Hacia una tipología de la narración en primera persona*. Barcelona: Anthropos, 1988.

Cla, André, "La Renaissance: Deux bourlingeurs des mers". *L'Evènement du Jeudi*, 7 de octubre de 1986.

Cobo Borda, Juan Gustavo, "Empresas y tribulaciones de Maqroll *el Gaviero*". *Quimera*, 3 (marzo-abril de 1990), 50-54.

Coleman, Alexander, *"The Dogs of Paradise"*. *New York Times Book Review*, 18 de marzo de 1990, 22.

Corral, Will H., "Gringo viejo/ruso joven o la recuperación dialógica en Fuentes". *Cuadernos Americanos*, 4-6 (1987), 121-137.

Cowart, David, *History and the Contemporary Novel*. Carbondale: Southern Illinois University Press, 1989.

Cruz Kronfly, Fernando, *La ceniza del Libertador*. Bogotá: Płaneta, 1987.

Cunninghame Graham, Robert B., *A Brazilian Mystic. Being the Life and Miracles of Antônio Conselheiro*. Nueva York: Dodd, Mead, 1920.

Da Cunha, Euclides, *Os sertões*. 1902. São Paulo: Editora Cultrix, 1973.

Davis, Mary E., "Sophocles, García Márquez and the Labyrinth of Power". *Revista Hispánica Moderna*, 44, núm. 1 (junio de 1991), 108-123.

Day, Mark R., Reseña de *The Strange Nation of Rafael Mendes* de Moacyr Scliar. *Los Angeles Times Book Review*, 24 de enero de 1988, 2, 9.

Del Paso, Fernando, *José Trigo*. México: Siglo XXI, 1966.

Del Paso, Fernando, "La novela que no olvidé". *Revista de Bellas Artes*, 3 (1983), 46-49.

———, *Noticias del imperio*. México: Diana, 1987.

———, *Palinuro de México*. Madrid: Alfaguara, 1977.

Dershowitz, Alan M., *Chutzpah*. Boston: Little, Brown, 1991.

Di Benedetto, Antonio, *Zama*. Buenos Aires: Centro Editor de América Latina, 1967.

Domecq, Brianda, *La insólita historia de la Santa de Cabora*. México: Planeta, 1990.

Doctorow, E. L., *Ragtime*. Nueva York: Random House, 1975.

Eagleton, Terry, *Saints and Scholars*. Londres: Verso, 1987.

Eco, Umberto, *Il nome della rosa*. Milano: Bompiani, 1980.

———, *Postscript to "The Name of the Rose"*. Nueva York: Harcourt Brace Jovanovich, 1984.

———, *The Name of the Rose*. Tr. William Weaver. San Diego: Harcourt Brace Jovanovich, 1983.

Elkin, Judith Laikin, *Jews of the Latin American Republics*. Chapel Hill: University of North Carolina Press, 1980.

——— y Gilbert W. Merkx, comps., *The Jewish Presence in Latin America*. Boston: Allen and Unwin, 1987.

Espinosa, Germán, *El signo del pez*. Bogotá: Planeta, 1987.

———, *La tejedora de coronas*. Bogotá: Pluma, 1982.

———, *Sinfonía desde el Nuevo Mundo*. Bogotá: Planeta, 1990.

Feierstein, Ricardo, *Cien años de narrativa judeo-argentina, 1889-1989*. Buenos Aires: Editorial Milá, 1990.

Filer, Malva E., *"Los perros del Paraíso* y la nueva novela histórica". En *Homenaje a Alfredo A. Roggiano*, 395-405. Keith McDuffie y Rose Minc, comps. Pittsburgh: Instituto Internacional de Literatura Iberoamericana, 1990.

Fleishman, Avrom, *The English Historical Novel. Walter Scott to Virginia Woolf*. Baltimore: Johns Hopkins Press, 1971.

Fuentes, Carlos, *Aura*. 6ª ed. México: Alacena, 1971.

Fuentes, Carlos, "Defend Fiction, and You Defend Truth". *Los Angeles Times*, 24 de febrero de 1989, sección 2, p. 11.

———, *La campaña*. Madrid: Mondadori, 1990.

———, "Latin America's Alternative: An Ibero-American Federation". *New Perspectives Quarterly*, 8, 1 (invierno de 1991), 15-17.

———, *La muerte de Artemio Cruz*. México: Fondo de Cultura Económica, 6ª reimp., 1973.

———, *La nueva novela hispanoamericana*. México: Joaquín Mortiz, 1969.

———, *La región más transparente*. 3ª ed. México: Fondo de Cultura Económica, 1960.

———, *Terra nostra*. 2ª ed. México: Joaquín Mortiz, 1976.

———, *Valiente mundo nuevo*. Madrid: Mondadori, 1990.

Gallo, Marta, "Intrascendencia textual en *Respiración artificial* de Ricardo Piglia". *Nueva Revista de Filología Hispánica*, 35, 2 (1987), 819-834.

Gamboa, Federico, *Suprema ley*. México: Eusebio Gómez de la Puente, 1920.

García Márquez, Gabriel, *Cien años de soledad*. Buenos Aires: Sudamericana, 1967.

———, *Crónica de una muerte anunciada*. Bogotá: La Oveja Negra, 1981.

———, *El amor en los tiempos del cólera*. México: Diana, 1985.

———, *El general en su laberinto*. Madrid: Mondadori, 1989.

———, *El otoño del patriarca*. Barcelona: Plaza y Janés, 1975.

Gateau, Jean-Charles, "Christophe Colomb parmi les séraphins". *La Tribune à Genève*, 28 de junio de 1986.

Genette, Gérard, *Figures. Essais*. París: Du Seuil, 1966.

Gilbert, Catherine, "Une chronique étrangère". *Humanité dimanche*, 23 de mayo de 1986.

Glickman, Nora, "The Image of the Jew in Brazilian and Argentine Literature". Disertación doctoral, New York University, 1977.

Glissant, Edouard, *La case du commandeur*. París: Editions Du Seuil, 1981.

González Echevarría, Roberto, "García Márquez y la voz de Bolívar". *Cuadernos Americanos*, nueva época, 28 (julio-agosto de 1991), 63-76.

―――, "Sarduy, the Boom, and the Post-boom". En *The Boom in retrospect: a Reconsideration*, comps. Yvette E. Miller y Raymond Leslie Williams, 57-72. Número especial de *Latin American Literary Review*, 15, núm. 29 (enero-junio de 1987), 72.

González Paredes, Ramón, *Simón Bolívar, la angustia del sueño*. Caracas: Producciones Gráficas Reverón, 1982.

Graves, Robert, *I, Claudius*. Nueva York: Modern Library, 1934.

Henderson, Harry B. III, *Versions of the Past. The Historical Imagination in American Fiction*. Nueva York: Oxford University Press, 1974.

Herrera Luque, Francisco, *Los cuatro reyes de la baraja*. Caracas: Grijalbo Mondadori, 1991.

Hinojosa, Francisco, Reseña de *Aventuras de Edmund Ziller en tierras del Nuevo Mundo* de Pedro Orgambide. *Nexos*, 5 (marzo de 1978), 25.

Hoffmann, Léon-François, *Le Roman haitien. Idéologie et structure*. Sherbrooke, Canadá: Editions Naaman, 1982.

Holquist, Michael y Vadim Liapunov, *Art and Answerability. Early Philosophical Essays by M. M. Bakhtin*. Austin: University of Texas Press, 1990.

Hughson, Lois, *From Biography to History. The Historical Imagination and American Fiction, 1880-1940*. Charlottesville: University Press of Virginia, 1988.

Hutcheon, Linda, *The Politics of Postmodernism*. Londres/Nueva York: Routledge & Kegan Paul, 1989.

Ibargoyen, Saúl, *Noche de espadas*. Montevideo: Signos, 1989.

Ibargüengoitia, Jorge, *Los pasos de López*. México: Océano, 1982.

James Robert, Reseña de *The First Man in Rome* de Colleen McCullough, *Santa Ana Register*, 28 de octubre de 1990, p. L 5.

Jara, René y Nicholas Spadaccini, comps., *1492-1992 Re/Discovering Colonial Writing*. Minneapolis: Prisma Institute, 1989.

Jara, René y Hernán Vidal, comps., *Ficción y política. La narrativa argentina durante el proceso militar*. Buenos Aires: Alianza Editorial, Minneapolis: Institute for the Study of Ideologies and Literature of the University of Minnesota, 1987.

Jiménez, Maritza, "Abel Posse ganó Premio Rómulo Gallegos". *El Nacional*, Caracas, 26 de julio de 1987.

Karoubi, Line, "Les Chasseurs de paradis". *Le Matin*, 22 de abril de 1986.

Kestergat, Jean, "Colomb, prototype de l'homme latino-américain". *La libre Belgique*, 26 de junio de 1986.

Krieger, Murray, "Fiction, History, and Empirical Reality". *Critical Inquiry*, 1, núm. 2 (diciembre de 1974), 335-360.

"La libertad no es sólo un delirio literario". Entrevista con Abel Posse. *Papeles para el Diálogo* (Caracas), 1 (1988), 30-37.

Larreta, Antonio, *Volavérunt*. Barcelona: Planeta, 1980.

Laveaga, Gerardo, *Valeria*. México: Diana, 1987.

Legido, Juan Carlos, *Los papeles de los Ayarza*. Montevideo: Proyección, 1988.

Leisy, Ernest E., *The American Historical Novel*. Norman: University of Oklahoma Press, 1950.

Lindenberger, Herbert, *Historical Drama. The Relation of Literature and Reality*. Chicago: University of Chicago Press, 1975.

Lindstrom, Naomi, *Jewish Issues in Argentine Literature from Gerchunoff to Szichman*. Columbia: University of Missouri Press, 1989.

Lóizaga, Patricio, "Abel Posse: el escritor es el último samurai". *Cultura*, Buenos Aires, 7, núm. 34 (1990), 7-10.

Long, Harry, *Personal and Family Names; A Popular Monograph on the Origin and History of the Nomenclature of the Present and Former Times*. Londres: Hamilton, Adams, 1883. Reimpresión, Detroit: Gail Research Co., 1968.

Lukács, Georg, *La novela histórica*. Tr. Manuel Sacristán. Barcelona: Grijalbo, 1976.

Mac Adam, Alfred, "Euclides da Cunha y Mario Vargas Llosa: Meditaciones intertextuales". *Revista Iberoamericana*, 126 (enero-marzo de 1984), 157-164.

Mandrell, James, "The Prophetic Voice in Garro, Morante, and Allende". *Comparative Literature*, 42, núm. 3 (verano de 1990), 227-246.

Maranhão, Haroldo, *Memorial do fim (A morte de Machado de Assis)*. São Paulo: Marco Zero, 1991.

Marlowe, Stephen, *The Memoirs of Christopher Columbus*. Londres: Jonathan Cape, 1987.

Márquez Rodríguez, Alexis, "Abel Posse: la reinvención de la historia". *Papel literario*, Caracas, 2 de agosto de 1987.

———, *Arturo Uslar Pietri y la nueva novela histórica hispanoamericana: A propósito de "La isla de Robinson"*. Caracas: Contraloría General de la República, 1986.

———, Reseña de Francisco Herrera Luque, *La luna de Fausto*, *Casa de las Américas*, 144 (mayo-junio de 1984), 174.

Martínez, Gregorio, *Crónica de músicos y diablos*. Hanover, N. H.: Ediciones del Norte, 1991.

Martínez, Herminio, *Diario maldito de Nuño de Guzmán*. México: Diana, 1990.

———, *Las puertas del mundo. Una autobiografía hipócrita del Almirante*. México: Diana, 1992.

Martínez, Tomás Eloy, *La novela de Perón*. Buenos Aires: Legasa, 1985.

Mattos, Tomás de, *¡Bernabé, Bernabé!* Montevideo: Banda Oriental, 1988.

McCracken Ellen, "Metaplagiarism and the Critic's Role as Detective: Ricardo Piglia's Reinvention of Roberto Arlt". PMLA, 106, 5 (octubre de 1991), 1071-1082.

McEwan, Neil, *Perspective in British Historical Fiction Today*. Londres: Macmillan, 1987.

McGrady, Donald, *La novela histórica en Colombia, 1844-1959*. Bogotá: Editorial Kelly, 1962.

McHale, Brian, *Postmodernist Fiction*. Nueva York: Methuen, 1987.

McMurray, George R., *"El general en su laberinto:* historia y ficción". *Revista de Estudios Colombianos*, 7 (1989), 39-44.

Meneses, Carlos, "La visión del periodista, tema recurrente en Mario Vargas Llosa". *Revista Iberoamericana*, 123-124 (abril-septiembre de 1983), 523-529.

Menton, Seymour, "In Search of a Nation: the Twentieth-Century Spanish American Novel". *Hispania*, 38, núm. 4 (diciembre de 1955), 432-442.

—————, *La novela colombiana: planetas y satélites*. Bogotá: Plaza y Janés, 1978.

—————, "La obertura nacional: Asturias, Gallegos, Mallea, Dos Passos, Yáñez, Fuentes y Sarduy". *Revista Iberoamericana*, 51, núm. 130-131 (junio de 1985), 151-166.

—————, *Narrativa mexicana desde "Los de abajo" hasta "Noticias del imperio"*. Tlaxcala, México: Universidad Autónoma de Tlaxcala, 1991.

—————, *Prose Fiction of the Cuban Revolution*. Austin: University of Texas Press, 1975.

—————, "Teorizando sobre la teoría". *El Café Literario*, Bogotá, 2, 12 (noviembre-diciembre de 1979), 35 *ss*. Reimp. en inglés, "Theorizing on Theory", en *Hispania*, 63, núm. 1 (marzo de 1980), 69-70; y en *Journal of Literary Theory*, 4 (1983), 20-22.

Mercader, Martha, *Juanamanuela, mucha mujer*. Barcelona: Planeta, 1983.

Mestre, J.-Ph., "Abel Posse: la découverte de l'Amérique". *Le Progrès,* s.f. [1986].

Mier, Fray Servando Teresa de, *Memorias.* Prólogo de Alfonso Reyes. Madrid: América, 1917.

Moi, Toril, comp., *The Kristeva Reader.* Oxford: Basil Blackwell, 1986.

Molina, Silvia, *Ascensión Tun.* México: Martín Casillas, 1981.

———, *La familia vino del norte.* México: Océano, 1987.

Morales Pradilla, Próspero, *Los pecados de Inés de Hinojosa.* Bogotá: Plaza y Janés, 1986.

Morello-Frosch, Marta, "Biografías ficticias: formas de resistencia y reflexión en la narrativa argentina reciente", 60-70. En René Jara y Hernán Vidal, comps., *Ficción y política en la narrativa argentina durante el proceso militar.* Minneapolis: University of Minnesota, Institute for the Study of Ideologies and Literature. Buenos Aires: Alianza Editorial, 1987.

———, "Ficción e historia en *Respiración artificial* de Ricardo Piglia". *Discurso Literario,* 1, núm. 2 (primavera de 1984), 243-245.

Morson, Gary Saul, comp., *Literature and History Theoretical Problems and Russian Case Studies.* Stanford: Stanford University Press, 1986.

Morson, Gary Saul y Caryl Emerson, *Rethinking Bakhtin. Extensions and Challenges.* Evanston, Ill.: Northwestern University Press, 1989.

Moya Palencia, Mario, *El México de Egerton, 1831-1842.* México: Miguel Ángel Porrúa, 1991.

Muñiz, Angelina, Entrevista. *Gaceta UNAM,* 2, núm. 28 (abril 5, 1984), 18-125.

———, *La guerra del Unicornio.* México: Artífice, 1983.

———, *Morada interior.* México: Joaquín Mortiz, 1972.

———, *Tierra adentro.* México: Joaquín Mortiz, 1977.

Murphy, Raquel Aguilu de, "Proceso transformacional del

personaje del amo en *Concierto barroco*". *Revista Iberoa-mericana*, 57, núm. 154 (enero-marzo de 1991), 161-170.

Mutis, Álvaro, "Bolívar and García Márquez". *Review: Latin American Literature and Arts*, 43 (julio-diciembre de 1990), 64-65.

———, "El último rostro". En *Obra literaria*. Bogotá: Procultura, 1985, vol. II, 101-118.

Nadel, Ira Bruce, *Biography: Fiction, Fact and Form.* Londres: Macmillan, 1984.

Neumann, Erich, *The Great Mother: an Analysis of the Archetype.* Tr. Ralph Manheim. Princeton, N. J.: Princeton University Press, 1970.

Newman, Kathleen Elizabeth, "The Argentine Political Novel: Determinations in Discourse". Disertación doctoral, Stanford University, 1983.

Nye, Robert, *Falstaff: Being the Acta Domini Johannis Fastolfe, or Life and Valiant Deeds of Sir John Faustof, or The Hundred Days War, as told by Sir John Fastolf, K. G., to his Secretaries William Worcester, Stephen Scrope,...* Londres: Hamilton, 1976.

Ocampo, Aurora M. y Ernesto Prado Velázquez, *Diccionario de escritores mexicanos.* México: Universidad Nacional Autónoma de México, 1967.

Orgambide, Pedro, *Aventuras de Edmund Ziller en tierras del Nuevo Mundo.* México: Grijalbo, 1977.

———, *El arrabal del mundo.* Buenos Aires: Bruguera, 1983.

———, *Hacer la América.* Buenos Aires: Bruguera, 1984.

———, *La mulata y el guerrero.* Buenos Aires: Ediciones del Sol, 1986.

———, *Los inquisidores.* Buenos Aires: Sudamericana, 1967.

Ortega, Julio, "El lector en su laberinto". *Casa de las Américas*, 176 (septiembre-octubre de 1989), 144-151.

———, *El muro y la intemperie. El nuevo cuento latinoamericano.* Hanover, N. H.: Ediciones del Norte, 1989.

Ortega y Medina, Juan A., *La idea colombina del descubri-*

miento desde México (1836-1986). México: Universidad Nacional Autónoma de México, 1987.

Otero Silva, Miguel, *La piedra que era Cristo*. Bogotá: Oveja Negra, 1984.

―――, *Lope de Aguirre, príncipe de la libertad*. Barcelona: Seix Barral, 1979.

Oviedo, José Miguel, "Chronology". *Review: Latin American Literature and Arts* (primavera de 1975), 6-11.

―――, "García Márquez en el laberinto de la soledad". *Revista de Estudios Colombianos*, 7 (1989), 18-26.

―――, "Vargas Llosa en Canudos: versión clásica de un clásico". *Eco*, 246 (abril de 1982), 641-664.

―――, "Vargas Llosa in Canudos". *World Literature Today*, 60, núm. 1 (invierno de 1986), 51-54.

Pacheco, José Emilio, "Historia y novela: todos nuestros ayeres". *Proceso*, 444 (6 de mayo de 1985), 50-51.

―――, comp., *La novela histórica y de folletín*. México: Promexa, 1985.

Palencia-Roth, Michael, "Gabriel García Márquez; Labyrinths of Love and History". *World Literature Today*, 65, núm. 1 (invierno de 1991), 54-58.

Patán, Federico, "Una novela de postrimerías". *Revista de Estudios Colombianos*, 7 (1989), 45-47.

Peyre, Henri, *French Novelists of Today*. Nueva York: Oxford University Press, 1967.

Piglia, Ricardo, *Respiración artificial*. Buenos Aires: Pomaire, 1980.

Poniatowska, Elena, *Tinísima*. México: Era, 1992.

Posse, Abel, *Daimón*. Buenos Aires: Emecé, 1989.

―――, *El largo atardecer del caminante*. Buenos Aires: Emecé, 1992; Barcelona: Plaza y Janés, 1992.

―――, *Los demonios ocultos*. Buenos Aires: Emecé, 1987.

―――, *Momento de morir*. Buenos Aires: Emecé, 1979.

―――, *Los perros del Paraíso*. Barcelona: Plaza y Janés, 1987.

P. R., "Isabelle et Christophe". *Elle*, 16 de junio de 1986.

Promis, José, "Balance de la novela en Chile: 1973-1990". *Hispamérica*, 19, núm. 55 (1990), 15-26.

Rama, Ángel, "*La guerra del fin del mundo,* una obra maestra del fanatismo artístico". *Eco,* 246 (abril de 1982), 600-640.

———, *Novísimos narradores hispanoamericanos en "Marcha", 1964-1980,* México: Marcha, 1981.

Ramírez, Sergio, *Castigo divino.* Madrid: Mondadori, 1988.

Ramos, Luis Arturo, *Este era un gato...* México: Grijalbo, 1987.

Read, J. Lloyd, *The Mexican Historical Novel,* 1826-1910. Nueva York: Instituto de las Españas en los Estados Unidos, 1939.

Reed, Ishmael, *Mumbo Jumbo.* Garden City, N. Y.: Doubleday, 1972

Reyes, Alfonso, *La experiencia literaria.* Vol. 14 de *Obras completas.* México: Fondo de Cultura Económica, 1962.

Rivera, Andrés, *Nada que perder.* Buenos Aires: Centro Editor de América Latina, 1981.

Roa Bastos, Augusto, *Vigilia del Almirante.* Madrid: Alfaguara, 1992.

———, *Yo el Supremo.* Bogotá: Oveja Negra, 1985.

Rodríguez Juliá, Edgardo, *La noche oscura del Niño Avilés.* Río Piedras: Ediciones Huracán, 1984.

———, *La renuncia del héroe Baltasar.* San Juan: Antillana, 1974.

Rodríguez Monegal, Emir, "Carnaval/Antropofagia/Parodia". *Revista Iberoamericana,* 45, núm. 108-109 (julio-diciembre de 1979), 401-412.

Romero, Denzil, *Grand tour. Epítasis.* Caracas: Alfadil y Barcelona: Laia, 1987.

———, *La carujada.* Caracas: Planeta, 1990.

———, *La esposa del doctor Thorne.* Barcelona: Tusquets, 1988.

———, *La tragedia del generalísimo.* Barcelona: Argos Vergara, 1983.

Ruffinelli, Jorge, "Uruguay: Dictadura y re-democratización. Un informe sobre la literatura 1973-1989". *Nuevo Texto Crítico*, 5 (1990), 37-66.

————, "Vargas Llosa: Dios y el diablo en la tierra del sol". En *La escritura invisible*, 98-109. Xalapa: Universidad Veracruzana, 1986, 98-109.

Saer, Juan José, *El entenado*. México: Folios, 1983.

————, *La ocasión*. Barcelona: Destino, 1988.

Santiago, Silviano, "El estado actual de los estudios literarios en Brasil". *Hispamérica*, 56/57 (1990), 47-56.

————, *Em liberdade*. *Diário de Graciliano Ramos*. Río de Janeiro: Paz e Terra, 1981.

Saramago, José, *Baltasar and Blimunda*. Tr. Giovanni Pontiero. San Diego: Harcourt Brace Jovanovich, 1987.

Sarduy, Severo, *Escrito sobre un cuerpo*. Buenos Aires: Sudamericana, 1969.

Scanlan, Margaret, *Traces of Another Time. History and Politics in Postwar British Fiction*. Princeton: Princeton University Press, 1990.

Schabert, Ina, *Der historische Roman in England und Amerika*. Darmstadt: Wissenschaftliche Buchgesellschaft, 1981.

Schwarz-Bart, André, *Le dernier des Justes*. París: Du Seuil, 1959.

————, *The Last of the Just*. Tr. Stephen Becker. Nueva York: Atheneum, 1960.

Scliar, Moacyr, *A estranha nação de Rafael Mendes*. Porto Alegre: L&PM Editores, 1983.

————, *O ciclo das águas*. Porto Alegre: Globo, 1977.

Scott Standard Postage Stamp Catalogue: 1990. Nueva York: Scott Publishing Co., 1990.

Sefchovich, Sara, *México: país de ideas, país de novelas. Una sociología de la literatura mexicana*. México: Grijalbo, 1987.

Senkman, Leonardo, *La identidad judía en la literatura argentina*. Buenos Aires: Ediciones Pardes, 1983.

Setti, Ricardo A. *Conversas com Vargas Llosa*. São Paulo: Editora Brasiliense, 1986.

Simón, Francisco, *Martes triste*. Santiago: Bruguera, 1985.

Sklodowska, Elzbieta, "El (re) descubrimiento de América: la parodia en la novela histórica". *Romance Quarterly*, 37, núm. 3 (1990), 345-352.

―――, *La parodia en la nueva novela hispanoamericana (1960-1985)*. Amsterdam/Philadelphia: John Benjamins, 1991. Purdue University Monographs in Romance Languages.

Smith, Verity, "Ausencia de Toussaint: interpretación y falseamiento de la historia en *El reino de este mundo*". En *Historia y ficción en la narrativa hispanoamericana*, 275-284. Caracas: Monte Ávila, 1984.

Solares, Ignacio, *La noche de Ángeles*. México: Diana, 1991.

―――, *Madero, el otro*. México: Joaquín Mortiz, 1989.

Sosnowski, Saúl, *La orilla inminente. Escritores judíos argentinos*. Buenos Aires: Legasa, 1987.

―――, "¿Quién es Edmund Ziller?" *La Semana de Bellas Artes*, 8 (enero de 1978), 8-11.

―――, *Represión y reconstrucción de una cultura: el caso argentino*. Buenos Aires: EUDEBA, 1988.

Souza, Raymond D., *La historia en la novela hispanoamericana moderna*. Bogotá: Tercer Mundo Editores, 1988.

Süskind, Patrick, *Perfume. The Story of a Murderer*. Tr. John E. Wooks, Nueva York: Pocket Books, 1987.

Taibo II, Paco Ignacio, *La lejanía del tesoro*. México: Planeta-Joaquín Mortiz, 1992.

Thorne, Carlos, *Papá Lucas*. Buenos Aires: La Flor, 1987.

Todorov, Tzvetan, *The Conquest of America. The Question of the Other*. Tr. Richard Howard, Nueva York: Harper and Row, 1984.

Trujillo, Manuel, *El gran dispensador*. Caracas: CADAFE, 1983.

Turner, Joseph W., "The Kinds of Historical Fiction: An Essay in Definition and Methodology". *Genre*, 12, núm. 3 (otoño de 1979), 333-355.

Uslar Pietri, Arturo, *Bolívar hoy*. Caracas: Monte Ávila, 1990.

———, *La isla de Robinson*. Barcelona: Seix Barral, 1981.

———, *La visita en el tiempo*. Bogotá: Norma, 1990.

———, *Las lanzas coloradas*. Madrid: Zeus, 1931.

Vargas Llosa, Mario, *A Writer's Reality*. Ed. Myron I. Lichtblau. Syracuse: Syracuse University Press, 1991.

———, "Inquest in the Andes". *New York Times Magazine*, 31 de julio de 1983, 18-23, 33, 36-37, 42, 48-51, 56.

———, *La guerra del fin del mundo*. Barcelona: Plaza y Janés, 1981.

Vásquez, Carmen, *"El reino de este mundo* y la función de la historia en la concepción de lo real maravilloso". *Cuadernos Hispanoamericanos*, 28 (julio-agosto de 1991), 90-114.

Veiga, José J., *A casca da serpente*. Río de Janeiro: Bertrand Brasil, 1989.

Verissimo, Erico, *O tempo e o vento*. Vol. I, *O continente*. Porto Alegre: Globo, 1949.

———, *O tempo e o vento*. Vol. II, *O retrato*. Porto Alegre: Globo, 1951.

———, *O tempo e o vento*. Vol. III. *O arquipélago* (3 vols.). Porto Alegre: Globo, 1961.

Vidal, Hernán, comp., *Fascismo y experiencia literaria: reflexiones para una recanonización*. Minneapolis: Institute for the Study of Ideologies and Literature, 1985.

Von Hagen, Victor W., *The Four Seasons of Manuela. A Biography*. Nueva York: Duell, Sloan and Pearce; Boston: Little, Brown and Company, 1952.

Wesseling, Elizabeth, *Writing History as a Prophet. Postmodernist Innovations of the Historical Novel*. Amsterdam/Philadelphia: John Benjamins, 1991.

White, Hayden, *Metahistory. The Historical Imagination in Nineteenth-Century Europe* (1973). Baltimore: Johns Hopkins Press, 1987.

Williams, Raymond Leslie, "The Boom Twenty Years Later: An Interview with Mario Vargas Llosa". En *The Boom in Retrospect: A Reconsideration*, comps. Yvette E. Miller y Raymond L. Williams, 201-206. Número especial de *Latin American Literary Review*, 15, núm. 29 (enero-junio de 1987).

————, *Mario Vargas Llosa*. Nueva York: Ungar, 1986, 121-150.

Woolf, Virginia, *Orlando. A Biography*. Nueva York: Harcourt Brace Jovanovich, 1956.

Yonge, Charlotte, *History of Christian Names*. Londres: Macmillan, 1884. Reimpresión, Detroit: Gale Research Co., 1966.

Zamudio Zamora, José, *La novela histórica en Chile*. Santiago: Ediciones Flor Nacional, 1949.

ÍNDICE ONOMÁSTICO

297

ÍNDICE GENERAL

ción de su propio texto, 274; d. El protagonista histórico, 275; e. La distorsión consciente de la historia por omisiones, exageraciones y anacronismos, 275; f. La subordinación de la reproducción mimética de cierto periodo histórico a conceptos filosóficos trascendentes, 275

Esta edición, cuya tipografía y formación realizó *Ernesto Ramírez Morales* en el Taller de Composición Electrónica del Fondo de Cultura Económica, y cuyo cuidado estuvo a cargo de *Manlio Fabio Fonseca Sánchez*, se terminó de imprimir en noviembre de 1993 en los talleres de Impresora y Encuadernadora Progreso, S. A. de C. V. (IEPSA), Calzada de San Lorenzo, 244; 09830 México, D. F. El tiro fue de 5 000 ejemplares.